唐人小說

閑觀傳奇話古今

柯金木 編著

三民書局

序文

本教科書的開發，著眼於內容的統整性與使用的方便性，因此在內容取材上，偏向單元主題的結構安排；在體例形式上，各篇當中都有導讀、正文、眉批、注釋、譯文、析評、問題與討論等七個部份；另外，在附錄的地方，加入了若干輔助性教學設計，以利提升課堂上的授課效益。

在現今許多學科的教學方法中，經常使用單元教學的概念，目的是讓學習者可以獲得相對較有系統的理路。本書的內容編排，就是以單元主題為基礎模式，依照各單篇小說的旨趣、形式、意念、技法等，區分並統整為不同的單元主題。

本書一共收錄了十四篇唐人小說，並區分為五類、五個單元：一，愛情類；二，歷史類；三，俠義類；四，幻夢類；五，志異類。在每一單元後，設計有單元分析表，來貫串各篇的共通性，試練學生對該單元的整合性認知。這個部份側重統合能力、推理能力、思辨能力等的訓練，而強調自我意見的表述。所以，評量的方式，鼓勵自評與互評模式的交叉使用，冀能創造更多邏輯演練、意見交換的互動學習空間。

以下簡述每一單篇小說中的內容：導讀通常是故事概述、作者寫作動機，加上一點簡單的主旨介紹。本書的設計要旨之一，在於提升學習者對於古典小說的賞析能力、激發對於古典小說的喜愛，進而能以小說作為借鑑，對於個人的生活，有所幫助。因此，對於作者的生平，與作品創作的來源、年代，只要牽涉稍微複雜的考證問題，即擱置不論。同樣的原則，正文的內容，如果沒有太大的歧異，不致影響文義，也不一一校訂。因為這些考據的資料，對於學生在閱讀欣賞時，都沒有直接的關聯，因此只有稍加割捨。

注釋、眉批、譯文、析評，都是幫助學生自行閱讀的利器，可以提升閱讀的深度、廣度。在編排上特別使用當頁註，讓學生不必前後翻閱。眉批有畫龍點睛的作用，約略勾勒出各篇小說中的精彩處。譯文可以省去師生上課時，花費在翻譯上的心神。問題與討論是就該篇小說的關鍵內容，設計了一些簡易的問題，或者讓學生進行討論，或者作為考試評量的題庫。

析評是編者用力最深的部份，大致而言，其內容有三項重點可以與讀者分享：第一是針對小說裡的人物、情節、主題，提供個人心得，對於故事進行更深刻與全面的分析及了解。例如〈李娃傳〉中，書生三次的由死而生，與故事的轉折以及編者提出的「衝突」之說習習相關，在本篇的析評中，就有比較完整的說明。第二，本書提出的觀點，其中頗多與一般的觀點有所不同，例如霍小玉故事中，許多研究者過度同情霍小玉的遭遇，難免對於李益喊打喊殺，而忽略霍小玉在人格上的缺陷，才是造成悲劇的最大原因。又如對於聶隱娘角色的評斷，本書的觀點傾向於認定她是殺手而非俠女，並引用部份史料推論，或許可以提供讀者不同的思考角度。第三，因應目前教學的方向，或有鼓勵學生進行「改寫」、「產出」的趨勢，本書在三篇「志異類」的析評中，即試圖導入劇本的概念，將故事情節分成若干「幕」，提供教學上參考之用。例如將〈柳毅傳〉分成六幕，並且分別加上各幕的名稱：「柳毅下第遇龍女」、「柳毅送信見龍王」……等。這些都是本書特別致意之處，也是編者試圖跳脫過往人云亦云、陳陳相因的缺點。

最後，為了促進教學的活潑性，使得學生樂於參與，在若干單元裡，安排了課前活動、課後活動。又為了增加單元主題的豐富性，每一單元的正文授課之前，都有賞析示例，幫助學習者循序漸進，透過每個單元主題的學習，逐步掌握小說的賞析技巧。但為了教科書內容上主體、客體有別，這些相關的教學輔助資料，放在最後的附錄裡，教師們可以斟酌運用。至於使用搭配方式，則在之後的「單元授課說明」中，提供一些建議。

本書此次略作改版，主要增加了析評的內容，對於各篇問題與討論的設計，也有部份調整。前者篇幅增加二至三倍，有部份觀點乃是多年教學時學生的回饋。後者增加了學生思辨、習作的題目，有助於實踐引導學生「產出」的教學目標。若有任何不足之處，尚祈　賜教指正。

自序

本書的撰寫與設計，著眼於內容的統整性與使用的方便性，因此在內容取材上，偏向單元主題的結構安排；在體例形式上，各篇當中都有導讀、正文、眉批、注釋、譯文、析評、問題與討論等七個部份；另外，在附錄的地方，加入了若干輔助性教學設計，以利提升課堂上的授課效益。

在現今許多學科的教學方法中，經常使用單元教學的概念，目的是讓學習者可以獲得相對較有系統的理路。本書的內容編排，就是以單元主題為基礎模式，依照各單篇小說的旨趣、形式、意念、技法等，區分並統整為不同的單元主題。

本書一共收錄了十四篇唐人小說，並區分為五類、五個單元：一、愛情類；二、歷史類；三、俠義類；四、幻夢類；五、志異類。在每一單元後，設計有單元分析表，來貫串各篇的共通性，試練學生對該單元的整合性認知。這個部份側重統合能力、推理能力、思辨能力等的訓練，而強調自我意見的表述。所以，評量的方式，鼓勵自評與互評模式的交叉使用，冀能創造更多邏輯演練、意見交換的互動學習空間。

以下簡述每一單篇小說中的內容：導讀通常是故事概述、作者寫作動機，加上一點簡單的主旨介紹。本書的設計要旨之一，在於提升學習者對於古典小說的賞析能力、激發對於古典小說的喜愛，進而能以小說作為借鑑，對於個人的生活，有所幫助。因此，在作者的生平，與作品創作來源、年代的考查上，只要牽涉稍微複雜的考證問題，即擱置不論。同樣的原則，正文的內容，如果沒有太大的歧異，不致影響文義，也不一一校訂。因為這些考據的資料，對於學生在閱讀欣賞時，都沒有直接的關聯，因此只有稍加割捨。

注釋、眉批、譯文、析評，都是幫助學生自行閱讀的利器，可以提升閱讀的深度、廣度。在編排上特別使用當頁註，讓學生不必前後翻閱。眉批有畫龍點睛的作用，約略勾勒出各篇小說中的精彩處。譯文可以省去師生上課時，花費在翻譯上的心神。析評是針對小說裏的一些重點，提供個人心得，一則用來增加欣賞小說的能力，一則作為問題與討論的基礎，有些拋磚引玉的作用。問題與討論是就該篇小說的關鍵處，設計部份的問題，或者讓學生進行討論，或者作為考試評量的題庫。

最後，為了促進教學的活潑性，使得學生樂於參與，在若干單元裏，安排了課前活動、課後活動。又為了增加單元主題的豐富性，每一單元的正文授課之前，都有賞析示例，幫助學習者循序漸進，透過每個單元主題的學習，逐步掌握小說的賞析技巧。但為了教科書內容上主體、客體有別，這些相關的教學輔助資料，放在最後的附錄裏，教師們可以斟酌運用。至於使用搭配方式，則在之後的「單元授課說明」中，提供一些建議。

本書的編寫，是將個人多年授課的想法及觀察，做一些整理、歸納，在訂定了單元主題教學、引導式教學、互動式教學等機制後，還有其他若干要項，礙於一般授課時間的限制，以及教學目標的設立，不得不割捨。若有遺珠之憾，尚祈　賜教。

柯金木謹志

唐人小說——閑觀傳奇話古今

目次

附錄

課程應用

單元授課說明

單元名稱	課前活動	賞析示例	故事解析	課後活動	單元整合分析
課程導入	認識自己 認識彼此	唐人小說簡介			
一、愛情類		人物	李娃傳 鶯鶯傳 霍小玉傳	星座性格分析	愛情類單元分析表
二、歷史類	廣告大觀	主旨	長恨傳 東城老父傳		歷史類單元分析表
三、俠義類	故事接龍	神話與原型	虬髯客傳 謝小娥傳 紅綫 聶隱娘		俠義類單元分析表
四、幻夢類	生活中的禁忌	象徵	枕中記 南柯太守傳		幻夢類單元分析表
五、志異類		唐人小說五大問	離魂記 柳毅傳 無雙傳		志異類單元分析表
課程應用		小說與人生		電影賞析 音樂賞析	

唐人小說概述

唐代的小說，在小說的發展歷史上，佔有十分重要的地位。唐代以前，甚至沒有比較成熟的小說出現。一些具有故事型態的作品，大部份也只是「故事」而已。不像唐人小說中的人物、情節、主題，那麼樣的複雜、深刻。不但如此，作者在創作的心態上，也有明顯的不同。唐代以前的作品，作者似乎只是停留在「收集」故事的階段。到了唐代，作者則是有意創作，並且藉著作品來傳達某些特定、強烈的主題或觀念。

從這個角度來看，唐人小說有幾個特點很值得我們注意：

一、人物塑造具有典型

一篇小說的成功與否，可以從人物的塑造，是否具有特定的典型來判斷。人物可以說是小說的靈魂，如果人物的塑造失敗，這篇小說就絕對不會是成功的作品。從我們挑選的幾篇小說來看，愛情類中的書生，與俠義類中的俠士、俠女，在形象、性格上，絕對不同。甚至即使是同樣的愛情小說，〈李娃傳〉裏癡情的書生，與〈鶯鶯傳〉當中始亂終棄的張生，也不一樣。

二、情節發展引人入勝

小說是以故事為主體，故事的本身，應該要有高潮、引人入勝的情節，才能吸引一般的讀者。像是〈虬髯客傳〉，從李靖求見楊素、斥責楊素，到紅拂夜奔、二人投宿靈石旅舍，一步一步引出虬髯客。接著在靈石旅舍的那一段，從剛開始的劍拔弩張，到後來的化干戈為玉帛，進而結為莫逆之交。作者在情節的安排上，的確是匠心獨具，才能使得故事產生這麼大的張力。

三、主題思想明確可觀

小說的主題等於是作者藉著這個故事，想要告訴我們什麼。而唐人小說的作者，又經常在小說的一開始或結束的地方，說出個人創作的動機、目的，很清楚地提供讀者故事的主題是什麼。例如〈南柯太守傳〉的最後，作者說：「竊位著生，冀將為戒。後之君子，幸以南柯為偶然，無以名位驕於天壤間云。」這就是該篇小說的主題。

四、抒情寫景技巧高明

一篇成功的小說，在抒情寫景的技巧上，必然要有獨到的地方，才可以烘托出人物的特色，或是達到以景喻情、情景交融的效果。例如〈東城老父傳〉裏，作者刻意描繪賈昌指揮群雞的場景，將賈昌的得意洋洋與群雞的模樣，唯妙唯肖地呈顯出來，再藉著其他表演者的喪氣作對比，諷刺賈昌的不可一世，在技巧上，真是無比的高明！

綜觀上述的四個特點，介紹、閱讀唐人小說，應該是一件很有趣的事情。因此，歡迎更多的同好，隨著本書的內容，一起進入唐人小說的世界。

李娃傳

白行簡

導讀

本篇作者白行簡，是白居易的弟弟。唐代宗大曆十一年（西元七七六年）生，敬宗寶曆二年（西元八二六年）卒，年五十一。

〈李娃傳〉是唐人小說中，最膾炙人口的作品之一。內容敘述一位涉世未深的書生，在進京考試時，遇見了娼女李娃。在與李娃相處一年之後，書生經歷了散盡錢財、受騙逐出、流落凶肆、幾乎被父親打死、淪為乞丐等遭遇。後來由李娃悉心照顧，考上功名、父子相認、迎娶李娃，而圓滿結束。

本文的寫作動機，有一種說法是，白行簡出身寒門，對於當時的門閥風氣十分不以為然，因此特別撰述此文，強調像李娃這樣的娼妓，「節行瑰奇」甚至超過那些名門淑媛。文章最後，特別強調故事的來源有所依據，並非虛構。為了強化這種真實性，小說中，對於地名、時間，甚至是人物，都煞有其事地載明，這正是唐代小說的通例。

課文與注釋

汧國夫人李娃，長安之倡女❶也。節行瑰奇，有足稱者，故監察御史❷白行簡為

❶倡女：即娼女。
❷監察御史：依照唐代的制度，設有監察御史十五人，掌管分察百官、巡撫州縣獄訟、祭祀及監諸軍出使等。

傳述。

天寶中，有常州刺史滎陽公者，略其名氏不書。時望甚崇，家徒甚殷。知命之年❸，有一子，始弱冠❹矣；雋朗有詞藻❺，迥然不群❻，深為時輩推伏。其父愛而器之，曰：「此吾家千里駒也。」應鄉賦❼秀才舉，將行，乃盛其服玩車馬之飾，計其京師薪儲之費❽，謂之曰：「吾觀爾之才，當一戰而霸。今備二載之用，且豐爾之給，將為其志也。」生亦自負，視上第如指掌❾。自毗陵發，月餘抵長安，居於布政里。

嘗遊東市還，自平康東門入，將訪友於西南。至鳴珂曲❿，見一宅，門庭不甚廣，而室宇嚴邃。闔一扉，有娃方憑一雙鬟青衣⓫立，妖姿要妙⓬，絕代未有。生忽見之，

---

❸知命之年：五十歲。

❹弱冠：古代男子二十歲成人，行冠禮，體未壯，故稱弱。

❺雋朗有詞藻：雋朗，俊秀明悟。有詞藻，有文才。

❻迥然不群：出人頭地，非比尋常。

❼鄉賦：又稱為鄉貢。唐代不經學館考試，而由州縣推薦應科舉的士子。

❽薪儲之費：泛指生活上的花費。

❾指掌：指著自己的手心，表示非常容易的事情。

❿鳴珂曲：也稱鳴珂巷。唐代京都長安胡同名，是當時妓女聚居之處，後代也以此作為冶遊場所的代稱。

⓫雙鬟青衣：鬟，環形的髮髻。青衣，婢女。

⓬妖姿要妙：嫵媚的姿態十分美好。

職業本能使然

侍兒失常反應，足見書生到來，在李娃意料之中。

不覺停驂久之，徘徊不忍去。乃詐墜鞭於地，候其從者，敕取之。累眄⑬於娃，娃回眸凝睇，情甚相慕。竟不敢措辭而去。

生自爾意若有失，乃密徵其友遊長安之熟者，以訊之。友曰：「此狹邪女⑭李氏宅也。」曰：「娃可求乎？」對曰：「李氏頗贍。前與之通者多貴戚豪族，所得甚廣。非累百萬，不能動其志也。」生曰：「苟患其不諧，雖百萬，何惜。」

他日，乃潔其衣服，盛賓從而往。扣其門，俄有侍兒啟扃⑮。生曰：「此誰之第耶？」侍兒不答，馳走大呼曰：「前時遺策郎也！」娃大悅曰：「爾姑止之。吾當整妝易服而出。」生聞之私喜。乃引至蕭牆⑯間，見一姥垂白上僂⑰，即娃母也。生跪拜前致詞曰：「聞茲地有隙院，願稅以居，信乎⑱？」姥曰：「懼其淺陋湫隘⑲，不

⑬眄：斜視。
⑭狹邪女：即娼女。
⑮啟扃：開門。扃，門閂，音ㄐㄩㄥ。
⑯蕭牆：大門內的屏障，設置的功用，是不讓外人一下子就看見屋內的情況。
⑰垂白上僂：垂白，頭髮發白。上僂，駝背。僂，音ㄌㄩˇ。
⑱聞茲地有隙院三句：王夢鷗先生認為這是尋歡客用的某種暗語，並非真要租屋。
⑲湫隘：低濕狹窄。湫，音ㄐㄧㄠˇ。

足以辱長者所處，安敢言直耶。」延生於遲賓⑳之館，館宇甚麗。與生偶坐，因曰：「某有女嬌小，技藝薄劣，欣見賓客，頗將見之。」乃命娃出。明眸皓腕，舉步豔冶。生遽驚起，莫敢仰視。與之拜畢，敘寒燠㉑，觸類妍媚㉒，目所未睹。復坐，烹茶斟酒，器用甚潔。

久之，日暮，鼓聲四動㉓。姥訪其居遠近。生紿㉔之曰：「在延平門外數里。」——冀其遠而見留也。姥曰：「鼓已發矣。當速歸，無犯禁。」生曰：「幸接歡笑，不知日之云夕。道里遼闊，城內又無親戚。將若之何？」娃曰：「不見責僻陋，方將居之，宿何害焉。」生數目姥。姥曰：「唯唯。」生乃召其家僮，持雙縑，請以備一宵之饌。娃笑而止之曰：「賓主之儀，且不然也。今夕之費，願以貧窶㉕之家，隨其粗糲以進之。其餘以俟他辰。」固辭，終不許。

姥姥明知故問

唯唯之語，欲擒故縱。

⑳遲賓：招待客人。
㉑敘寒燠：寒暄。燠，熱也。音ㄩˋ。
㉒觸類妍媚：一舉一動都非常美麗嬌媚。
㉓鼓聲四動：宵禁的鼓聲四處響起。
㉔紿：欺騙。音ㄉㄞˋ。
㉕貧窶：貧窮。窶，音ㄐㄩˋ。

姥起，才能製造二人親密機會。

姥至，真是神出鬼沒，來得真巧。

俄徙坐西堂，幃幙簾榻㉖，煥然奪目；妝奩㉗衾枕，亦皆侈麗。乃張燭進饌，品味甚盛。徹饌，姥起。生娃談話方切，詼諧調笑，無所不至。生曰：「前偶過卿門，遇卿適在屏間。厥後心常勤念，雖寢與食，未嘗或捨。」娃答曰：「我心亦如之。」生曰：「今之來，非直求居而已，願償平生之志。但未知命也若何？」言未終，姥至，詢其故，具以告。姥笑曰：「男女之際，大欲存焉。情苟相得，雖父母之命，不能制也。女子固陋，曷足以薦君子之枕席㉘？」生遂下階，拜而謝之曰：「願以己為廝養㉙。」姥遂目之為郎，飲酣而散。

及旦，盡徙其囊橐㉚，因家於李之第。自是生屏跡戢身，不復與親知相聞。日會倡優㉛儕類，狎戲遊宴。囊中盡空，乃鬻駿乘，及其家童。歲餘，資財僕馬蕩然。邇來姥意漸怠，娃情彌篤。

㉖幃幙簾榻：幃，同帷，帳幕。幙，在上方的帷幕。簾，門簾。榻，狹長而低，可供坐臥的床。

㉗奩：古代婦女梳妝用的鏡匣。音ㄌㄧㄢˊ。

㉘薦枕席：侍候。

㉙廝養：又稱廝役，本指做雜事勞役的奴隸，後泛指受人驅使的奴僕。

㉚囊橐：行李。橐，音ㄊㄨㄛˊ。

㉛倡優：歌舞雜伎藝人。

生不知其計，預告是計，此為行文中之敗筆。

相視而笑，盡在不言中。

書生懷疑，李娃不答。

他日，娃謂生曰：「與郎相知一年，尚無孕嗣。常聞竹林神者，報應如響㉜，將致薦酹㉝求之，可乎？」生不知其計，大喜。乃質衣於肆，以備牢醴㉞，與娃同謁祠宇而禱祝焉，信宿㉟而返。策驢而後，至里北門，娃謂生曰：「此東轉小曲中，某之姨宅也。將憩而覲之，可乎？」生如其言。前行不逾百步，果見一車門。窺其際，甚弘敞。其青衣自車後止之曰：「至矣。」生下，適有一人出訪曰：「誰？」曰：「李娃也。」乃入告。俄有一嫗至，年可四十餘，與生相迎，曰：「吾甥來否？」娃下車，嫗迎訪之曰：「何久疏絕？」相視而笑。娃引生拜之。既見，遂偕入西戟門㊱偏院。中有山亭，竹樹蔥蒨，池榭幽絕。生謂娃曰：「此姨之私第耶？」笑而不答，以他語對。俄獻茶果，甚珍奇。食頃㊲，有一人控大宛㊳，汗流馳至，曰：「姥遇暴疾頗甚，

㉜報應如響：報應又靈驗又快，就像發出聲音馬上有回響。

㉝薦酹：用酒食來祭鬼神。酹，音ㄌㄟˋ。

㉞牢醴：牢，豬、牛、羊三牲。醴，酒。

㉟信宿：連住兩夜。

㊱戟門：立戟為門。古代帝王外出，在止宿處插戟為門。後指顯貴之家或顯赫的官署。

㊲食頃：吃一頓飯的時間，大多形容時間很短。

㊳大宛：漢西域國名，產良馬，此以「大宛」為馬的代名詞。

殆不識人。宜速歸。」娃謂姨曰：「方寸㊴亂矣！某騎而前去，當令返乘，便與郎偕來。」生擬隨之。其姨與侍兒偶語，以手揮之，令生止於戶外，曰：「姥且歿矣。當與某議喪事以濟其急，奈何遽相隨而去？」乃止，共計其凶儀齋祭之用。日晚，乘不至。姨言曰：「無復命，何也？郎驟往覘之，某當繼至。」生遂往，至舊宅，門扃鑰甚密，以泥緘之。生大駭，詰其鄰人。鄰人曰：「李本稅此而居，約已周矣。第主自收。姥徙居，而且再宿矣。」徵徙何處？曰：「不詳其所。」生將馳赴宣陽，以詰其姨，日已晚矣，計程不能達。乃弛㊵其裝服，質饌而食，賃榻而寢。

生恚怒㊶方甚，自昏達旦，目不交睫㊷。質明，乃策蹇㊸而去。既至，連扣其扉，食頃無人應。生大呼數四，有宦者徐出。生遽訪之：「姨氏在乎？」曰：「無之。」生曰：「昨暮在此，何故匿之？」訪其誰氏之第。曰：「此崔尚書宅。昨者有一人稅此院，云遲中表之遠至者。未暮去矣。」生惶惑發狂，罔知所措，因返訪布政舊邸。

何故匿之，極為無理，可見書生急怒攻心，已無理智。

㊴方寸：心。
㊵弛：脫下。
㊶恚怒：大怒。恚，音ㄏㄨㄟˋ。
㊷目不交睫：眼皮不合攏，不睡覺。
㊸策蹇：騎著驢子。

書生第一次由死而生

邸主哀而進膳。生怨懣[44]，絕食三日。遘疾[45]甚篤，旬餘愈甚。邸主懼其不起，徙之於凶肆[46]之中。綿綴[47]移時，合肆之人共傷嘆而互飼之。後稍愈，杖而能起。由是凶肆日假之，令執繐帷，獲其直以自給。累月，漸復壯。每聽其哀歌，自嘆不及逝者，輒嗚咽流涕，不能自止。歸則效之。生，聰敏者也，無何，曲盡其妙，雖長安無有倫比。

初，二肆之傭凶器[48]者，互爭勝負。其東肆車轝[49]皆奇麗，殆不敵，唯哀挽[50]劣焉。其東肆長知生妙絕，乃醵[51]錢二萬索顧焉。其黨耆舊，共較其所能者，陰教生新聲，而相贊和。累旬，人莫知之。其二肆長相謂曰：「我欲各閱所傭之器於天門街，以較優劣。不勝者罰直五萬，以備酒饌之用，可乎？」二肆許諾。乃邀立符契，署以

[44] 怨懣：怨恨煩悶。懣，音ㄇㄣˋ。
[45] 遘疾：生病。
[46] 凶肆：代辦喪事的店家，類似現在的殯儀館。
[47] 綿綴：纏綿委頓，指病得很重。
[48] 凶器：指棺木及喪葬時使用的器具。
[49] 轝：同輿。
[50] 哀挽：即挽歌，喪葬時唱的哀歌。
[51] 醵：湊錢。音ㄐㄩˋ。

保證，然後閱之。士女大和會，聚至數萬。於是里胥告於賊曹52，賊曹聞於京尹。四方之士，盡赴趨焉，巷無居人。自旦閱之，及亭午53，歷舉輦轝威儀之具，西肆皆不勝，師有慚色。乃置層榻54於南隅，有長髯者，擁鐸55而進，翊衛56數人。於是奮髯揚眉，扼腕頓顙57而登，乃歌〈白馬〉之詞58；恃其夙勝，顧眄左右，旁若無人。齊聲贊揚之；自以為獨步一時，不可得而屈也。有頃，東肆長於北隅上設連榻，有烏巾少年，左右五六人，秉翣59而至，即生也。整衣服，俯仰甚徐，申喉發調，容若不勝。乃歌〈薤露〉之章60，舉聲清越，響振林木，曲度未終，聞者歔欷掩泣61。西肆長為

愈是有實力，愈是從容，深藏不露。

---

52 里胥告於賊曹：里胥，里吏，里長。賊曹，本為漢代掌京城內水火、盜賊、詞訟一類事務的官員，此借指唐代的「捕賊官」。

53 亭午：正午。

54 層榻：高榻。

55 鐸：大鈴。

56 翊衛：護衛的人。

57 扼腕頓顙：左手抓住右手腕部，得意或失意時一種振奮的表示，此指前者。頓顙，點點頭，登臺向觀眾打招呼的一種方式。顙，音ㄙㄤˇ。

58 白馬之詞：本來是敘述邊塞征戰之苦的詩歌，因為曲調悲涼，成為挽歌。

59 秉翣：秉，拿著。翣，用鳥類羽毛作成的大扇子，古代出殯時，由人拿著跟隨在棺木旁的儀物，音ㄕㄚˋ。

60 薤露之章：送葬的歌曲。薤，一種開紫花的百合科植物，音ㄒㄧㄝˋ。薤露，比喻人生如早晨薤上的露珠，很快就消逝。

61 歔欷掩泣：感動嘆氣，掩面哭泣。

眾所誚㉒，益慚恥。密置所輸之直於前，乃潛遁焉。四坐愕眙㉓，莫之測也。

先是，天子方下詔，俾外方之牧，歲一至闕下，謂之「入計」。時也適遇生之父在京師，與同列者易服章竊往觀焉。有老豎㉔——即生乳母婿也——見生之舉措辭氣，將認之而未敢，乃泫然流涕。生父驚而詰之。因曰：「歌者之貌，酷似郎之亡子。」父曰：「吾子以多財為盜所害，奚至是耶？」言訖，亦泣。及歸，豎間㉕馳往，訪於同黨曰：「向歌者誰？若斯之妙歟？」皆曰：「某氏之子。」徵其名，且易之矣。豎凜然大驚；徐往，迫而察之。生見豎色動，回翔㉖將匿於眾中。豎遂持其袂㉗曰：「豈非某乎？」相持而泣。遂載以歸。至其室，父責之曰：「志行若此，污辱吾門！何施面目，復相見也？」乃徒行出，至曲江㉘西杏園東，去其衣服，以馬鞭鞭之數百。生不勝其苦而斃。父棄之而去。

㉒誚：譏笑。音ㄑㄧㄠˋ。
㉓愕眙：驚愕呆看著。眙，音ㄔˋ。
㉔老豎：老僕人。
㉕間：找機會。
㉖回翔：躲躲藏藏。
㉗袂：衣袖。
㉘曲江：唐代十分著名的風景區，在長安城的東南邊。

書生第二次由死而生

其師命相狎暱者陰隨之，歸告同黨，共加傷嘆。令二人齎葦席瘞[69]焉。至，則心下微溫。舉之，良久，氣稍通。因共荷而歸，以葦筒灌勺飲，經宿乃活。月餘，手足不能自舉。其楚撻之處皆潰爛，穢甚。同輩患之，一夕，棄於道周。行路咸傷之，往往投其餘食，得以充腸。十旬，方杖策而起。被布裘，裘有百結，襤褸如懸鶉[70]。持一破甌[71]，巡於閭里，以乞食為事。自秋徂冬，夜入於糞壤窟室[72]，晝則周遊廛肆[73]。

一旦大雪，生為凍餒所驅，冒雪而出，乞食之聲甚苦。聞見者莫不悽惻。時雪方甚，人家外戶多不發。至安邑東門，循理垣北轉第七八，有一門獨啟左扉，即娃之第也。生不知之，遂連聲疾呼：「飢凍之甚！」音響淒切，所不忍聽。娃自閤中聞之，謂侍兒曰：「此必生也。我辨其音矣。」連步而出。見生枯瘠疥厲[74]，殆非人狀。娃

[69] 瘞：葬。

[70] 襤褸如懸鶉：衣服破爛像是將鶉鳥懸掛起來，蓋鶉鳥尾禿，有如破衣。鶉，音ㄔㄨㄣˊ。

[71] 甌：碗。

[72] 糞壤窟室：糞壤，穢土。窟室，地下室。

[73] 廛肆：街市。

[74] 枯瘠疥厲：身體乾瘦又生了疥瘡。

意感焉，乃謂曰：「豈非某郎也？」生憤懣絕倒[75]，口不能言，頷頤[76]而已。娃前抱其頸，以繡襦擁而歸於西廂。失聲長慟曰：「令子一朝及此，我之罪也！」絕而復蘇。姥大駭，奔至，曰：「何也？」娃曰：「某郎。」姥遽曰：「當逐之。奈何令至此？」娃斂容卻睇[77]曰：「不然，此良家子也。當昔驅高車，持金裝，至某之室，不逾期而蕩盡。且互設詭計，捨而逐之，殆非人。令其失志，不得齒於人倫[78]。父子之道，天性也。使其情絕，殺而棄之。又困躓若此。天下之人盡知為某也。生親戚滿朝，一旦當權者熟察其本末，禍將及矣。況欺天負人，鬼神不祐，無自貽其殃也。某為姥子，迨今有二十歲矣。計其貲，不啻直千金。今姥年六十餘，願計二十年衣食之用以贖身，當與此子別卜所詣[79]。所詣非遙，晨昏得以溫清[80]，某願足矣。」姥度其志不可奪，因許之。給姥之餘，有百金。北隅四五家稅一隙院。乃與生沐浴，易其衣服。為湯粥，

其志不可奪，即李娃自有主張。

[75] 憤懣絕倒：氣憤得快要昏倒。
[76] 頷頤：點頭。
[77] 斂容卻睇：整肅面容迴看著。
[78] 不得齒於人倫：被自己的父親所不恥。
[79] 別卜所詣：另外找房子住。
[80] 晨昏得以溫清：早晚可以問安服侍。溫清，猶如噓寒問暖。清，音ㄑㄧㄥˋ。

通其腸；次以酥乳潤其臟；旬餘，方薦水陸之饌。頭巾履襪，皆取珍異者衣之。未數月，肌膚稍腴；卒歲81，平愈如初。

異時，娃謂生曰：「體已康矣，志已壯矣。淵思寂慮82，默想曩昔之藝業，可溫習乎？」生思之，曰：「十得二三耳。」娃命車出遊，生騎而從。至旗亭83南偏門鬻墳典84之肆，令生揀而市之，計費百金，盡載以歸。因令生斥棄百慮以志學，俾夜作晝，孜孜矻矻85。娃常偶坐，宵分乃寐。伺其疲倦，即諭之綴詩賦。二歲而業大就，海內文籍，莫不該覽。生謂娃曰：「可策名試藝矣。」娃曰：「未也。且令精熟，以俟百戰。」更一年，曰：「可行矣。」於是遂一上登甲科86，聲振禮闈87。雖前輩見

81卒歲：過完了一年。
82淵思寂慮：深思靜慮。
83旗亭：唐代市場交易時間，需在正午敲鼓三百下，才可以開始。傍晚則敲鉦三百下，結束營業關門。旗亭即為敲擊鼓鉦的樓，因此又作為市集的代稱。
84墳典：即三墳（三皇時代的古籍）、五典（五帝時代的古籍），此泛指書籍。
85孜孜矻矻：勤勞不息的樣子。矻，音ㄎㄨˋ。
86登甲科：唐代考選制度，進士分甲、乙兩科，明經分甲、乙、丙、丁四科，甲科試題最難，考取甲科者任官品秩也較高。
87禮闈：即禮部。

書生第三次由死而生

李娃意志堅決，無人可改變。

其文，罔不斂衽❽❽敬羨，願友之而不可得。娃曰：「未也。今秀士苟獲擢一科第，則自謂可以取中朝之顯職，擅天下之美名。子行穢跡鄙，不侔於他士。當礱淬利器❽❾，以求再捷，方可以連衡❾⓿多士，爭霸群英。」生由是益自勤苦，聲價彌甚。其年，遇大比❾❶，詔徵四方之雋，生應直言極諫科，策名第一，授成都府參軍。三事以降，皆其友也。

將之官，娃謂生曰：「今之復子本軀，某不相負也。願以殘年，歸養老姥。君當結媛鼎族，以奉蒸嘗❾❷。中外婚媾，無自瀆也。勉思自愛。某從此去矣。」生泣曰：「子若棄我，當自剄以就死！」娃固辭不從，生勤請彌懇。娃曰：「送子涉江，至於劍門，當令我回。」生許諾。

月餘，至劍門。未及發而除書❾❸至，生父由常州詔入，拜成都尹兼劍南採訪使。

❽❽斂衽：提起衣襟夾在帶間，表示敬意。

❽❾礱淬利器：礱，磨也。淬，鑄劍燒紅時在水中蘸一下。礱淬利器，指鑽研學問。

❾⓿連衡：戰國時張儀遊說六國共同事奉秦國，稱為連衡，這裏有聯絡、聯合的意思。

❾❶大比：周代鄉大夫三年考試一次，選用賢能，稱為「大比」，後以三年為期的科舉考試也稱「大比」。

❾❷奉蒸嘗：主持祭祀。蒸嘗分別為冬、秋祭禮名稱。

❾❸除書：任命新職的詔書。

角色轉換、扮演成功。

浹辰94，父到。生因投刺95，謁於郵亭。父不敢認，見其祖父官諱，方大驚，命登階，撫背慟哭。移時，曰：「吾與爾父子如初。」因詰其由，具陳其本末。大奇之，詰娃安在。曰：「送某至此，當令復還。」父曰：「不可。」翌日，命駕與生先之成都，留娃於劍門，築別館以處之。

明日，命媒氏通二姓之好，備六禮96以迎之，遂如秦晉之偶97。娃既備禮，歲時伏臘98，婦道甚修，治家嚴整，極為親所眷。向後數歲，生父母偕歿，持孝甚至。有靈芝產於倚廬99，一穗三秀。本道上聞。又有白燕數十，巢其層甍100。天子異之，寵錫加等。終制，累遷清顯之任。十年間，至數郡。娃封汧國夫人。有四子，皆為大官；其卑者猶為太原尹。弟兄姻媾皆甲門，內外隆盛，莫之與京101。

94 浹辰：浹，一周。辰，十二時辰。浹辰，即十二天。
95 刺：名片。
96 六禮：古代訂婚的六項手續，分別是納采、問名、納吉、納徵、請期、親迎。
97 秦晉之偶：春秋時代，秦國與晉國多次聯姻，後代多以秦晉之偶，作為兩人結婚、成為佳偶的代稱。
98 歲時伏臘：伏臘為古代夏、冬二祭名稱。歲時伏臘，猶言逢年過節。
99 倚廬：守孝的草廬。
100 層甍：房屋的大梁。甍，音ㄇㄥˊ。
101 莫之與京：沒有人比得上。京，大。

嗟乎！倡蕩之姬，節行如是，雖古先烈女，不能逾也。焉得不為之嘆息哉！予伯祖嘗牧晉州，轉戶部，為水陸運使，三任皆與生為代，故諳詳其事。貞元中，予與隴西李公佐話婦人操烈之品格，因遂述汧國之事。公佐拊掌竦聽[102]，命予為傳。乃握管濡翰，疏而存之。時乙亥歲秋八月，太原白行簡云。

[102] 拊掌竦聽：拊掌，同撫掌。竦聽，敬聽。

譯文

汧國夫人李娃，是長安城的娼女。她的節操行為珍異可貴，有值得稱道的地方，所以前監察御史白行簡為她作傳記。

天寶年間，有一位常州刺史滎陽公，他的姓名，暫且省略不寫。當時聲望很高，家裏的僕役很多。到他五十歲時，有一個兒子才二十歲，長得俊秀明智、頗有文才，遠遠超過同輩，深得當時人推許佩服。他的父親對他又愛又器重，說：「這是我們家的千里馬！」後來他應州郡的保送，進京參加考試。要出發之前，父親為他準備了許多講究的衣服、珍玩、車馬，又計算在京城的生活費用，告訴他說：「我看以你的才學，應該是一考高中。現在準備了兩年的花費，而且給你豐富的用度，是要幫助你達到志願。」書生也很自負，把考試及第看作是非常容易的事。從毗陵出發，一個多月後到達長安，住在布政里。

有一次，書生遊東市場回來，從平康里東門進入，準備到西南邊拜訪朋友。經過鳴珂曲，看到一戶人家，門戶庭院都不很大，屋宇卻整齊深邃，關著一扇門，有一個少女，正靠著一個梳雙髻的丫鬟站著，姿態嫵媚美妙，世所未見。書生一下子看到她，不知不覺停下馬好久，接著就在那兒走來走去，無法離開。於是假裝把馬鞭掉到地上，等候隨從跟上來，再命令他們撿起來。書生幾次斜著眼睛看著少女，少女也轉眼回視，神情像是非常地愛慕，但他終究不敢說一句話就回去了。

書生從此像是失了魂魄，就偷偷詢問那些熟悉長安情形的朋友。朋友說：「這是娼女李家的宅子。」書生問：「這個女子可以得到手嗎？」朋友說：「李家很有錢，先前與她來往的人，大多是貴族豪門，收入很多，不花上百萬的錢，是不能使她心動的！」書生說：「就怕事情不成功，即使花個百萬錢，有什麼好吝惜的呢！」

過了幾天，書生就穿著講究的衣服，帶了很多朋友隨從，去李家敲門。不久有個丫鬟來開門。書生問：「這是誰的府第呀？」那個丫鬟沒有答話，轉身就往回跑，大聲叫著說：「前幾天掉馬鞭的公子來了！」李娃很高興地說：「妳暫且留住他，我先化妝更衣再出來。」書生聽了，心裏很高興。丫鬟帶著書生走到蕭牆之間，看見一個白頭髮、駝背的老婆婆，就是李娃的母親。書生行過禮後，上前說：「聽說這裏有空院子，我希望租下來住；真的有嗎？」婆婆說：「只怕太過簡陋低小，不配委屈您住，哪敢說什麼租金呢！」於是延請書生到接待賓客的客廳。房子的佈置很華麗，老婆婆陪著書生坐下，就說：「我有一個嬌小的女兒，才藝淺薄而拙劣，很高興能夠見到客人，希望引見給你。」就叫李娃出來。只見她眼眸明亮，手腕皓白，走起路來，豔麗照人。書生十分驚喜，不覺站起身來，卻不敢抬頭看她。與她行過禮，相互寒暄之後，只覺得她一舉一動，都非常美麗嬌媚，真是從來也沒看過。再坐了下來，泡茶斟酒，用具也都很乾淨。

待了好一會兒，日色漸晚，宵禁的鼓聲四處響起。老婆婆問書生住處遠近，書生騙她說：「在延平門外好幾里。」希望因為路遠而被挽留。老婆婆說：「更鼓已經響了，應當趕緊回去，不要犯了夜禁！」書生說：「很榮幸接受款待，心裏非常高興，卻不知道時間已晚，回家路遠，城內又沒有親戚，怎麼辦呢？」李娃說：「要是不嫌簡陋，暫且就住下來吧，宿一晚有什麼妨害呢？」書生幾次看著老婆婆。婆婆說：「哦！哦！」書生就叫僕人，拿出兩匹縑帛，作為預備晚上酒菜的費用。李娃笑著阻止說：「主客之間的禮儀，不是這樣的。今天晚上的費用，就讓我們這窮人家，隨便做些粗菜淡飯來請你。其他的改天再說吧！」書生堅持推辭，李娃終究不答應。

不久，換坐到西邊的房子，帳幔、門簾、床榻，光彩耀眼；妝奩、被褥、枕頭，也都很華麗。於是點起蠟燭來進食，酒菜十分豐盛。吃完收拾了去，老婆婆起身離開。書生與李娃談得正投機，戲謔、調情、說笑，無所不至。書生說：「先前偶然經過妳家門口，正好碰到妳在屏門間。以後，心裏常常想著妳，即使是睡覺吃飯，也忘不了。」李娃回答說：「我的心也是這樣！」書生說：「今天來這裏，不只是求得住下來，更希望能達到平生的願望，但不知道命運怎麼樣？」話還沒說完，婆婆進來，問書生原因，書生原原本本的告訴她。老婆婆笑著說：「男女之間，存在著人們最大的慾望。只要情意相投，就算是父母的命令，也不能禁制。我這醜陋的女兒，怎麼配得上您呢？」於是書生走到階下，拜倒謝她說：「我願意成為妳們的奴僕！」老婆婆就把書生看作女婿，大家痛快地喝酒散去。

到了第二天早上，書生將自己的行李都搬來，就住在李娃家裏。從此，書生斂跡隱身，不再與親戚好友們往來。天天跟著那些歌女戲子，一起吃喝遊玩。袋裏的錢用光了，就變賣車馬和家僮。過了一年多，錢財、車馬、僮僕都沒了。近日來，老婆婆對書生漸漸地疏淡，李娃對書生的情感卻更加深厚。

有一天，李娃對書生說：「我與您相好一年了，還沒有懷孕生子。常聽人說，竹林神的靈應很快，我們帶些祭品去祈禱，好嗎？」書生不知道這是詭計，非常高興，就把衣服拿到當舖當錢，準備祭品，與李娃一同去廟裏祈求祝禱，住了兩晚才回來。書生騎著驢子跟在車後，到了宣陽里北門，李娃對書生說：「從這裏東轉的小彎巷中，是我阿姨的家。我想到她那兒歇歇、探望她，好嗎？」書生依她的話，向前走不到一百步，果然看見有個車門。看它的裏頭十分的寬敞。丫鬟從車後面叫停下，說：「到了。」書生才下了驢子，恰好有個人出來問說：「誰呀？」說：「是李娃。」那人就進去報告。不久有一個婦人出來，年紀大約四十多歲，迎著書生說：「外甥女來了嗎？」李娃下車，婦人迎上來問她說：「怎麼這麼久不來看看我呀？」大家互相看著，笑起來。李娃帶著書生拜見婦人。拜見過了，就一起走進西邊戟門內的偏院。院子裏有假山亭臺，竹子樹木青翠茂盛，水池花榭非常幽靜。書生問李娃說：「這是阿姨私人的府第嗎？」李娃只是笑著，沒有回答，說些別的話。不久，擺上茶點水果，都是很珍貴少見的。才吃了一會兒，有一個人騎著大宛馬，滿頭是汗地跑進來，說：「老婆婆突然害病，很厲害，幾乎認不得人了，你們要趕緊回去！」李娃對阿姨說：「我心裏亂了。我先騎馬回去，然後讓馬回來，你就與相公一起來。」書生打算跟她一起走，那個阿姨和丫鬟秘密說話，向書生擺擺手，叫書生在門外等一下，說：「老婆婆快要死了。應當與你一起討論喪葬的事宜，你怎麼就急著要跟她走呢？」書生只好留下，與她一起算計喪事的儀節、開支，以及齋僧供祭的費用。等到天晚，馬車還不來。阿姨說：「沒有回訊，為什麼呢？您趕緊去看看，我接著就到。」書生於是就走了。回到舊宅，門鎖得緊緊的，還用泥封了起來。書生大吃一驚，跑去問鄰居。鄰居說：「李家本來就是租房子住，租期已經滿了。房東來收回去，老婆婆搬家將近兩天了。」書生又問搬到哪裏，鄰居說：「不知道搬到哪裏。」書生想跑回宣陽里去問阿姨，時間卻已經很晚了，算算路程不能到達。只好脫下外衣，當錢買些東西吃，租個床鋪過夜。

書生又恨又氣到了極點，從晚上到天亮，眼睛都無法閉一下。天才亮，就騎著跛驢到宣陽去。到了那裏，接連的敲門，有一頓飯工夫，沒有人應門。書生又大聲叫喊幾次，才有一個做官樣子的人慢慢地出來，書生馬上問他說：「阿姨在嗎？」那人說：「沒有什麼阿姨。」書生說：「昨天晚上還在這裏，為什麼把她藏起來？」又問這是誰的宅第。那人說：「這是崔尚書的宅子。昨兒有人租這院子，說是接待遠道來的表親，不到晚上就離開了。」書生惶恐疑惑得要發瘋，不知道該怎麼辦才好，就回去找布政里的舊旅舍。旅舍的主人可憐書生，給書生吃的東西。書生又生氣又煩悶，三天不吃東西，竟然害起重病，經過十多天，更加沉重。旅舍主人怕書生好不了，就把書生移到殯儀舖裏。纏綿委頓，拖了好一段時間，所有殯儀舖的人都嘆惜書生的遭遇，輪流餵書生東西。後來稍微好一點，扶著手杖勉強能夠起來。從此殯儀舖就每天給他一點工作，替人執靈幃，賺點錢來養活自己。幾個月後，漸漸地又壯了起來，每次聽到別人唱起輓歌，就嘆惜自己不如那些死人，往往痛哭流涕，不能自已。回來就學著唱，書生本來就是個聰明人，也不知怎麼了，竟然完全掌握輓歌的妙處，即使是長安城裏，也沒有一個比得上。

起初，有東西兩家專租殯殮用具的商店，常常競爭高下。東店的坐車靈車都很華麗講究，別家大多比不過，只有輓歌唱得較差。這東店老闆知道書生的輓歌唱得極好，於是湊了兩萬錢來僱用書生。又找了一些元老，共同將自己所擅長的，秘密教導書生新歌，而且在一旁唱和。過了幾十天，沒有人知道這件事。這兩家店舖的老闆相約：「我們要把所有出租的器具，陳列在天門街上，比賽一下好壞，輸的罰錢五萬，作為擺酒請客的費用，好不好？」兩店都同意了，就立了契約，簽了保證，然後陳列出來。男女紳民都去參觀，聚集了幾萬人。於是里長報告賊曹，賊曹又報告京城的首長，各方的人，都趕著來看，巷子裏都沒有人了。從早上開始陳列，直到中午，分別拿出喪車儀仗等器具，西店都比不過，老闆有些慚愧的臉色。於是就在街南邊的角落上，放了高榻，有個長鬍子的人，抱著大鈴進來，有幾個人護衛著他。只見他翹鬍子、揚眉毛，搓搓手、點點頭，上了榻，唱起〈白馬〉之詞。仗著自己向來很擅長，看著左右，一副旁若無人的樣子。大家都同聲讚揚，他也自認為唱得最好，沒有人可以使他屈服。過了一會兒，東店的老闆在街北角上設了連榻，有個戴著黑頭巾的少年，左右有五六個人伴著，拿著羽扇進來，也就是書生。書生整理一下衣服，抬頭、低頭，動作很慢，展喉發聲，樣子好像不會唱歌。接著唱起〈薤露〉輓歌，歌聲清亮悠揚，音響震動林木，一曲還沒唱完，聽的人都歔欷、掩面哭泣。西店老闆受到眾人譏笑，更加慚愧羞恥，悄悄放下所輸的錢，就暗地溜走了。四周的人都驚訝地注視著，不清楚是怎麼一回事。

在這之前，皇帝剛下詔書，命令地方的長官，一年到長安述職一次，稱作「入計」。這時，恰好書生的父親也到京城，與同事們換了便服，偷偷來看這個競賽會。有個老僕人——就是書生奶媽的丈夫——看到書生的舉止行動、說話的語氣，想要認又不敢，就忍不住掉下眼淚。書生的父親驚問老僕人。老僕人說：「那個唱輓歌的人的模樣，真像您死去的公子。」父親說：「我兒子因為錢帶得多，被強盜害死了，哪會到這兒來呢？」說著，也哭了。等到要回家時，老僕人抓住機會，跑去問那些人說：「剛才唱輓歌的是誰呀？怎麼唱得這樣好呢？」都說：「他是某家的兒子。」再問名字，卻已經改了。老僕人聽得凜然大驚，慢慢走近，要看個仔細。書生一見老僕人，神色也變了，迂迴著走，想要躲進人群裏。老僕人於是捉住書生的袖子，說：「您不是某人嗎？」兩人相抱痛哭，就用車子載著書生回來。到了之後，父親責罵書生說：「這樣的志氣行為，辱沒了家門，你還有什麼臉再來見我？」

拉著書生徒步走出，到達曲江池西邊杏園東邊，剝去他的衣服，用馬鞭打了幾百下，書生受不住痛苦死了，父親扔下書生就走了。

教唱輓歌的師傅，吩咐那些與書生親近的人，暗地裏跟著；他們回去報告大家，大家都替書生傷心嘆氣，就叫兩個人帶著草席去埋葬書生。到了那兒，發覺書生的心臟間，還有點溫暖。扶他起來，過了好久，呼吸稍微通順，就合力把他背回去，用葦管滴水灌飲，過了一夜，才活過來。經過一個多月，手腳還不能抬起。身上鞭打過的地方都潰爛了，骯髒得很。與書生一起的人，嫌棄書生，某一個晚上，就把書生扔在路邊。過路的人都可憐書生，常常把吃剩的東西丟給他，勉強可以填填肚子。一百天後，才能扶著木杖起來。他的身上披著一件布衣，滿是補綴，破爛得像一隻倒掛著的鶴鶉，手上拿著一隻破盆子，在大街小巷中走來走去，乞討食物。從秋天到冬天，晚上睡在污穢的窟室裏，白天則在市場上打轉。

有一天，下著大雪，書生受不了又冷又餓的感覺，冒著雪出門，討飯的聲音十分悲苦，聽見與看到的人，沒有不感到悽惻的。當時雪下得正大，一般人家的外門多半不開。到了安邑東門，順著牆根向北轉，走了七、八家左右，有一家的門，單開了左邊的那一扇，這就是李娃的住宅。書生並不知道，於是一直大聲叫著：「餓啊！冷啊！」聲音悽切，讓人不忍心聽。李娃從閣子裏聽到，對丫鬟說：「這一定是書生，我聽出他的聲音了。」趕緊連步出來，看見書生又乾又瘦，滿身疥瘡，幾乎不像個人的樣子。李娃心裏極為激動，就對書生說：「您不是某公子嗎？」書生看到李娃，氣憤得快要昏倒，嘴裏一句話也說不出來，只能點點頭而已。李娃向前抱住書生的脖子，用繡花襖擁著書生，回到西廂。忍不住放聲大哭說：「害您落到今天的這種地步，是我的罪過啊！」哭得暈倒又醒過來。老婆婆聽說大驚，跑進來問：「什麼事啊？」李娃說：「是某公子。」老婆婆馬上說：「應該趕出去，怎麼讓他到這裏來？」李娃正著臉色迴看著她說：「不行！這是位良家子弟。當初他坐高車，帶著金子、行李，到我們家，不到一年就花光了。而且還設下詭計趕走他，這樣的行為，幾乎不是人。讓他喪失志氣，被自己的父親所不恥。父子之間的親情，乃是天性，卻使得他們感情斷絕，還親手打死、遺棄他，又落魄困頓到這個地步，天下的人，都知道是為了我的緣故。書生的親戚滿朝都是，萬一有一天，當權的人詳查出事情的始末，禍患就要來了。何況欺騙上天、對不起人，鬼神不會保佑的，不要自取其禍啊！我做您的女兒，到現在已有二十年了，算算我掙的錢，不只千金。現在您六十多歲，我希望能夠計算二十年的衣食費用，向您贖身。我會與他另外找個房子住，住得不會很遠，早晚可以侍候您，我的願望就滿足了。」老婆婆估量她的意志不可能改變，只好答應。給老婆婆養老錢後，還有百金，就在北邊過四、五家租了一所空院子。於是為書生梳頭洗澡，換衣服；煮些湯粥，通暢他的腸胃；然後進食奶酪，來滋潤內臟。十多天後，才吃一些山珍海味。頭巾鞋襪都拿最珍貴的給書生穿。不到幾個月，肌膚稍微豐腴起來，經過一年，才恢復得像從前一樣。

過些時候，李娃對書生說：「您的身體已經康復了，精神已經壯盛了，您深思靜慮、冷靜地想想看，過去的學業，能不能溫習起來呢？」書生想了一下，說：「十成只記得兩三成罷了！」李娃叫車子出遊，書生騎馬跟著。到了旗亭南偏門賣各種古書的舖子裏，叫書生選擇購買，總共花了上百銀子，全部載回去。於是讓書生摒除雜念，專心向學，晚上當作白天，夜以繼日地勤勉努力。李娃常坐著陪書生，到半夜才睡覺。等到書生看累了，就讓他習作詩賦。這樣讀了兩年，學業大有進步，天下所有的書籍，沒有一本沒讀過。書生對李娃說：「我可以報名應考了！」李娃說：「還不行，應該要更精熟，以應付各種考試。」又過了一年，李娃說：「可以去了！」於是一考就取了甲科，名聲震動了禮部，即使是前輩看到他的文章，沒有不正襟表示尊敬羨慕的，願意結交他都還辦不到。李娃說：「還不夠！現在的秀士假使中了一個科第，就自認為可以取得中央的要職，佔有天下的美名。您過去的行為齷齪，名聲不好，與其他人不能相比。您應當磨鍊自己的學問，準備再考再勝，才能和朝廷上的秀士並立，和天下英才爭霸。」書生從此更加勤苦讀書，名聲更高。那一年，碰到「大考」，天子下詔，命令徵求四方的俊才，書生報考直言極諫科，得到第一名，派任成都府參軍。三公以下的官員，都是書生的朋友。

書生將要上任，李娃對書生說：「現在恢復了您本來的面目，我總算不辜負您了，希望用我剩餘的日子，回去侍奉老婆婆。您應該聯姻大族，來祭奉祖宗神靈。婚姻要門當戶對，不要辱沒您自己。您要常常警惕自愛，我從此就離開您了。」書生哭著說：「妳假使拋棄了我，我就自殺而死。」李娃堅決推辭不聽，書生請求得更懇切。李娃說：「送您過江，到了劍門，一定要讓我回來！」書生只好答應。

過了一個多月，到了劍門。李娃還沒走，而任命官職的公文到，書生的父親從常州調入京師，改任成都府尹兼劍南採訪使。十二天後，父親也到劍門，書生就遞進名片，在郵亭中參見。父親不敢認書生，看到祖父的官銜名諱，才大驚起來，叫書生登上臺階，撫著書生的背，痛哭了半天，才說：「我和你恢復原來的父子關係！」就問書生經過情形。書生詳細說明事情的始末。父親認為這女子很難得，問書生李娃在什麼地方。書生說：「她送我到這裏，就要讓她回去了。」父親說：「這不可以！」第二天，派好車子與書生先到成都，把李娃留在劍門，找一座行館安置她。

第二天，就請媒人撮合兩家婚姻，依著六禮迎娶，終於成了一對良偶。李娃嫁了之後，不管平時或過節，都能謹守婦道，治家嚴整，十分受到親戚的眷愛。幾年後，書生的父母同時過世，李娃守孝很恭謹，不但倚廬旁長出了靈芝，當地一株稻穗也長了三串穀實，地方官立即向上呈報。不久又有幾十隻白燕子，在他們家築巢。皇帝覺得很奇異，特別地加以表揚、賞賜。守喪完，書生屢次升遷清高顯要的職務，十年之間封賞數郡，李娃則封為汧國夫人。生有四個兒子，都做了大官，官位較小的，也還當上太原府尹。兒子們分別娶了名門閨秀，地位事業隆盛，少有人比得上。

唉！像李娃這樣的娼女，有這樣的節行，就算是古代的烈女，也無法超越，怎能不令人嘆息呢！我的伯祖曾經在晉州當官，後轉任戶部水陸運使，前後三任都與書生交替，所以熟悉整個故事。貞元年間，我與隴西人李公佐談到婦人的節操及品性的問題時，順口說到李娃的故事。公佐專心聽完之後，要我寫出這個故事，於是我拿起筆，記載下來。當時是乙亥年秋天八月，太原白行簡記。

析評

本文是唐代小說中的佳構，不僅故事內容頗多轉折、高潮，而且人物性格鮮明，主題明確。

從人物的性格方面來看，文中的書生，對於李娃一往情深，全然不知風月場所中的男歡女愛，只是逢場作戲，不能當真。可是書生卻付出自己所有，連最後的一點值錢衣物，都拿去典當，準備拜神求子，而毫不懷疑這是李娃及姥姥設下的詭計。等到他發現李娃及姥姥人去樓空時，似乎仍然無法理清問題所在，只是「惶惑發狂，罔知所措」。而在自己事後流落街頭，兩次從鬼門關前走過，再見李娃時，他沒有指控李娃的不是，沒有歇斯底里的咒罵，只是「憤懣絕倒，口不能言，頷頤而已」。似乎一切的委屈、一切的困頓、一切的憤恨，都在這一瞬間煙消霧散。有人說，這是書生懦弱性格最具體的表現，但是我們倒不妨將此視為，一位涉世未深的年輕貴公子的可愛之處。

除此之外，書生展現了無比堅韌的生命力，也是令人大為讚賞的情節安排。仔細的分析，書生共有三次由死而生的經歷：第一次是被李娃與姥姥所騙，被丟棄在凶肆，差一點一病不起，後來經由凶肆之人救活；第二次是與父親相認，卻被父親鞭打致死，幸好凶肆之人再一次救活了他；第三次是淪落街頭成為乞丐，其心已死，有如行屍走肉，經過李娃的救助，終於在「復子本軀」、考上功名後，又活了過來。比較有趣的是，這三次的由此而生，還有兩重意義。第一重意義是可以看到書生地位的升降，由貴公子成為凶肆雜役，再由凶肆雜役成為乞丐，最後由乞丐經過考試的淬煉，考上了功名，而成為「三事以降，皆其友也」的成都府參軍。

第二重意義則在書生三次的由死而生，都出現了故事的衝突點。所謂的衝突點，用最簡單的話來說，是指故事中的人物出現了主觀認知的不同。像是第一次的由死而生，正好是書生的主觀認知與李娃、姥姥不同的時候：書生癡心以為可以與李娃長相廝守，但李娃家是開門做生意的娼家，怎麼可能容許書生白吃白住？所以一方的認知是留，一方則是去，去與留就是雙方主觀認知不同，於是衝突點就出現了，也形成故事的第一高潮與轉折。

以此類推，書生與父親的重逢，書生的認知是可以回去再當他的貴公子，但滎陽公則是認為這樣的兒子寧可他是被盜賊殺死，也不願他活生生出現在自己眼前，卻淪落為凶肆雜役，還拋頭露面、大唱輓歌。如此地敗壞門風，以滎陽公身居高位，怎能容忍下去？書生與滎陽公，一個以為是和家人團聚，另一個卻認為這樣的兒子不如死掉，聚與散正是雙方認知的歧異所在，於是故事的第二高潮與轉折，也是書生的第二次由死而生，也從這裡發展出來。

第三次的由死而生，主觀認知衝突的兩方是李娃與姥姥：李娃覺得對不起書生，要留下書生來照顧他，幫助他瀕死的心重拾生機，並且一舉考上功名。從後文的發展看得出來，李娃並非一時衝動，而是做好準備為自己贖罪；而姥姥仍是一本初衷，只想到自己的利益，趕走書生，才不會留下禍害。這兩人主觀認知上的「一留一走」，衝突因此產生，也將故事的發展再次推上高潮，轉折點也再一次出現，並且製造了最後皆大歡喜的結局：書生考上功名、滎陽公接納李娃、二人成為佳偶、李娃相夫教子、事親至孝、治家嚴謹，一直到朝廷冊封為汧國夫人。

再看李娃。李娃第一次出現，作者使用的文字極為簡要，只說李娃是「妖姿要妙，絕代未有」，直接從正面描述李娃的美；再由書生的「停驂久之、累眄於娃」，側面描寫李娃的美。至於李娃的「回眸凝睇，情甚相慕」，不但成功地呈現一位歡場女子勾引男人的本事，也為後來的發展埋下伏筆。所以書生正式登門拜訪時，侍兒沒有接待客人入內，反而掉頭就跑，並且大喊：「前時遺策郎也！」這種失常的舉動，正好表現出李娃在與書生第一次的相遇之後，就曾對其他婢女提到這件事，甚至篤定認為書生會再登門拜訪。侍兒的失常，適足以表現書生的到來，已在李娃一家人的預料之中，更顯示李娃對於自己的美貌，有著十足的自信。

李娃的人格特質除了自信之外，意志堅決的部分也相當值得一提。這種意志堅決的展現，最明顯的一次是在李娃幫助書生功成名就之後，不但不居功，反而極識大體地告訴書生「當結媛鼎族」，自己則一心求去。即使書生說，如果李娃離開，他就一死了之，李娃竟然不為所動。後來在書生苦苦哀求之下，才勉強答應，送他到劍門，就要離去。或許有人質疑，李娃是另有所圖、欲擒故縱，想要得到滎陽公的接納。這樣的猜測，至少有兩點的不合理：一是除非李娃可以預見未來，否則李娃如何知道書生會在劍門與父親相見，並且「父子和好如初」？二是書生對於李娃一直情有獨鍾，李娃根本不需如此故作姿態。更何況這樣的推論，與李娃角色的正面形象會出現極大的衝突，李娃就變得充滿心機，而不再是一位「節行瑰奇」的娼女了。

這樣的意志堅決，在李娃決心照顧淪落為乞丐的書生時，更加展現得義無反顧。我們看李娃說服姥姥的一番說辭，已經令人嘖嘖稱奇了：先是威脅姥姥，必須考量「欺天負人」可能遭受的報應，接著還加上照顧姥姥餘生的利誘，讓姥姥可以安心。最後作者還補上了一句「姥度其志不可奪」，姥姥的「度」，當然是來自於與李娃相處二十年的相互了解；而「不可奪」則是尊重李娃一旦心意已決、必不輕易更改的個性。

從這一點逆推，或許我們還可以斷言，當初設下詭計甩掉書生時，如果李娃沒有同意這個方法，恐怕姥姥也無從勉強她。而且在書生床頭金盡時，一般而言，書生理當自行離開，總不好讓李娃反過來花錢養書生吧？但書生實在是太過單純，竟然連「退場」的時機都毫無所知，逼得姥姥與李娃在不想太過決絕的情況下，不得不採取最不傷和氣、不會正面對決（衝突）的方法，也就是設計甩掉書生。平實而論，這一番計謀頗為複雜，還得出錢租借崔尚書宅，又得安排阿姨、侍兒以及「控大宛」的人，又要準備「珍奇茶果」招待書生，可以說是所費不貲。這樣的迂迴麻煩，當然只是為了避免直接衝突、傷了和氣。大概連李娃都猜想，書生應該會乖乖回去找父親，或者投靠京城中的親戚，卻完全沒有想到書生竟然會一再淪落，從唱輓歌的人到乞討為生的乞丐。

事實上，從這個觀點來看，李娃的性格反而顯得更加鮮明。李娃畢竟是長安名妓，又跟著姥姥二十年，理性必然遠遠超越感性，即使與書生相處一年而「娃情彌篤」，她依舊清楚地意識到兩人之間無法逾越的鴻溝。尤其唐代法律明文規定，士人不可與賤民通婚，而李娃娼妓的身份，正是所謂的賤民，這使得李娃從來不敢奢望幸福美滿的婚姻，同時也是李娃「復子本軀」之後，毅然求去的主要原因。

李娃在書生最落魄時，竟然願意伸出援手，的確令人大感意外，也不免讓人思考李娃對於書生，到底是「情深」還是「義重」？從李娃性格的一致性來看，她是一位較為理性的女子，對於書生似乎也是「義重」來得多一些。這並不意味著李娃對於書生無情，只是人的一念之善，可以轉惡為善，不但個人的生命就此改變，對於世道人心的激勵，更加具有極大的效果。

另外，姥姥的勢利與現實，何時該進，何時該退，單單是與書生之間的對談中，明明是一副欲擒故縱的模樣，卻又偏偏說得頭頭是道，什麼「男女之際，大欲存焉。情苟相得，雖父母之命，不能制也。」三言兩語就將書生與父母的關係切斷，真是可怕！小說中的另一個配角，是書生的父親，也就是所謂的「滎陽公」。

滎陽公代表的是傳統大家長，具有無上威權的人物。看他竟然忍心親手打死自己的兒子，可見得他「愛深責切」的心情，的確是相當強烈。只是後來書生脫胎換骨，不但策名第一，而且授任成都府參軍時，滎陽公立即盡釋前嫌，道出「吾與爾父子如初」的話，又堅持迎娶李娃入門，頗為令人意外。但滎陽公終究還是表現出知恩圖報，畢竟兒子再世為人，為他掙足了面子，這些全部都是李娃的功勞。因此即使有人譏諷他「現實」，平心而論，滎陽公的行為或許太過激切，在性格的呈現上卻是合情合理、前後一致。

就主題來看，小說中借著社會地位卑微的娼女，卻擁有高尚的節操，來諷刺當時士子「娶五姓女」的門閥觀念，算是相當成功。所謂的「娶五姓女」在唐代的小說中，經常決定了故事的發展與結局。一般學者都會注意到，唐代的薛元超這位人物。薛元超一生已經算是功成名就，但在晚年時感慨說：自己富貴過人，生平卻有三大憾事，一是不能以進士擢第，二是沒有娶五姓女，三是沒有參與修國史。就第二點而言，其實薛元超娶的是李元吉的女兒，也算是唐朝的皇室女，但仍有這樣的遺憾，可見唐代的風氣的確是如此。

有關五姓女的說法有些分歧，簡單來說包含了：太原王氏、滎陽鄭氏、范陽盧氏、清河崔氏、隴西李氏。這種娶五姓女的觀念，深深影響了唐代士子的婚姻態度。所以從李娃到鶯鶯到霍小玉，他們的命運或多或少都與這種時代風氣有很大的關係。

問題與討論

一、李娃的個性，對自己很有自信，可以從哪一件事看出來？請加以說明。

二、李娃的意志堅定，通常不容易改變她的決心，你能找出例子來嗎？

三、書生三次由死而生，他的社會地位有什麼樣的轉變？

四、書生第三次的由死而生，是哪兩方的主觀認知產生衝突？

五、凶肆之人第二次救助書生，卻將書生丟在路旁，算是「賙急不救窮」嗎？你的看法如何？

六、書生功成名就之後，李娃想要離開，說說你對這件事的看法。

鶯鶯傳

元稹

導讀

本文作者元稹，可能是唐人小說的作者群中名氣最大的一位，也是官位最飛黃騰達的一位。就一般的說法，本篇中的張生即元稹本人，而故事內容則是元稹少年時的親身經歷，這也使得小說中的鶯鶯，比起一般的小說人物，更加地有血有肉，十分真實。

故事敘述張生在偶然的機會之下，救了鶯鶯一家人，而見到鶯鶯，從此對鶯鶯念念不忘。於是透過紅娘送信，經過一番波折，終於得到鶯鶯。後來張生要到京城考試，兩人就此訣別。張生從京裏寫信給鶯鶯，鶯鶯回了信，述說自己的情意。最後兩人各自婚嫁，再也沒有見面。

有些學者認為，鶯鶯與李娃一樣，都是娼女。但是從小說中，鶯鶯的性格又嬌弱又好強，而且知書達禮、工刀札、善屬文鼓琴，其實比較符合小說中所說大家閨秀的面貌。

課文與注釋

非禮不可入

終不及亂

唐貞元中，有張生者，性溫茂，美風容，內秉堅孤❶，非禮不可入。或朋從遊宴，擾雜其間，他人皆洶洶拳拳❷，若將不及，張生容順而已，終不及亂。以是年二十三，

❶堅孤：意志堅強，脾氣孤僻。
❷洶洶拳拳：吵鬧起鬨，沒有休止的樣子。

真好色，可謂一語中的。

未嘗近女色。知者詰之。謝而言曰：「登徒子❸非好色者，是有凶行；余真好色者，而適不我值。何以言之？大凡物之尤者，未嘗不留連於心，是知其非忘情者也。」詰者識之。

無幾何，張生遊於蒲。蒲之東十餘里，有僧舍曰普救寺，張生寓焉。適有崔氏孀婦，將歸長安，路出於蒲，亦止茲寺。崔氏婦，鄭女也。張出於鄭，緒其親，乃異派之從母。

是歲，渾瑊薨於蒲。有中人❹丁文雅，不善於軍，軍人因喪而擾，大掠蒲人。崔氏之家，財產甚厚，多奴僕。旅寓惶駭，不知所託。先是，張與蒲將之黨有善，請吏護之，遂不及於難。十餘日，廉使❺杜確將天子命，以總戎節，令於軍，軍由是戢。

鄭厚張之德甚，因飾饌以命張，中堂宴之。復謂張曰：「姨之孤嫠未亡，提攜幼稚。不幸屬師徒大潰，實不保其身。弱子幼女，猶君之生，豈可比常恩哉！今俾以仁兄禮奉見，冀所以報恩也。」命其子，曰歡郎，可十餘歲，容甚溫美。次命女：「出拜爾兄，爾兄活爾。」久之，辭疾。鄭怒曰：「張兄保爾之命，不然，爾且虜矣。能

❸登徒子：戰國時代宋玉寫了一篇〈登徒子好色賦〉，後以「登徒子」為好色者的代稱。
❹中人：指宦官。
❺廉使：刺史的美稱。

始見，常服睟容。不勝其體，柔弱之姿，惹人憐愛。

復遠嫌乎？」久之，乃至。常服睟容❻，不加新飾，垂鬟接黛❼，雙臉銷紅❽而已。顏色豔異，光輝動人。張驚，為之禮。因坐鄭旁：以鄭之抑❾而見也，凝睇怨絕，若不勝其體者。問其年紀。鄭曰：「今天子甲子歲之七月，終於貞元庚辰，生年十七矣。」張生稍以詞導之，不對。終席而罷。

張自是惑之，願致其情，無由得也。崔之婢曰紅娘。生私為之禮者數四，乘間遂道其衷。婢果驚沮，腆然而奔。張生悔之。翌日❿，婢復至。張生乃羞而謝之，不復云所求矣。婢因謂張曰：「郎之言，所不敢言，亦不敢泄。然而崔之姻族，君所詳也。何不因其德而求娶焉？」張曰：「余始自孩提，性不苟合。或時紈綺閑居⓫，曾莫流盼。不為當年，終有所蔽。昨日一席間，幾不自持。數日來，行忘止，食忘飽，恐不

❻常服睟容：常服，一般的服飾。睟容，豐潤的面容。睟，音ㄙㄨㄟˋ。
❼垂鬟接黛：兩鬢垂在眉旁，是少女的髮式。
❽雙臉銷紅：兩頰飛紅。
❾抑：勉強。
❿翌日：第二天。
⓫綺紈閑居：和婦女們在一起。綺紈，婦女的代稱。

能逾旦暮，若因媒氏而娶，納采問名⑫，則三數月間，索我於枯魚之肆⑬矣。爾其謂我何？」婢曰：「崔之貞慎自保，雖所尊不可以非語犯之。下人之謀，固難入矣。然而善屬文⑭，往往沉吟章句，怨慕者久之。君試為喻情詩以亂之，不然，則無由也。」張大喜，立綴春詞⑮二首以授之。是夕，紅娘復至，持彩箋以授張，曰：「崔所命也。」題其篇曰〈明月三五夜〉。其詞曰：「待月西廂下，迎風戶半開。拂牆花影動，疑是玉人來。」張亦微喻其旨。是夕，歲二月旬有四日矣。

崔之東有杏花一株，攀援可踰。既望之夕，張因梯其樹而踰焉。達於西廂，則戶半開矣。紅娘寢於床上，因驚之。紅娘駭曰：「郎何以至？」張因紿之曰：「崔氏之牋召我也。爾為我告之。」無幾，紅娘復來，連曰：「至矣！至矣！」張生且喜且駭，乃謂獲濟⑯。及崔至，則端服嚴容，大數張曰：「兄之恩，活我之家，厚矣。是以慈

因媒氏而娶，才合禮，張生飾辭狡辯，是何居心？

與初見之常服睟容大不相同。

⑫納采問名：皆古代訂婚的手續。納采，送禮物給女方。問名，問女方姓名。
⑬索我於枯魚之肆：原出自《莊子》中的寓言，比喻遠水救不了近火，如果要等到明媒正娶，才能得到，我早就死了。
⑭善屬文：很會寫文章。
⑮春詞：談情說愛的詩詞。
⑯獲濟：得成。

母以弱子幼女見託。奈何因不令⑰之婢，致淫逸之詞？始以護人之亂為義，而終掠亂以求之，是以亂易亂，其去幾何？誠欲寢⑱其詞，則保人之姦，不義；明之於母，則背人之惠，不祥；將寄於婢僕，又懼不得發其真誠；是用託短章，願自陳啟。猶懼兄之見難；是用鄙靡之詞，以求其必至。非禮之動，能不愧心？特願以禮自持，毋及於亂！」言畢，翻然而逝。張自失者久之。復踰而出，於是絕望。

數夕，張生臨軒獨寢，忽有人覺之。驚駭而起，則紅娘斂衾攜枕而至，撫張曰：「至矣！至矣！睡何為哉！」並枕重衾而去。張生拭目危坐。久之，猶疑夢寐；然而修謹以俟。俄而紅娘捧崔氏而至。至，則嬌羞融冶⑲，力不能運支體，曩時端莊，不復同矣。是夕，旬有八日也。斜月晶瑩，幽輝半床。張生飄飄然，且疑神仙之徒，不謂從人間至矣。有頃，寺鐘鳴，天將曉。紅娘促去。崔氏嬌啼宛轉，紅娘又捧之而去，終夕無一言。張生辨色而興，自疑曰：「豈其夢邪？」及明，睹妝在臂，香在衣，淚光熒熒然，猶瑩於茵席而已。

是後又十餘日，杳不復知。張生賦〈會真詩〉三十韻，未畢，而紅娘適至，因授

以禮自持，毋及於亂。

力不能運支體，與第一次相見「若不勝其體」遙相呼應。

⑰令：善。
⑱寢：休，不理會。
⑲融冶：妖媚冶豔。

之，以貽崔氏。自是復容之。朝隱而出，暮隱而入，同安於曩所謂西廂者，幾一月矣。張生嘗詰鄭氏之情。則曰：「我不可奈何矣。」因欲就成之。無何，張生將之長安，先以情諭之。崔氏宛無難詞，然而愁怨之容動人矣。將行之再夕，不可復見，而張生遂西下。數月，復遊於蒲，會於崔氏者又累月。

崔氏甚工刀札⑳，善屬文。求索再三，終不可見。往往張生自以文挑之，亦不甚觀覽。大略崔之出人者，藝必窮極，而貌若不知；言則敏辯，而寡於酬對。待張之意甚厚，然未嘗以詞繼之。時愁豔幽邃，恆若不識，喜慍之容，亦罕形見。異時，獨夜操琴，愁弄悽惻。張竊聽之。求之，則終不復鼓矣。以是，愈惑之。張生俄以文調及期㉑，又當西去。當去之夕，不復自言其情，愁嘆於崔氏之側。崔已陰知將訣矣，恭貌怡聲，徐謂張曰：「始亂之，終棄之，固其宜矣。愚不敢恨。必也君亂之，君終之，君之惠也。則沒身之誓，其有終矣，又何必深感於此行？然而君既不懌㉒，無以奉寧。君常謂我善鼓琴，向時羞顏，所不能及。今且往矣，既㉓君此誠。」因命拂琴，鼓〈霓

⑳工刀札：善於寫書信。
㉑文調及期：考試的日子到了。
㉒懌：悅。
㉓既：盡，完成。

裳羽衣序〉㉔，不數聲，哀音怨亂，不復知其是曲也。左右皆歔欷。崔亦遽止之，投琴，泣下流連，趨歸鄭所，遂不復至。明旦而張行。

明年，文戰不勝㉕，張遂止於京。因貽書於崔，以廣其意。崔氏緘報之詞，粗載於此，曰：「捧覽來問，撫愛過深。兒女之情，悲喜交集。兼惠花勝㉖一合、口脂五寸，致耀首膏唇㉗之飾。雖荷殊恩，誰復為容？睹物增懷，但積悲嘆耳。伏承使於京中，就業進修之道，固在便安。但恨僻陋之人，永以遐棄。命也如此，知復何言！自去秋已來，常忽忽如有所失。於喧譁之下，或勉為語笑，閒宵自處，無不淚零。乃至夢寐之間，亦多感咽離憂之思。綢繆繾綣㉘，暫若尋常，幽會未終，驚魂已斷。雖半衾如暖，而思之甚遙。一昨拜辭，倏逾舊歲。長安行樂之地，觸緒牽情。何幸不忘幽微，眷念無斁㉙。鄙薄之志，無以奉酬。至於終始之盟，則固不忒㉚。鄙昔中表相因，

㉔霓裳羽衣序：舞曲名。
㉕文戰不勝：考試落第。
㉖花勝：婦女首飾的綵花。
㉗致耀首膏唇：致，送。耀首，指花勝。膏唇，指口脂。
㉘綢繆繾綣：纏綿恩愛。
㉙眷念無斁：時刻記掛著。無斁，不厭。斁，音ㄧˋ。
㉚不忒：不變。忒，音ㄊㄜˋ。

贈物寄情，情深語摯。

或同宴處。婢僕見誘，遂致私誠。兒女之心，不能自固。君子有援琴之挑㉛，鄙人無投梭之拒㉜。及薦寢席，義盛意深。愚陋之情，永謂終託。豈期既見君子，而不能定情，致有自獻之羞，不復明侍巾幘。沒身永恨，含嘆何言！倘仁人用心，俯遂幽眇，雖死之日，猶生之年。如或達士略情，捨小從大，以先配為醜行，以要盟為可欺，則當骨化形銷，丹誠不泯，因風委露，猶託清塵。存沒之誠，言盡於此。臨紙嗚咽，情不能申。千萬珍重，珍重千萬！玉環一枚，是兒嬰年所弄，寄充君子下體所佩。玉取其堅潤不渝，環取其終始不絕。兼亂絲一絇㉝、文竹茶碾子㉞一枚。此數物不足見珍，意者欲君子如玉之真，弊志如環不解。淚痕在竹，愁緒縈絲，因物達情，永以為好耳。心邇身遐，拜會無期。幽憤所鍾，千里神合。千萬珍重！春風多厲，強飯為佳。慎言自保，無以鄙為深念。」張生發其書於所知，由是時人多聞之。

所善楊巨源好屬詞，因為賦〈崔娘詩〉一絕云：「清潤潘郎㉟玉不如，中庭蕙草

㉛援琴之挑：漢代司馬相如彈琴挑逗卓文君，卓文君即隨司馬相如私奔。

㉜投梭之拒：晉代謝琨調戲鄰家女子，鄰女用織布的梭子投擲他，打掉他兩顆牙齒。

㉝絇：絲五兩為絇。

㉞文竹茶碾子：文竹，有花紋的竹子。茶碾子，內圓外方、有槽有輪，碾茶葉的器具，也稱茶磨。

㉟潘郎：晉代潘安為美男子，此處是指張生。

雪銷初。風流才子多春思，腸斷蕭娘㊱一紙書。」河南元稹亦續生〈會真詩〉三十韻，詩曰：「微月透簾櫳，螢光度碧空。遙天初縹緲，低樹漸蔥蘢。龍吹過庭竹，鸞歌拂井桐㊲。羅綃垂薄霧，環珮響輕風。絳節隨金母，雲心捧玉童㊳。更深人悄悄，晨會雨濛濛。珠瑩光文履，花明隱繡櫳。瑤釵行彩鳳，羅帔掩丹虹㊴。言自瑤華浦，將朝碧玉宮㊵。因遊洛城北，偶向宋家東㊶。戲調初微拒，柔情已暗通。低鬟蟬影動，迴步玉塵蒙。轉面流花雪，登床抱綺叢。鴛鴦交頸舞，翡翠合歡籠。眉黛羞偏聚，唇朱暖更融。氣清蘭蕊馥，膚潤玉肌豐。無力慵移腕，多嬌愛斂躬。汗流珠點點，髮亂綠蔥蔥。方喜千年會，俄聞五夜窮。留連時有恨，繾綣意難終。慢臉㊷含愁態，芳詞誓

㊱蕭娘：唐人以蕭娘稱女子，此處是指鶯鶯。

㊲龍吹過庭竹二句：風吹庭前之竹，聲如龍吟，鸞鳥在井旁桐樹上歌唱。

㊳絳節隨金母二句：絳節，赤節，借指仙人的儀仗。金母，西王母，借指鶯鶯。玉童，指張生。這裏將張生、鶯鶯比做天上的神仙。

㊴瑤釵行彩鳳二句：行走時頭上形如彩鳳的玉釵顫動著；所穿的羅帔，五彩繽紛，有如霓虹一樣。

㊵瑤華浦、碧玉宮：都是仙人居處，借喻張生、鶯鶯的住所。

㊶因遊洛城北二句：張生遊蒲，無意間獲得與鶯鶯相戀的機遇。洛城北，借曹植〈洛神賦〉中，與洛神在洛水遇合之事。宋家東，借宋玉〈登徒子好色賦〉與東家女事典，宋玉東鄰有女最美，常登牆頭望他，想與他往來已有三年，他始終不肯理睬。

㊷慢臉：懶洋洋的臉色。

素衷。贈環明運合，留結表心同。啼粉流宵鏡，殘燈遠暗蟲。華光猶苒苒，旭日漸曈曈[43]。乘鶩[44]還歸洛，吹簫亦上嵩[45]。衣香猶染麝，枕膩尚殘紅。冪冪臨塘草，飄飄思渚蓬。素琴鳴怨鶴[46]，清漢望歸鴻[47]。海闊誠難渡，天高不易沖。行雲無處所，蕭史在樓中[48]。」

張之友聞之者，莫不聳異之，然而張志亦絕矣。稹特與張厚，因徵其詞。張曰：「大凡天之所命尤物[49]也，不妖其身，必妖於人。使崔氏子遇合富貴，乘寵嬌，不為雲、為雨，則為蛟、為螭[50]，吾不知其所變化矣。昔殷之辛、周之幽[51]，據百萬之國，

張生之說，令人生厭。

[43] 曈曈：漸漸發亮的樣子。

[44] 乘鶩：洛神回到洛水，是乘鶩而去，這裏借喻鶯鶯的離去。

[45] 吹簫亦上嵩：借用仙人王子喬事典，比喻張生離去。王子喬好吹笙，曾入嵩山修煉。

[46] 素琴鳴怨鶴：怨鶴，指〈別鶴操〉。古時商陵牧子娶妻五年無子，父兄將為他別娶，他的妻子聽到這個消息，夜裏起來倚戶悲泣，牧子傷感而作〈別鶴操〉。這裏借指鶯鶯彈琴哀怨欲絕。

[47] 清漢望歸鴻：仰望天上，盼望鴻雁歸來。

[48] 蕭史在樓中：蕭史，春秋時人，善吹簫。秦穆公把女兒弄玉嫁給他，他就教弄玉吹簫學鳳鳴，後來果然有鳳凰飛來，秦穆公就為他們蓋了一座鳳臺。最後，弄玉乘鳳、蕭史乘龍仙去。

[49] 尤物：本為特出的人物，後多指絕色的美女。

[50] 螭：無角的龍。音彳。

[51] 殷之辛周之幽：殷紂王寵妲己，周幽王寵褒姒，後來都亡國了。

其勢甚厚。然而一女子敗之，潰其眾，屠其身，至今為天下僇笑[52]。予之德不足以勝妖孽，是用忍情。」於時坐者皆為深嘆。

後歲餘，崔已委身於人，張亦有所娶。適經所居，乃因其夫言於崔，求以外兄見。夫語之，而崔終不為出。張怨念之誠，動於顏色。崔知之，潛賦一章，詞曰：「自從消瘦減容光，萬轉千迴懶下床。不為旁人羞不起，為郎憔悴卻羞郎。」竟不之見。後數日，張生將行，又賦一章以謝絕云：「棄置今何道，當時且自親。還將舊時意，憐取眼前人。」自是，絕不復知矣。時人多許張善為補過者。予嘗於朋會之中，往往及此意者，夫使知者不為，為之者不惑。貞元歲九月，執事李公垂宿於予靖安里第，語及於是。公垂卓然稱異，遂為〈鶯鶯歌〉以傳之。崔氏小名鶯鶯，公垂以命篇。

還將舊時意，憐取眼前人。由此二句，可見鶯鶯已能釋懷並昇華這一段感情。

52 僇笑：譏笑。僇，同辱。

譯文

唐貞元年間，有一位姓張的書生，性格溫和多情，風姿俊美，可是秉性孤高堅定，從不稍涉非禮。有時與朋友們遊樂飲宴，大家嘈雜在一起，別人都在吵鬧起鬨，好像鬧得不夠似的，張生只是容忍著大家，不為所動，終究不會跟著胡鬧。因此到了二十三歲，不曾接近過女人。知道的人詰問他，他就回答說：「登徒子不算是真正的好色，不過是有不好的行為罷了。我才是真正好色的，只是還沒有遇到對象。為什麼這麼說呢？凡是人物中最特出的，我從來沒有不在心裏反覆打轉，這就可以知道我並不是一個沒有情的人！」問的人覺得他有見識。

沒有多久，張生到蒲州旅行。蒲州城東十幾里路，有一座佛寺叫普救寺，張生就住在那裏。恰巧有一位崔姓寡婦，要回長安，路經蒲州，也住在這座佛寺裏。寡婦的娘家姓鄭，張生的母親也姓鄭，攀起親來，崔老夫人算是張生遠房的姨母。

這一年，渾瑊死在蒲州。有一位監軍的宦官丁文雅，不擅長領軍，軍人便乘著渾瑊的喪事譁變，對蒲州人民大肆劫掠。崔老夫人家裏，財產豐厚，奴僕眾多，旅居佛寺非常擔驚害怕，不知道要依靠誰。在這之前，張生與蒲州的軍官有些交情，就請他們保護崔家，才沒有遭遇禍害。亂了十幾天，刺史杜確奉天子令，總攬軍事大權，號令全軍，兵變從此平息下來。

崔老夫人認為張生的恩德深厚，就準備了酒席，在客廳宴請張生。又對張生說：「阿姨是一個孤寡無助的未亡人，帶著小孩子，不幸碰上這次的兵變，實在沒法子保全自己。我這弱小的兒子與年幼的女兒，等於您給了他們生命，這哪能與一般的恩惠相比呢？現在我讓他們出來拜見您為兄長，希望藉此報答您的恩典。」就令兒子歡郎出來，年約十幾歲，長得非常溫柔漂亮。又令女兒：「出來拜見你哥哥，你哥哥救了你的命。」待了好一會，推說有病不能出來。崔老夫人怒道：「張哥哥保全了你的性命，不然你早就被抓走了，哪能再避嫌呢！」過了好一會兒，才出來。穿的是家常衣服，臉上很豐潤，沒有裝飾打扮；前面的頭髮垂到眉邊，只是兩頰飛紅而已。她的容貌出奇的美豔，臉上的光輝十分動人。張生很驚訝，趕忙起來與她見禮。她就坐在崔老夫人的身邊。因為是崔老夫人強迫出來見面，所以她兩眼凝視，萬分怨嗔，好像支持不住她的身體似的。問她的年紀，崔老夫人說：「是當今天子甲子年七月出生，到如今貞元庚辰，已經十七歲了。」張生試著用言語引她說話，她沒有回答。就這樣一直到吃完飯才散了。

張生從此很迷惑，想要表達愛慕之情，卻沒有機會。崔家有一位婢女，名叫紅娘，張生私下好幾次向她恭敬地施禮，趁機會就把心事告訴她。婢女果然嚇壞了，羞得馬上逃掉。張生非常後悔。到了明天，婢女又來了，張生覺得羞愧，向她賠不是，不敢再說央求她的話。婢女就對張生說：「您說的話，我既不敢告訴小姐，也不敢洩漏出去。不過，崔家的姻族，您是知道的，為什麼不藉著您這次的恩德，向她求婚呢？」張生說：「我從小孩的時候起，個性就不會隨便與人接近。閒暇時，偶然遇見穿著華麗衣服的姑娘們，從來不曾看一眼。從前不會做的事情，終究還是被迷惑了。前日在酒席上，幾乎無法自持；這幾天以來，走路就忘了停，吃飯也忘了飽，恐怕不能支持一天半天。假如透過媒人而娶親，還要納采、問名這些繁文縟節，那麼三兩個月之間，就要到枯魚肆裏找我了！你說我該怎麼辦？」婢女說：「小姐一向以堅貞、嚴謹自我保護，即使是尊長，都不敢用不該說的話冒犯她；底下人的意見，就更難聽得進去了。不過，她很會作文章，常常低聲吟詠章句，久久沉浸在哀怨、思慕的情境裏。您試著寫一篇表達愛情的詩挑逗她；不這樣，是沒有辦法的。」張生一聽大喜，馬上作了兩首情詩交給她。當天晚上，紅娘又來了，拿著一張彩綢的信牋交給張生，說：「小姐吩咐我送來的。」上面的題目是〈明月三五夜〉，詩句是：「獨自在西廂下等待著明月，迎著清風，門戶半開。牆上的花影因風而動，心裏懷疑是不是情郎來了。」張生多多少少明白詩裏的意思。這天晚上，就是二月十四日了。

崔家東牆有一棵杏樹，可以攀爬過牆。十五日的晚上，張生就順著杏樹翻牆而過。到達西廂房時，門已經半開了。紅娘睡在床上，張生一來，就驚醒了。紅娘害怕地說：「您怎麼來了？」張生便欺騙她道：「是崔小姐那封信召我來的，你替我去告訴她。」不久，紅娘回來，連說：「來了！來了！」張生又喜歡又害怕，以為一定成功了。等到崔氏來到，她卻穿戴端莊，態度嚴肅，大大地數落張生：「哥哥救活我們全家的恩惠深重，因此母親把她年幼弱小的兒女託付給您。為什麼卻藉著這個不好的婢女，送來淫逸的詩句？起初認為保護人家脫離兵亂是應該的，結果又自己利用禍亂來要挾；這是以亂易亂，兩者有什麼不同！果真對您的詩句置之不理，等於是迴護了別人的惡念，是不應該的；如果告訴母親，又辜負了別人的恩惠，是不好的；想叫婢僕轉達，又怕不能表達我真正的意思。所以利用小詩，希望親自說明；又怕您留難不來，只好用了鄙淫的詞句，希望您一定會來。非禮的舉動，心裏能不慚愧嗎？但願您遵守禮法，不要做出非禮的事！」話說完，一轉身就走了。張生像是失掉了自己，呆立許久，才又爬牆出來，從此感到絕望。

幾天以後的晚上，張生獨自靠著窗戶睡覺，忽然被人叫醒；他非常吃驚地坐了起來，原來是紅娘帶著被子枕頭到來，搖著張生說：「來了！來了！還睡覺做什麼！」便把帶來的枕頭並排、被子相疊才離開。張生擦了擦眼睛，端端正正坐了好久，還懷疑是不是做夢。然而仍舊小心謹慎地等待著。一會兒，紅娘扶著崔氏來了，她又嬌豔、又害羞、又婉麗、又妖媚，好像沒有力氣移動手腳，與原先的端正嚴肅，大不相同。這天晚上是十八日，一鉤斜月晶瑩剔透，幽雅神祕的光輝，照亮了半個床。張生飄飄然地，一直懷疑明明是仙人，沒有想到卻從人間來到。待了一會兒，佛寺的鐘聲響了，天快要亮了，紅娘催著回去。小姐嬌羞宛轉地悲啼著，紅娘又扶著她走了，整夜不曾說一句話。張生藉著一線曙光，摸索起身，心裏仍自猜疑道：「難道是做夢嗎？」到了天明，看見臂上染有脂粉，衣上留著香氣，點點晶瑩的淚珠，仍在褥蓆上發亮。

之後又隔了十幾天，杳然不再有消息。一天，張生正在寫〈會真詩〉三十韻，還沒寫完，紅娘恰巧來了，就交給她，要送給崔氏。這才又繼續幽會；早上秘密地出來，夜晚秘密地進去，就在先前所說的「西廂」裏幽會，幾乎有一個月。張生曾經詢問崔老夫人的情形，小姐就說：「我是無可奈何了。」便想藉此成全婚事。就這樣，張生將要到長安，事先告訴她情形。崔氏好像沒有什麼留難的話，可是愁怨的臉色十分動人。行前有兩個晚上，沒再見到面，張生便起程西行。幾個月後，張生又回到蒲州，與崔氏相會又一連兩個月。

崔氏很善於寫字、作文章，張生再三要求，卻始終不讓他看。張生往往自己寫了文章挑引她，她也不怎麼看。大概崔氏超出常人的地方，在於才藝絕高，外表卻像不懂；言辭敏辯，卻很少說話；對待張生的情義很厚，可是從來沒有用文詞表達。有時憂愁豔麗隱約深沉的表情，常常像是不認識的人；喜歡或惱怒的樣子，也很少顯現出來。有一次，崔氏夜間獨自彈琴，憂愁的調子悲哀淒涼。張生偷聽到，求她彈來聽，她卻不再彈了。正因為這樣，張生愈來愈迷惑了。不久，張生由於考期到了，又得往長安去。離別的晚上，沒有再說起自己的心情，只是在崔氏身旁哀愁嘆氣。崔氏心中明白將要訣別了，和顏悅聲地慢慢對張生說：「一開始（沒有夫妻名份）胡亂發生關係，最終被遺棄，本來就是應該的，我也不敢抱怨。一開始胡亂發生關係，卻一定負責到底，那是您格外的恩惠。

那麼我們永偕終身的誓言，就有結果了。您又何必過份感傷這次的離別呢？可是既然您不快樂，我也沒有別的辦法讓您安心；您常說我很會彈琴，從前因為害羞，不敢獻醜，如今您要走了，就藉此表示我的誠心吧！」於是叫人拿出琴來，彈奏〈霓裳羽衣序〉，沒有彈幾下，悲怨的音調亂掉了，不再能夠聽出是哪一支曲子了。旁邊的人都嘆息，她也驟然停下來，放下琴，眼淚涔涔地流下，趕快跑回母親的住所，便沒有再來。第二天一早，張生西去了。

明年，張生沒有考中，於是就留在京裏。寫了信給崔氏，寬慰她的心。崔氏的回信，大略錄在這裏，信裏說：「捧讀來信，謝謝您這樣的深情撫慰。兒女情長，令人又悲又喜。並且惠贈首飾一匣、口紅五寸，這些裝扮頭面的飾物。不過承蒙您特別的恩寵，誰又有心打扮呢？看著這些物品，平添懷念，只有增加悲嘆罷了！多謝您告訴我在京裏就業的事，為了前途，本來就是求個便利安適；只恨像我這樣鄙陋的人，便永久地被遠遠拋棄了。命該如此，知道了，還能說什麼！自從去年秋天以來，時常恍恍惚惚，像是失掉了什麼。在喧譁的場合裏，有時勉強說說笑笑；可是到了閒暇的夜晚，一人獨處時，沒有一次不流淚的。就是到了夢裏，也多半為了想到離別的憂愁而感傷哽咽；夢裏的纏綿恩愛，像平常那樣的短暫。幽會還沒有終了，夢魂已被驚斷；雖然那半個被窩像是溫暖的，可是一想，已經離開得很遠很遠。就像昨天剛剛分別，卻倏忽過了一年。長安是行樂的地方，難免會牽引情思。但多麼慶幸您沒有忘記我這個暗中、微末的人，毫不厭倦地眷念著。這顆鄙薄的心，沒有可以報答您的。至於始終如一的誓願，則是原本就不變的。昔日，我與您是姨表兄妹，偶爾同了一次宴席；受到婢女引誘，於是表達了我的心意。這都是女孩子的心太軟了，自己不能堅持下去。在您確有用琴挑逗求愛，在我則沒有投梭拒絕。等到我們幽會時，您的情義深厚，使我愚笨的心裏，滿以為終身有託了。哪裏會想到見了您，不能先行訂婚，以致蒙受自己獻上貞操的羞恥，不能公開地做您的妻子。這是我一直到死都會有的長恨，除了心中感嘆，還能說什麼！如果一個仁義之人，願意用心垂視並完成我心裏深藏的願望，那麼即使是在死去的那一天才達成，心中快樂得還是會像活著的時候一樣。如果您認為一個曠達的人，應該犧牲小小的情愛，追求遠大的義理，覺得沒有訂婚就先同居是一種醜行，以為口頭上的婚約可以否認、不遵守，那麼，我就是骨頭化了，肉爛沒了，赤誠的心也一定不死；像是風吹萎謝在露草裏的落花，仍然跟在您的身邊。無論生死，誠心不變，話就說到這裏了。臨了，不禁哭出聲來，心情再也無法申明。望您千萬珍重！珍重千萬！附上玉環一枚，是我小時候拿著玩的，寄給您作裝飾！玉是取其堅固、純潔而永不毀壞的意思，環是取其從頭到尾永遠不斷的意思。再附上綵絲一綹、文竹茶碾子一枚。這幾件物品不值得您珍愛，不過我的意思是希望您像玉一樣堅貞，我心像環一般不會分開；文竹上有淚痕，綵絲上有愁緒，藉著這幾件物品，表達我的心情，希望永遠相愛罷了。心思離您很近，身體卻隔得很遠，見面恐怕是遙遙無期的了。只要心裏強烈相愛，縱然隔絕千里，精神也能相合。願您千萬珍重！春風很厲害，多吃點飯比較好。說話要謹慎，自己好好保重，不要多掛念我。」張生把信公開給朋友看，因此當時的人大多聽到這件事。

張生的好朋友楊巨源，喜好作詩，於是為他作了一首〈崔娘詩〉絕句：「張生清逸溫潤，勝過美玉。庭中的蘭草，在冬雪初融下綻放。風流的才子，春心蕩漾。只為了鶯鶯的一封信而斷腸。」河南的元稹，也續了張生的〈會真詩〉三十韻（詩長不錄）。

張生的朋友中聽說這件事的，沒有不驚奇這位女子，然而張生也有意訣絕了。元稹特別與張生有深交，便問他為什麼跟她訣絕，張生說：「大凡上天所生的尤物，若不害了自己，必定加害別人。如果崔姓小姐配上大富大貴的丈夫，藉著恩寵嬌縱，不是興雲作雨，就是變做蛟龍，我簡直不知道她會變化成什麼樣子。從前殷朝的紂王，周朝的幽王，都是萬乘的天子，威勢多麼震赫，然而一個女子就使他們失敗了，軍隊被殲滅，本身被屠殺，至今還給天下人恥笑。我的品德不足以勝過妖孽，所以忍心犧牲愛情。」當時在座的人都替他難過。

以後隔了一年多，崔女已經嫁人了，張生也娶了妻子。有一回張生恰巧經過她住的地方，便請她的丈夫告訴崔女，要以外兄的名義求見。丈夫告訴她，然而崔女終究不肯出來。張生怨念的心情，表現在臉上。崔女知道了，偷偷作了一首詩給他：「自從分別之後，日漸消瘦，減損了臉上的光采，夜裏總是輾轉難眠，白天時也懶得下床。不是因為別人，而感到羞愧、無法起身，為你憔悴，卻也為你感到羞愧。」還是沒有見他。過了幾天後，張生要走了，她又作了一首詩謝絕他說：「既然忍心拋棄，現今又有什麼可說呢？當時也只有我自己姑且親愛自己。不如將舊時的情意，好好憐惜眼前的人兒。」從此，就斷絕了消息。當時人們大多稱許張生是善於補過的。我曾在朋友集會的場合，往往便談到這個意思，使知道這事的不要去做，做了這事的不要迷惑。貞元某年九月，李公垂先生住在我靖安里的宅第，談到這件事。公垂覺得很稀奇，遂寫了一篇〈鶯鶯歌〉來加以傳誦。崔的小名叫鶯鶯，公垂就用它做了題目。

析評

〈鶯鶯傳〉中的鶯鶯，可能是唐人小說中，個性較難掌握的一位。原因無它，一來鶯鶯是一位真實的人物，言行之間本來就會出現性格相互矛盾的現象；二來作者元稹可以說是「如實」地呈現鶯鶯的一言一行，而元稹自己似乎也不甚了解鶯鶯，因此寫出來的鶯鶯很自然地令人費解。

在故事中，張生幫助鶯鶯全家度過兵災，崔老夫人為了答謝張生而設宴款待，並且要求鶯鶯出來當面謝謝張生。這是張生第一次見到鶯鶯。不過一開始鶯鶯拒絕出見張生，顯現了鶯鶯的個性的確十分拘謹。後來在崔老夫人強迫之下出來，也是一句話都不說。但這樣的「神秘感」，加上被迫的哀怨，不但加深了張生對她的興趣，我見猶憐的好感更是油然而生。於是張生透過紅娘想要親近鶯鶯，只不過張生才對紅娘說出自己的感情，紅娘就嚇得跑走。沒有想到隔天紅娘又來，張生向紅娘道歉，接著反而是紅娘主動「教導」張生，如何得到鶯鶯。紅娘先是建議張生，透過明媒正娶，二人結為連理，但張生拒絕，理由是等不及。這個部份很有趣，一是紅娘為何又來找張生？二是張生說的理由，紅娘竟然沒有質疑？就在這樣的情形下，紅娘只好分析鶯鶯性格，說明鶯鶯的「貞慎自保」，不苟言笑，以及鶯鶯愛好藝文，可以寫「喻情詩以亂之」。果然張生信手寫的二首「春詞」，讓紅娘帶回去給鶯鶯，立刻就發生效果，鶯鶯回了「明月三五夜」詩，約定在西廂見面。感覺上，紅娘根本就是出賣了自家小姐鶯鶯。

鶯鶯的「貞慎自保」，應該是傳統教育養成的性格，所以即使在她為愛獻身之後，也無法宣之於口、直接對張生表達愛意。甚至是寫的詩不給張生看、彈的琴不給張生聽，這樣的神秘感，使得張生對於鶯鶯的觀察有兩個層面：首先，張生所謂鶯鶯的「出人者」，指出了鶯鶯家教成功的地方，所以會有「言則敏辨」和「藝必窮極」的優點，與一般「無才便是德」的傳統女性不一樣。而「喜慍罕形」則是點出了鶯鶯性格上的內斂，也比較符合家教謹嚴的成長環境。

其次，「喜慍罕形」造成了張生對於鶯鶯的感覺是「愈惑之」。平實而論，這個部份鶯鶯要負部份的責任。尤其在愛戀中的人，應該是整天都很快樂，可是，張生觀察到的鶯鶯不是「愁艷幽邃」，就是「愁弄悽惻」，兩個愁字說明了鶯鶯的多愁善感，而且這一層多愁善感又必須壓抑下來，甚至刻意表現得很內斂。很明顯的，鶯鶯是將心門深鎖，不願輕易敞開。

鶯鶯性格中最值得稱道的是，成熟而負責的愛情觀。雖然在與張生的互動中，感覺上鶯鶯似乎處於劣勢，但其實不然！為什麼這麼說呢？兩個人會在一起，先是鶯鶯回應的「明月三五夜」約見西廂，再來是鶯鶯禁不住自己對於張生的愛意，而在十八日夜「主動」獻身，這也不是由張生來掌控。在情感的收放之間，一直都是鶯鶯主動，特別是故事最後張生求見，鶯鶯加以拒絕，卻又「主動」寫了兩首詩給張生，述說自己的心路歷程。換句話說，張生的「始亂終棄」，鶯鶯或許是受害者，但在這一次張生求見的情況下，鶯鶯見不見張生，以及鶯鶯要如何處理這一段感情，鶯鶯擁有了絕對的「主權」。特別是從「還將舊時意，憐取眼前人」這兩句詩來看，鶯鶯已經走出這一段感情的泥淖，而不再被捆綁、俘虜，應該是很清楚的事實。

假如比較李娃、鶯鶯，以及下一篇的霍小玉三人，就會發現李娃與小玉的結局太戲劇化了（戲劇化到不夠真實），而鶯鶯遭受到的「始亂終棄」，卻是淡淡地結束，既沒有李娃大團圓的令人滿意，也沒有小玉那種「玉石俱焚」一同毀滅的激情。這樣的結果，才真正符合鶯鶯這位大家閨秀的氣度，而不是一般的娼女作得出來的風範。簡單地說，透過這一段感情的歷練，鶯鶯的靈魂真正淨化了，人格也完整昇華了。所以她沒有怨，也不會呲牙裂嘴地謾罵、咀咒別人，埋怨命運，這是鶯鶯的性格當中，最令人欽佩的地方。

至於張生的作法，在當時似乎不曾出現什麼非議，但是在後代卻受到許多讀者的唾棄。張生的行徑，最令人無法認同的有兩點：一是在故事開始，塑造自己是「非禮不可入」，但在紅娘建議他明媒正娶鶯鶯時，卻托辭說是如果透過六禮親迎等等的繁文縟節，自己一定等不了，不免為情而死。顯然張生對於鶯鶯，並沒有想要「以禮相待」，甚至只是想要與鶯鶯發生關係而已。第二是張生向朋友夸夸而談，自己是真好色之人，而他很幸運遇到的鶯鶯，的確是絕色美女。但是張生在佔盡便宜之後，卻說以鶯鶯的美色而言，「不妖其身，必妖於人」，「吾不知其所變化矣」，這固然說明了張生認為自己無法掌握鶯鶯，但最不應該的是張生自己說法與認知裡的前後矛盾。尤其把鶯鶯比喻為妲己、褒姒一般的禍水，卻全然沒有省思鶯鶯自始至終沒有強留張生的意圖，更沒有任何傷害張生的舉措。反而是張生將鶯鶯的信公諸於世，一則作為誇耀的本事，一則將別人最赤裸、最珍視的感情任意踐踏，實在是很壞的榜樣。固然在唐代特殊的時代風氣下，張生的所作所為不會受到譴責，反而可以洋洋得意自己的多情，與所謂的「善補過」。可是到了後代，張生的種種行為，只會讓人感到不恥。對照《舊唐書》中，對元稹的描述是：「性鋒銳，見事風生」、「素無檢操」，大致相同，他的品性由此可見。

有些學者主張，鶯鶯與李娃、霍小玉一樣，都具有娼女的身分。這個說法最矛盾的地方是，鶯鶯如果是娼妓，何必在一開始時故作姿態，拒絕張生？尤其對照李娃與霍小玉，都是在第一次見到書生或李益時，當晚就發生關係，怎麼可能先是拒見張生，接著又當面訓斥張生「以亂易亂」？而且娼女有這麼複雜的情思，這麼高明的文才，也未免太不尋常了！其實本篇故事既然是元稹少年時的一段風流韻事，鶯鶯雖然屬於「五姓女」，但此時父親過世，一家孤寡，無所憑依，對於元稹的仕途既無幫助，也不能對元稹的行為，採取任何有效的制裁或約束。所以元稹才會如此囂張，敢於有恃無恐對鶯鶯「始亂終棄」，還大言不慚地將事件始末公諸於世。

元稹的才華確實不凡，以這篇小說來看，「禮」與「亂」多次出現，形成很強烈的對比。另外，「好色」也貫串整個故事，除了張生好色，鶯鶯絕色，又將鶯鶯比擬美色誤國的妲己、褒姒，這些都是元稹文筆過人之處。

問題與討論

一、張生說自己是守禮、好色之人，他的說法是什麼？

二、紅娘分析鶯鶯性格的特點是什麼？他向張生提議，如何打動鶯鶯的心？

三、鶯鶯在十五日晚上見了張生，當時的態度如何？你覺得鶯鶯為什麼是那樣的態度？

四、張生對於鶯鶯的觀察，認為鶯鶯「喜慍罕形」？張生為什麼會有這樣的印象？

五、你是否覺得鶯鶯在感情的收放上擁有相當的自主權？為什麼？

六、鶯鶯最後婉拒了張生的求見，卻又寫了兩首詩送給張生，你覺得是基於什麼樣的心情？為什麼說鶯鶯這時候的感情已經昇華了？

霍小玉傳

蔣　防

導讀

本篇敘述了一個愛情悲劇故事，李益一直希望有段刻骨銘心的愛情，透過了別人的介紹，認識了霍小玉，二人相處得十分快樂。後來李益考試及第、出任官職，必須離開小玉。又因為母命難違，只有辜負小玉，另娶盧氏。小玉相思成疾，一病不起，在黃衫客的協助下，見到李益最後一面，就死在李益懷裏。

李益原本是唐代宗時，「大曆十才子」之一。不過，在小說中的李益，被塑造成一位負心的男子，而且因為他的負心，使得一位少女為他憂思成疾、一病不起，終於香消玉殞。李益從此不得安寧，總是懷疑妻妾不貞。明代有一位學者胡應麟曾說，唐人的小說當中，以「閨閣」作為主題的作品，很有情致，尤其〈霍小玉傳〉更是「精采動人」，因此能夠「傳誦弗衰」。算是一針見血指出這部小說成功的地方。

課文與注釋

大曆中，隴西李生名益，年二十，以進士擢第。其明年，拔萃❶，俟試於天官❷。夏六月，至長安，舍於新昌里。

---

❶拔萃：唐科舉及第後，加考「試判」者稱作拔萃。
❷天官：即吏部。

生門族清華，少有才思，麗詞嘉句，時謂無雙；先達丈人❸，翕然❹推伏。每自矜風調❺，思得佳偶，博求名妓，久而未諧。長安有媒鮑十一娘者，故薛駙馬家青衣也；折券❻從良，十餘年矣。性便辟❼，巧言語，豪家戚里，無不經過，追風挾策，推為渠帥❽。當受❾生誠託厚賂，意頗德之。

經數月，李方閒居舍之南亭。申未間❿，忽聞扣門甚急，云是鮑十一娘至。攝衣從之，迎問曰：「鮑卿今日何故忽然而來？」鮑笑曰：「蘇姑子作好夢也未？有一仙人，謫在下界，不邀財貨，但慕風流。如此色目⓫，共十郎相當矣。」生聞之驚躍，神飛體輕，引鮑手且拜且謝曰：「一生作奴，死亦不憚。」因問其名居。鮑具說曰：

描摹頗為生動

❸先達丈人：先達，指前輩。丈人，指老先生。
❹翕然：一致貌。
❺自矜風調：自命風流，有格調。
❻折券：毀棄賣身契，贖身。
❼便辟：善於逢迎巴結。
❽追風挾策二句：追風，追求女人。挾策，出主意。渠帥，首領。
❾當受：承受。
❿申未間：古人以十二地支計時，申未間大約是下午一時至五時之間。
⓫色目：名目。

「故霍王小女，字小玉，王甚愛之。母曰淨持。——淨持，即王之寵婢也。王之初薨，諸弟兄以其出自賤庶，不甚收錄。因分與資財，遣居於外，易姓為鄭氏，人亦不知其王女。姿質穠豔，一生未見；高情逸態，事事過人；音樂詩書，無不通解。昨遣某求一好兒郎格調相稱者。某具說十郎。他亦知有李十郎名字，非常歡愜。住在勝業坊古寺曲，甫上車門宅是也。已與他作期約。明日午時，但至曲頭覓桂子，即得矣。」

鮑既去，生便備行計。遂令家僮秋鴻，於從兄京兆參軍尚公處假青驪駒、黃金勒。其夕，生澣衣沐浴，修飾容儀，喜躍交并，通夕不寐。遲明⑫，巾幘⑬，引鏡自照，惟懼不諧也。徘徊之間，至於亭午。遂命駕疾驅，直抵勝業。至約之所，果見青衣立候，迎問曰：「莫是李十郎否？」即下馬，令牽入屋底，急急鎖門。見鮑果從內出來，遙笑曰：「何等兒郎，造次⑭入此？」生調誚⑮未畢，引入中門。庭間有四櫻桃樹；西北懸一鸚鵡籠，見生入來，即語曰：「有人入來，急下簾者！」生本性雅淡，心猶疑懼，忽見鳥語，愕然不敢進。

缺乏自信之徵

心中怯懦

⑫遲明：黎明。
⑬巾幘：戴上頭巾。幘，音ㄗㄜˊ。
⑭造次：隨便。
⑮調誚：嘲笑戲謔。

逡巡⑯，鮑引淨持下階相迎，延入對坐。年可四十餘，綽約⑰多姿，談笑甚媚。因謂生曰：「素聞十郎才調風流，今又見儀容雅秀，名下固無虛士⑱。某有一女子，雖拙教訓，顏色不至醜陋，得配君子，頗為相宜。頻見鮑十一娘說意旨，今亦便令承奉箕箒⑲。」生謝曰：「鄙拙庸愚，不意顧盼，倘垂採錄，生死為榮。」遂命酒饌，即令小玉自堂東閤子中而出。生即拜迎。但覺一室之中，若瓊林玉樹，互相照曜，轉盼精彩射人。

既而遂坐母側。母謂曰：「汝嘗愛念：『開簾風動竹，疑是故人來。』即此十郎詩也。爾終日吟想，何如一見。」玉乃低鬟微笑，細語曰：「見面不如聞名。才子豈能無貌？」生遂連起拜曰：「小娘子愛才，鄙夫重色。兩好相映，才貌相兼。」母女相顧而笑，遂舉酒數巡。生起，請玉唱歌。初不肯，母固強之。發聲清亮，曲度精奇。酒闌，及暝，鮑引生就西院憩息。閒庭邃宇，簾幕甚華。鮑令侍兒桂子、浣沙與生脫

⑯逡巡：進退不定。逡，音ㄑㄩㄣ。
⑰綽約：柔弱優美。
⑱名下固無虛士：客套話，名不虛傳的意思。
⑲奉箕箒：當你的下人（妻妾）。箕箒是打掃的用具，奉箕箒是謙稱，意思是只能作些打掃的工作。

靴解帶。須臾，玉至，言敘溫和，辭氣宛媚。解羅衣之際，態有餘妍，低幃暱枕，極其歡愛。生自以為巫山、洛浦不過⑳也。

中宵之夜，玉忽流涕顧生曰：「妾本倡家，自知非匹。今以色愛，託其仁賢。但慮一旦色衰，恩移情替，使女蘿無託，秋扇見捐㉑。極歡之際，不覺悲至。」生聞之，不勝感嘆。乃引臂替枕，徐謂玉曰：「平生志願，今日獲從，粉骨碎身，誓不相捨。夫人何發此言！請以素縑，著之盟約。」玉因收淚，命侍兒櫻桃褰幄執燭，授生筆研。玉管弦之暇，雅好詩書，筐箱筆研，皆王家之舊物。遂取繡囊，出越姬烏絲欄素縑㉒三尺以授生。生素多才思，援筆成章，引諭山河，指誠日月，句句懇切，聞之動人。染畢，命藏於寶篋之內。自爾婉孌㉓相得，若翡翠之在雲路㉔也。如此二歲，日夜相從。

歡場之中，豈有誓言可信？藏之寶篋，益見小玉之純真。

---

⑳巫山洛浦不過：戰國時代宋玉作〈高唐賦〉，內云楚國先王夢會巫山之女於洛浦。另外，曹植的〈洛神賦〉也是以洛水作為創作的背景。

㉑女蘿無託二句：無所依附，被拋棄。女蘿是一種必須附生在別的樹上生長的植物，扇子則是到了秋天就不再使用，兩句是指女子必須依附在男子身上，而一旦男子不愛，女子就會被拋棄。

㉒烏絲欄素縑：畫有行格的白絹。

㉓婉孌：恩愛親密。孌，音ㄌㄨㄢˊ。

㉔翡翠之在雲路：翡翠，水鳥，雄赤為翡，雌青為翠，古人又稱「魚狗」。雲路，登天之途。

其後年春，生以書判拔萃登科，授鄭縣主簿。至四月，將之官，便拜慶㉕於東洛。長安親戚，多就筵餞。時春物尚餘，夏景初麗，酒闌賓散，離思縈懷。玉謂生曰：「以君才地㉖名聲，人多景慕，願結婚媾，固亦眾矣。況堂有嚴親，室無冢婦㉗，君之此去，必就佳姻。盟約之言，徒虛語耳。然妾有短願，欲輒指陳。永委君心，復能聽否？」生驚怪曰：「有何罪過，忽發此辭？試說所言，必當敬奉。」玉曰：「妾年始十八，君才二十有二，迨君壯室之秋，猶有八歲。一生歡愛，願畢此期。然後妙選高門，以諧秦晉，亦未為晚。妾便捨棄人事，剪髮披緇㉘。夙昔之願，於此足矣。」生且媿且感，不覺涕流。因謂玉曰：「皎日之誓，死生以之。與卿偕老，猶恐未愜素志，豈敢輒有二三？固請不疑！但端居相待至八月，必當卻到華州，尋使奉迎，相見非遠。」更數日，生遂訣別東去。

到任旬日，求假往東都覲親。未至家日，太夫人已與商量表妹盧氏，言約已定。

八年之後，即能斷絕一切情份？

㉕拜慶：省親。
㉖才地：才能與門地。
㉗冢婦：正妻。
㉘披緇：穿著灰黑色僧尼的衣服，即出家為尼之意。

不敢辭，也不能辭。

欲斷其望，居心未必有錯。

太夫人素嚴毅，生逡巡不敢辭讓，遂就禮謝，便有近期。盧亦甲族也，嫁女於他門，聘財必以百萬為約，不滿此數，義在不行。生家素貧，事須求貸，便託假故，遠投親知，涉歷江、淮，自秋及夏。生自以孤負盟約，大愆回期，寂不知聞，欲斷其望，遙託親故，不遺漏言。

玉自生逾期，數訪音信。虛詞詭說，日日不同。博求師巫，遍詢卜筮，懷憂抱恨，周歲有餘。羸臥空閨，遂成沉疾。雖生之書題竟絕，而玉之想望不移，賂遺親知，使通消息。尋求既切，資用屢空，往往私令侍婢潛賣篋中服玩之物，多託於西市寄附舖侯景先家貨賣。

曾令侍婢浣沙將紫玉釵一只，詣景先家貨之。路逢內作㉙老玉工，見浣沙所執，前來認之曰：「此釵，吾所作也。昔歲霍王小女將欲上鬟㉚，令我作此，酬我萬錢。我嘗不忘。汝是何人，從何而得？」浣沙曰：「我小娘子，即霍王女也。家事破散，失身於人。夫婿昨向東都，更無消息。悒怏㉛成疾，今欲二年。令我賣此，賂遺於人，

㉙內作：皇宮內的工匠。

㉚上鬟：古代女子十五歲為「及笄」，這時要舉行一種儀式，將披垂的頭髮梳上去，插上髮簪，表示成人待嫁，稱為「上鬟」。

㉛悒怏：也作怏悒，心中抑鬱不樂。

心中有愧，故不肯去。

使求音信。」玉工淒然下泣曰：「貴人男女，失機落節，一至於此！我殘年向盡，見此盛衰，不勝傷感。」遂引至延光公主宅，具言前事。公主亦為之悲嘆良久，給錢十二萬焉。

時生所定盧氏女在長安，生既畢於聘財，還歸鄭縣。其年臘月，又請假入城就親。潛卜靜居，不令人知。有明經崔允明者，生之中表弟也。性甚長厚，昔歲常與生同歡於鄭氏之室，杯盤笑語，曾不相間。每得生信，必誠告於玉。玉常以薪芻[32]衣服，資給於崔。崔頗感之。生既至，崔具以誠告玉。玉恨嘆曰：「天下豈有是事乎！」遍請親朋，多方召致。生自以愆期負約，又知玉疾候沉綿，慚恥忍割，終不肯往。晨出暮歸，欲以迴避。玉日夜涕泣，都忘寢食，期一相見，竟無因由。冤憤益深，委頓床枕。自是長安中稍有知者。風流之士，共感玉之多情；豪俠之倫，皆怒生之薄行。

時已三月，人多春遊。生與同輩五六人詣崇敬寺玩牡丹花，步於西廊，遞吟詩句。有京兆韋夏卿者，生之密友，時亦同行。謂生曰：「風光甚麗，草木榮華。傷哉鄭卿，銜冤空室！足下終能棄置，實是忍人。丈夫之心，不宜如此。足下宜為思之！」嘆讓

[32] 薪芻：同薪儲，見〈李娃傳〉註[8]。

之際，忽有一豪士，衣輕黃紵衫[33]，挾弓彈，丰神雋美，衣服輕華，唯有一剪頭胡雛[34]從後，潛行而聽之。俄而前揖生曰：「公非李十郎者乎？某族本山東，姻連外戚。雖乏文藻，心嘗樂賢。仰公聲華，常思覯止[35]。今日幸會，得睹清揚。某之敝居，去此不遠，亦有聲樂，足以娛情。妖姬八九人，駿馬十數匹，唯公所欲。但願一過。」生之儕輩，共聆斯語，更相嘆美。因與豪士策馬同行，疾轉數坊，遂至勝業。生以近鄭之所止，意不欲過，便託事故，欲回馬首。豪士曰：「敝居咫尺，忍相棄乎？」乃挽挾其馬，牽引而行。遷延之間，已及鄭曲。生神情恍惚，鞭馬欲回。豪士遽命奴僕數人，抱持而進。疾走推入車門，便令鎖卻，報云：「李十郎至也！」一家驚喜，聲聞於外。

夢境甚奇

先此一夕，玉夢黃衫丈夫抱生來，至席，使玉脫鞋。驚寤而告母。因自解曰：『鞋』者，『諧』也。夫婦再合。『脫』者，『解』也。既合而解，亦當永訣。由此徵之，必遂相見，相見之後，當死矣。」凌晨，請母妝梳。母以其久病，心意惑亂，不甚信之。

[33] 紵衫：紵麻製成的衣衫。
[34] 胡雛：賣身為奴的幼年胡人。
[35] 覯止：遇見。

僶勉㊱之間，強為妝梳。妝梳才畢，而生果至。

玉沉綿日久，轉側須人；忽聞生來，欻然自起，更衣而出，恍若有神。遂與生相見，含怒凝視，不復有言。羸質嬌姿，如不勝致，時復掩袂，返顧李生。感物傷人，坐皆欷歔。

此所謂「迴光返照」也。

頃之，有酒餚數十盤，自外而來。一座驚視，遽問其故，悉是豪士之所致也。因遂陳設，相就而坐。玉乃側身轉面，斜視生良久，遂舉杯酒酬地曰：「我為女子，薄命如斯！君是丈夫，負心若此！韶顏稚齒，飲恨而終。慈母在堂，不能供養。綺羅弦管，從此永休。徵痛黃泉，皆君所致。李君李君，今當永訣！我死之後，必為厲鬼，使君妻妾，終日不安！」乃引左手握生臂，擲杯於地，長慟號哭數聲而絕。母乃舉尸，寘於生懷，令喚之，遂不復甦矣。

兩敗俱傷之舉

生為之縞素，旦夕哭泣甚哀。將葬之夕，生忽見玉繐帷之中，容貌妍麗，宛若平生。著石榴裙、紫榼襠㊲、紅綠帔子㊳。斜身倚帷，手引繡帶，顧謂生曰：「愧君相

㊱僶勉：勉強。
㊲榼襠：唐代婦女穿的一種外袍。榼，音ㄎㄜˋ。
㊳帔子：披在肩背的紗巾，多為薄質紗羅所製。帔，音ㄆㄟˋ。

送，尚有餘情。幽冥之中，能不感嘆。」言畢，遂不復見。明日，葬於長安御宿原㊴。生至墓所，盡哀而返。

後月餘，就禮於盧氏。傷情感物，鬱鬱不樂。夏五月，與盧氏偕行，歸於鄭縣。至縣旬日，生方與盧氏寢，忽帳外叱叱作聲。生驚視之，則見一男子，年可二十餘，姿狀溫美，藏身映幔，連招盧氏。生惶遽走起，繞幔數匝，倏然不見。生自此心懷疑惡，猜忌萬端，夫妻之間，無聊生㊵矣。或有親情，曲相勸喻。生意稍解。

後旬日，生復自外歸，盧氏方鼓琴於床，忽見自門拋一斑犀鈿花合子㊶，方圓一寸餘，中有輕絹，作同心結㊷，墜於盧氏懷中。生開而視之，見相思子二、叩頭蟲㊸一、發殺觜㊹一、驢駒媚㊺少許。生當時憤怒叫吼，聲如豺虎，引琴撞擊其妻，詰令

㊴御宿原：在長安城東南，當時的墓地。
㊵無聊生：毫無生活的樂趣。
㊶斑犀鈿花合子：雜色犀牛角雕成、嵌飾金花的盒子。
㊷同心結：古代用錦帶結成連環迴文的花樣，用來表示愛意，稱為同心結。
㊸叩頭蟲：小甲蟲。
㊹發殺觜：古人身上所佩帶解結用的物品。
㊺驢駒媚：媚藥。

實告。盧氏亦終不自明。爾後往往暴加捶楚㊻，備諸毒虐，竟訟於公庭而遣之。

盧氏既出，生或侍婢媵妾之屬，蹔同枕席，便加妒忌。或有因而殺之者。生嘗遊廣陵，得名姬曰營十一娘者，容態潤媚，生甚悅之。每相對坐，嘗謂營曰：「我嘗於某處得某姬，犯某事，我以某法殺之。」日日陳說，欲令懼己，以肅清閨門。出則以浴斛㊼覆營於床，周迴封署，歸必詳視，然後乃開。又畜一短劍，甚利，顧謂侍婢曰：「此信州葛溪鐵，唯斷作罪過頭！」大凡生所見婦人，輒加猜忌，至於三娶，率皆如初焉。

㊻捶楚：捶，杖擊。楚，本是一種小樹，古人用以作為責罰子弟的棍子。捶楚即鞭打之意。
㊼浴斛：古人所用的大浴桶。

譯文

代宗大曆年間，有個隴西的書生，名叫李益，二十歲考中進士。第二年，在吏部等候拔萃的考試。這年夏天六月，到了京城長安，住在新昌里。

李益出身清高尊貴，年少時就很有才華，詞藻美妙，當時的人讚為無雙，前輩老先生，都一致推服。他也自命風流，很有格調，想要找一個美貌的伴侶，找遍長安的名妓，始終沒有合意的。長安有個出名的媒婆，叫鮑十一娘。以前是薛駙馬家的婢女，贖身從良已十多年了。她很懂得察言觀色，討人歡喜，又很會說話，豪門貴戶，沒有一家沒去過，凡是想追求女人的，她都提供策略，因而被推為首領。她接受了李益的請託及重禮，心裏很感激。過了幾個月，有一天，李益正在家裏的南亭閒坐，午後時分，忽然聽到急促的敲門聲，說是鮑十一娘來了。

李益連忙整理衣服，迎著鮑十一娘，問道：「鮑媽媽今天怎麼突然來了？」鮑十一娘笑著說：「您昨天作了好夢沒有？有個天上的仙女，被貶到凡間，她呀，不貪圖金錢財物，只是愛慕風流的才子。這樣的人物，與您十分相配喲！」李益聽說，高興得跳了起來，精神飛揚，身體都輕盈了起來，拉著鮑十一娘的手，一邊拜謝，一邊說道：「願意一輩子作奴隸，就是死也不害怕。」接著忙問美人的姓名和住處。鮑十一娘完整地說起她的身世：「她是已故霍王的小女兒，字叫小玉，霍王很喜愛她。她的母親名叫淨持，是霍王的一個寵婢。霍王死了以後，兄弟們因為她是婢妾所生，不願收容她，就分了點錢財，把她們母女趕出來。她們便改姓鄭氏，別人也不知道她是霍王的女兒。長得非常豔麗，是我一輩子沒見過的，而情意高妙，姿態飄逸，處處過人，音樂詩書，沒有一樣不精通。昨天她託我找一個才調相稱的好郎君，我跟她提起您，她也知道您的名字，十分歡喜、中意。她住在勝業街古寺巷，剛過車門宅的就是了。我已經與她約好了，明天中午，只要到巷口找一個桂子的婢女，就可以了。」

鮑十一娘走了之後，李益便準備明天赴約要用的東西。於是命令家僮秋鴻，到堂兄京兆參軍尚公那兒，借了一匹青色的良馬及黃金的勒頭。當晚，李益沐浴過了，換上整潔的衣裳，仔細地修飾容貌，心中又歡喜又雀躍，一整晚睡不著。天微亮，就戴上頭巾，拿著鏡子，左照右照，惟恐事情不成功。坐立不安之間，捱到了中午。於是命僕人備馬，直奔勝業街。到了約定的所在，果然看見一個婢女，站在那裏等候，迎上來問道：「莫非您就是李十郎嗎？」李益立即下馬，讓婢女把馬牽進屋裏，李益才進門，婢女便急急把門鎖上。看見鮑十一娘果然從裏面出來，大老遠笑著說：「什麼人哪？冒冒失失地闖進這裏來？」李益與她調笑還沒完，就被引入中門。庭院中有四棵櫻桃樹，西北角掛著一個鸚鵡籠，鸚鵡看見李益進來，就說：「有人來了，趕快放下簾子！」李益本來就性情淡雅，心裏也還有些猶豫擔心，忽然聽到鳥兒說話，嚇了一跳，不敢再往前走。

過了一會兒，鮑十一娘帶著淨持下階來迎接，請他進去坐下。淨持大約四十多歲，姿態舒緩美麗，談笑之間，神情十分嫵媚。她對李益說：「素來聽說李十郎的文采風流，現在又見到您容貌雅致，的確是名不虛傳。我有一個女兒，雖然缺少教導，容貌還不至於醜陋，可以與您相配，相當的合適。鮑十一娘屢次說起您的意思，現在就讓她侍候您吧！」李益道謝說：「在下拙劣愚昧又平庸，沒有想到您看得起，假如承蒙您的答應，是我一輩子的榮幸！」淨持吩咐擺設酒宴，再讓小玉從東邊閤子走出來，李益連忙拜迎，只覺得一屋子裏，才子佳人就像瓊林玉樹一般，互相照耀，而在眼光流轉之中，更是光彩射人。

不久，小玉坐在母親的身邊。母親對她說：「妳常愛唸的兩句詩：『開簾風動竹，疑是故人來。』就是這位李先生作的詩。妳整天吟誦思念，倒不如親自見上一面。」小玉低頭微笑，輕聲說：「見面倒不如聞名，既是才子，怎麼能沒有出眾的相貌呢？」李益聽了，便站起來，作了一揖，說：「小娘子愛的是我的文才；我愛的是您的美貌。文才、美貌相互輝映，正是才貌得兼。」小玉母女聽了，相視而笑。於是互相舉杯敬酒，喝了幾巡，李益起身，請小玉唱歌。小玉起初不肯，母親一再堅持她唱。終於唱了一曲，歌聲十分清亮，曲調極為高雅。酒喝得差不多了，到了晚上，鮑十一娘帶著李益到西院歇息。庭院閒適，屋宇深幽，簾幔十分富麗。鮑十一娘叫侍婢桂子、浣沙為李益脫靴解帶。一會兒，小玉來了，談話溫和，語氣婉轉嫵媚。寬衣解帶的時候，姿態美麗極了。於是放下幃帳，同眠共枕，極為歡愛。李益自認為巫山、洛浦的歡樂，也比不上了。

到了半夜，小玉忽然流下淚來，望著李益說：「我本出身娼家，自知配不上您。現在仗著姿色，得到歡愛，託付在您身上；只怕一旦容顏衰退，恩愛之情就改變了，使得我像是女蘿無所依託，秋扇被棄一旁，正在最歡樂的時候，卻不知不覺感到悲哀。」李益聽了，忍不住十分感慨，便伸出手臂，讓小玉枕著，柔聲安慰她說：「我一生的願望，今天得以達到，就算是粉身碎骨，我發誓絕對不會捨棄妳。夫人怎麼說這樣的話呢！請讓我把誓言寫在素白的縑上。」小玉收起了眼淚，叫侍婢櫻桃揭起帳幄，拿過蠟燭，交給李益筆硯。小玉除了音樂之外，十分喜愛詩書，一些筐架箱子、筆墨紙硯，都是霍王府裏舊有的東西。小玉就從一個繡花袋子裏，取出一幅三尺長的名貴素絹，交給李益。李益一向才思敏捷，提起筆來立成文章，誓詞中引用山河，比喻恩情的深厚，指著日月，表明相愛的誠摯，句句懇切，看來十分動人。寫好了，就讓小玉收藏在寶物箱子裏。從此兩人親親愛愛，相處得很好，好像翡翠雙飛，登上天堂之路。日夜相守，就這樣過了兩年。

後年的春天，李益考試及格，授任鄭縣主簿。到了四月，將要上任，就想順道往洛陽探望母親。長安的親戚們，大多擺了酒席，為他餞行。這時春天的景物，還有一部份的痕跡，而夏日的景色，方才顯出些許絢麗，酒終人散，離情別緒卻縈繞在胸懷。小玉對李益說：「以您的才情聲名，許多人都很仰慕您，願意和您聯婚的，一定也不少。況且您上有雙親，家裏還沒有個主婦。這一次您離去，一定會成就好姻緣。山盟海誓，不過是空話罷了！雖然這樣，我有一個小小心願，想要向您說明，永遠放在您的心裏，您是否願意聽聽？」李益驚怪說：「我犯了什麼過錯，妳為什麼忽然說出這樣的話呢？妳不妨說說看，我一定照辦。」小玉說：「我今年十八歲，您才二十二歲，到您三十歲壯年時，還有八年。一輩子的歡樂與愛寵，希望就在這一段時間裏，全部享用結束。然後您再另選高門，締結良緣，也還不晚。我便捨棄了人事，削髮為尼。向來的願望，到此心滿意足了！」李益聽了，既感動又慚愧，不覺流下眼淚，就對小玉說：「以前指日發誓，生死都不變心，即使是與妳白頭偕老，都還不能完全滿足平生的願望，哪裏敢再有什麼三心二意？請不要猜疑，只管安心相待到八月，我一定會回到華州，再派使者來迎接妳，我們見面的日子，很快就到了。」過了幾天，李益就辭別小玉，往東去了。

就任十幾天，李益請假回東都洛陽省親。還沒到家，母親已經為他與表妹盧氏訂了親事。母親向來嚴厲果毅，李益躊躇著不敢推辭，於是就到盧家去謝婚，要在短期內舉行婚禮。盧家也是世家大族，嫁女兒給別家，一定要有百萬的聘禮；不到這個數目，不會答應。李益家裏向來清貧，必須四出奔走借貸。便假託省親的理由，大老遠去找親戚朋友求助，從秋天到夏天，跑遍了江、淮一帶。

李益覺得自己辜負了對小玉的盟約，又嚴重地誤了歸期，就有意不通音信，想要斷了她的念頭。便遠遠地請託一些親友，不要走露任何的風聲。小玉自從李益過了歸期，多次派人去打聽，得到的不實消息，天天不一樣。廣找巫祝詢問，到處求神問卜。整天憂思憾恨，過了一年多。她消瘦地守著空房，於是成了宿疾。雖然李益始終沒有音信，小玉的想望卻沒有改變。她贈送賄賂各個親友，希望得到李益的消息。尋求得心切，錢財用度常常匱乏，往往私底下叫侍婢偷偷變賣箱子裏的首飾，多數都放在西市侯景先委託行寄賣。

有一次，命侍婢浣沙拿著一隻紫玉釵，到侯景先的舖子去賣。路上遇見一個宮廷裏的老玉工，看見浣沙拿的玉釵，就過來辨認，說：「這釵是我作的！當年霍王的小女兒及笄，要我作這隻紫玉釵，還賞了我一萬錢。這件事，我始終沒忘記。妳是從那裏得到這隻玉釵？」浣沙說：「我家小娘子，就是霍王的小女兒。從王府裏被趕出來，又不幸失身於人。夫婿去了東都，就沒有消息；她憂愁成疾，到現在快兩年了。叫我賣掉這東西，再送給別人財物，請人打聽消息。」玉工聽了，不覺悽然的流下淚來，說：「沒想到貴戚人家的子女，一旦失勢落魄，竟然會到這種地步！我的殘生就快結束了，還看到這樣盛衰無常的事，真是教人傷感。」就帶浣沙到延光公主宅內，把這件事情說給她聽。公主也因此傷感嘆息了好久，賜了浣沙十二萬錢。

當時李益下聘的盧家小姐，家在長安，李益送過了聘禮，回到鄭縣。到了這年的臘月，又告假到京城依親。偷偷地安住下來，不讓人知道。有一個明經崔允明，是李益的表弟，性情十分忠厚，以前常與李益一起到鄭家尋歡，大家吃吃喝喝、說說笑笑，從來沒有間斷過。他每次得到李益的消息，一定很真誠地告訴小玉。小玉常常送他些衣服、日用物品，崔允明很感激。這次李益來到長安，崔允明老老實實地告訴了小玉。小玉恨恨地嘆氣說：「天下竟然會有這樣的事情！」就到處請託親友，想盡辦法找李益來。李益慚愧自己誤了歸期、辜負盟約，又知道小玉病得很沉重，既慚愧又羞恥，忍痛割捨，終究不肯去，每天早出晚歸，想要以此迴避。小玉日夜哭泣，都無心進食，只希望見李益一面，竟然找不到機會。心裏的怨恨痛苦愈來愈深，臥病床上，更加的消沉。從此長安城裏慢慢就有人知道這件事了。風流的人士，全都感念小玉的多情；豪傑俠客，都氣憤李益的薄倖。

時序進入三月，長安城的人們多去遊春，李益與五、六個朋友，到崇敬寺賞玩牡丹花，漫步在西廊下，大家輪流著吟誦詩句。其中有個京兆人韋夏卿，是李益的好友，當時也一起去玩，就對他說：「春光如此美麗，草木欣欣向榮；可憐啊鄭姑娘，卻含冤憔悴，獨守空閨！你竟然能夠忍心拋棄，實在是沒有同情心的人！以一個君子的存心，是不應該這樣的。希望你再好好地考慮考慮！」正感嘆責備的時候，忽然有一個豪俠之士，穿著黃色紵衫，攜著弓彈，神采俊逸，衣服華麗，帶著一名胡人小廝跟隨著，暗暗跟在他們身後，而聽見他們的談話。一會兒，他走上前來，對李益作揖說：「您不就是李十郎嗎？我是山東人，與您有點親戚關係。雖然我自己沒有什麼文才，卻喜歡結交賢士，向來仰慕您的聲名，常希望能見上一面。今天很榮幸，能瞻仰到您的風采。舍下離這裏不遠，也有些歌舞，可以娛悅心情。美姬有八、九人，駿馬有十來匹，就看您喜歡什麼。希望您能去一趟。」大家聽到這一番話，都很讚賞。李益就跟著豪士騎馬同行。很快地轉過了幾條街，就到了勝業街。李益因為這裏離鄭家很近，心裏就不想去了，便藉口有事，想要撥馬回去。豪士說：「寒舍就在前面，您怎麼忍心相棄呢？」就強拉著他的馬，牽往前走。在這拉扯之間，已經到了鄭家的巷口，李益神情恍惚，舉鞭打馬就要回去，豪士立刻叫幾個僕人，抱住李益，很快推進鄭家車門裏去，便令人鎖上門，大聲報說：「李十郎來了！」一家人驚喜萬分，鬧哄哄的聲音直傳到戶外。

前一天晚上，小玉夢見一位穿黃色衣衫的男子，抱著李益進來。到了席前，就叫小玉脫鞋。小玉驚醒後，告訴母親夢裏的情形，又自己解釋說：「『鞋』與『諧』同音，表示夫婦會再相合；脫是解開，表示分離；既然相合，又分離，也就是要永別了。這樣看起來，一定會再見到十郎；相見之後，就是我的死期了！」第二天早上，小玉請母親為她梳粧。母親以為她病久了，心神迷亂，不太相信她的話，但還是勉強替她梳粧。才梳粧好，李益果然就來了。

小玉纏綿病榻多日，平常翻個身都要人幫忙，忽然聽說李益來了，一下子就自己站起身來，換好衣服出來，恍惚之間好像有神相助似的。於是出去與李益相見。她滿懷恨意，凝視著李益，一句話也不說。孱羸嬌弱，好像無法承受的模樣，不時舉起衣袖，擦拭眼淚，又愛慕地看著李益。滿座的人為了這感傷的場面，都欷歔不已。

一會兒，從外面送進幾十盤酒菜來，大家驚訝地看著；馬上問是怎麼回事，原來全是黃衫豪士送來的。於是擺設開來，紛紛坐下。小玉側身坐著，半轉過臉，斜視李益半天，接著舉起一杯酒，潑到地上說：「我是個女子，薄命到這地步，您是個男子漢，卻這樣的負心！害得我還在青春年華，就含恨而死；慈母在堂，不能夠奉養；美好的綾羅、悅耳的音樂，從此再也享受不到。死亡的痛苦，都是您造成的！李君，李君，我們現在要永別了！我死以後，一定化為厲鬼，使您的妻妾們，終日不安！」她伸出左手握住李益的手臂，把酒杯摔碎在地上，放聲痛哭了幾聲，就斷了氣。母親抱起她的屍體，放在李益懷裏，叫李益喊她，卻終究不再醒來。

李益為小玉穿了喪服，早晚哭泣，十分哀痛。臨下葬的前夕，忽然見到小玉的身影，掩映在靈帳中，容貌豔麗，就像平日一樣。穿著石榴裙、紫羅衫、紅綠帔子。斜著身體、靠著帷帳，手裏拉著繡帶，看著李益說：「想不到您為我送終，還有一些感情，我在幽冥之中，怎能不感嘆呢！」說完，就不見了。第二天，下葬在長安的御宿原。李益一直送到墳上，盡情哭泣才回來。

一個多月後，李益就和盧小姐成婚了。想起以前的情景，心裏很感傷，總是悶悶不樂。到夏天五月裏，與盧氏一起回鄭縣。到縣十多天後，一夜，正要與盧氏就寢，忽然聽到帳外有叱叱的聲音。李益吃了一驚，連忙察看，只見一個二十多歲的男子，樣子很溫柔俊美，藏在帳幔後，連連向盧氏招手。李益急忙起來，繞著帳幔追了幾圈，忽然人就不見了。李益從此懷疑盧氏有外遇，什麼事都會猜忌，夫妻之間，簡直無法生活下去。也有親戚委婉地為他們勸解，李益猜忌的心思，才稍稍拋開。

又過了十多天，李益從外面回來，盧氏正在床前彈琴，忽然看到從門外拋進來一個雜色犀牛角雕成、嵌飾金花的盒子，方圓有一寸多，中間有條細絹帶，作成同心結，落在盧氏懷中。李益打開一看，裏頭放著兩顆相思子、一隻叩頭蟲、一個發殺觜，以及少許的媚藥，李益立刻憤怒叫吼，聲音像豺虎一樣，拿著琴，去撞擊盧氏，逼她說實話。盧氏自己也不明白是怎麼回事。後來李益往往暴力相向，毒打她，用盡各種虐待的方法，最後竟然鬧到公堂上，把她給休棄了。

盧氏被休了以後，李益的妾和侍婢們，只要與他同枕共席過，便被他猜疑妒忌，甚至有因而被殺的。他曾到廣陵遊玩，得到一個著名的女子，叫營十一娘，容貌溫潤嬌媚，李益很喜歡她，每次互相對坐時，故意嚇她說：「我曾經在某地娶了某個女子，她犯了某事，我用某種法子殺了她。」天天對她說這些，想要使她懼怕自己，來整肅閨房。出門的時候，就用洗澡的木盆，把營十一娘蓋在床上，四周加上封條，回來時，一定詳細檢查過，才開封。他又藏著一把鋒利的短劍，故意拿著劍對侍婢們說：「這是信州葛溪鐵鑄成的寶劍，專門斬斷做壞事的人的頭！」大凡李益對於所接近的婦人，往往都會加以猜忌，甚至婚娶三次，都與起初一樣。

析評

霍小玉的故事，可能是唐人小說中最令人感到忿忿不平的悲劇。造成這個悲劇的原因很多，許多人都將矛頭指向李益這位負心漢，其實這樣的觀點並不公允。

霍小玉為愛而喪生，固然令人萬分同情，可是如果我們將小說對映到現實社會，而試圖從小玉的悲劇裡，找到可供參考的借鏡，那我們就不得不嚴肅地檢討小玉的性格中，不切實際的一面。首先，霍小玉是不是霍王的私生女？就一般的觀點而言，這一層身份應該是假託的，原本的目的，只是為了提高小玉的身價。但在小說中，姑且不論這個身份的真假，作者刻意塑造小玉是一位私生女，長大後被趕出霍王府，這樣的成長背景，使得小玉從來沒有得到父兄的照顧，也因此小玉極度渴求，比他年長的男性的關愛。而在他遇到李益時，這種渴求總算得到了暫時的滿足。

李益比小玉年長四歲，足夠擔當兄長身份，而且李益的長相不佳，小玉說的「才子豈能無貌」，對照李益在前一晚「引鏡自照，惟懼不諧」，顯然李益對自己的外表也欠缺信心。但李益這樣的長相，反而帶給小玉較大的安全感，加上小玉只有十六歲，李益很有可能是她的第一位客人，又或者至少是小玉第一位投入全部情感的客人，因此小玉深陷感情深淵而不可自拔，這是很自然的發展。

可惜的是，娼妓能不能擁有正常人的愛情？這似乎是小玉沒有看清楚的問題。或許有人會質疑：媒婆鮑十一娘不是要幫李益「得佳偶」嗎？怎麼斷定李益與小玉不是婚約的關係？首先，李益「求名妓」是真，「得佳偶」只是幌子；看看文中述說這一件事，形容小玉是「謫在下界的仙人」，而李益也說甘願「一生作奴」，這些用語輕浮，與唐代另一篇小說〈遊仙窟〉，或是前篇的〈李娃傳〉相似。而且最明確的證據是，小玉在兩人相好的第一夜，自承「妾本倡家」，如果是一般人家的女子，怎麼會說自己是「倡家女」？

了解這一層關係，再來看小玉提出的八年之約，就會明白這個約定的不切實際。對照〈李娃傳〉，書生將二年的費用在一年用盡，又賴在李家不走，逼得李娃與姥姥不得不用計甩掉書生。這是開門作生意的店家，最基本也最現實的考量，尤其是原本「所得甚廣」的李家，更不可能平白無故供養書生。而故事中的李益「家素貧」，單單從李益與小玉「如此二歲，日夜相隨」來看，根本就是不可能的情形，這應該是作者在情節安排上極大的疏失，更何況長達八年的約定，經濟上由誰來承擔？

小玉的成長環境造成她極度缺乏安全感，在兩人燕好之後，小玉淚流，擔心自己早晚因為年長色衰「秋扇見捐」。這個擔心一樣很突兀，風月場所的客人來來去去，十分自然。小玉的擔心本來就顯得多餘，偏偏李益自己也很不成熟，竟然主動要求將那些逢場作戲的誓言，寫在素縑上，小玉則是將素縑藏在寶篋之內。這種白紙黑字「著之盟約」再「藏於寶篋」，都是缺乏安全感的表現，口說無憑，一切都要有憑有據、掌握在自己手裡，才有十足的安全感。

再來說李益。如果深究李益與小玉二人的關係，不得不殘酷地說，那只是尋歡客與娼妓之間的交易。照這樣看來，李益許下諾言而又違背盟約，其實並不那麼可惡。關於風月場所的誓言可不可信，我們不妨看看元代關漢卿〈救風塵〉的例子：娼女宋引章遇人不淑，不顧較年長的姊姊趙盼兒的反對，嫁給花花公子周舍，婚後遭到虐待，寫信向趙求救。趙盼兒為了營救宋引章，刻意勾引周舍。等到周舍寫了休書，趙盼兒趕緊帶著宋引章逃走。不幸的是周舍發覺，追到了兩人。周舍一度質問趙盼兒：「你曾說過誓嫁我來！」趙盼兒的回答直接了當地說：「遍花街請到娼家女，那一個不對著明香寶燭，那一個不指著皇天后土，那一個不賭著鬼戳神誅？若信這咒盟言，早死的絕門戶！」這一段話道盡風月場所中，山盟海誓全不可信的事實。也可以印證李益即使對著小玉許下諾言，只不過是逢場作戲的說詞。

李益在母親為他許下婚事，理應對小玉坦白，就此斷了小玉的思念，但李益個性上的確比較懦弱，自覺對不起小玉，故意不通音信，目的正是「欲斷其念」。可見得李益不是不處理，只是處理的方式不那麼符合一般人說的好聚好散。比較值得思考的是，兩人的關係只是尋歡客與娼妓之間的交易，那麼李益是不是有那麼大的責任，一定要對小玉有所交代？再者，小玉這種生死以之的情感，其實會帶給伴侶很大的壓力。所以按照小玉的說法，八年之約結束之後，她要捨棄人事、剪髮出家。然而包含八年之約在內，小玉真的可以說斷就斷這一段感情嗎？

其實李益也是門閥制度的受害者。由於唐代的士子認定，娶「五姓女」是個人莫上的光榮，李益娶的是「甲族」盧氏，對李益的仕途必然會有極大的幫助，所以李益不敢反抗母親的安排；畢竟母親的安排，絕對具有現實上的考量，李益才會從秋天到隔年的夏天，不辭辛勞的四處籌措聘金，只為了娶回一個名門閨秀。李益的錯，錯在無法擺脫士大夫必須藉由婚姻，作為晉身之階的宿命。而他的懦弱性格，更是要為這一齣悲劇，負擔一部份的責任。

故事的最後，安排了一位黃衫客，挾持李益去見小玉，似乎很是大快人心。這種神祕人物的出現，有時可以產生戲劇性的效果。當然，他的出現帶出了後段的高潮，接下來的李益與小玉見面、訣別，小玉詛咒李益之後死在李益懷裡，李益送終，娶妻後的多疑、休妻。最有爭議的是，小玉對於李益妻妾的詛咒。這個詛咒的受害者，不是李益，而是李益的妻妾。尤其最不妥當的是小玉身份的錯亂，從受害者變成加害者。不管李益懷疑妻子盧氏有了外遇，是不是小玉的鬼魂作祟，單單就小玉的詛咒來看，小玉這種自己得不到，別人也別想擁有的報復心態，不只是強烈佔有慾的極度展現，更讓人無法簡單的以「善有善報，惡有惡報」來看待這個結局的安排！

問題與討論

一、霍小玉的成長過程中，為什麼會缺少較年長男性的關愛？

二、霍小玉的身份是娼妓嗎？為什麼？

三、霍小玉向李益提出的「八年之約」，為什麼不切實際？

四、你認同風月場所的誓約只是花言巧語這種說法嗎？那如果是一般的情侶之間呢？

五、故事最後影射霍小玉的鬼魂作祟，你覺得這樣的安排是否妥當？為什麼？

六、如果由你重寫故事的結局，變成喜劇收場，並且請你加入霍小玉的兄長或是黃衫客介入二人之間的婚姻，你可以試著完成這部份的內容嗎？

愛情類單元分析表

班級：

姓名：

學號：

互評人：

學號：

一、請將三篇小說的男女主角重新組合，寫出不同結局，並說明為什麼作這樣的安排？

自評等第	
互評分析	

二、你認為三篇中的人物，哪一個塑造最成功（即請你分析人物塑造成功的因素何在）？

自評等第	
互評分析	

三、小說中，一般十分重視人物性格的完整與前後一致，你能否從我們讀過的篇章中，找出看似矛盾其實卻有合理解釋的人物？

自評等第	
互評分析	

四、小說中門閥觀念對小說結局影響頗大，你覺得「門當戶對」的觀念，在過去與現在有何不同嗎？

自評等第	
互評分析	

單元二：歷史類

長恨傳

陳鴻

導讀

〈長恨傳〉是一篇歷史小說，內容敘述玄宗晚年貪圖享樂，一心尋覓佳人，等到獲得了楊貴妃，卻恩寵太過，終於引起安、史之亂。貴妃死在馬嵬驛，玄宗回京後，對貴妃念念不忘，就請道士尋找貴妃靈魂。道士找到貴妃，貴妃提起與玄宗的誓約，願生生世世為夫婦，不久，玄宗也逝世了。

在小說中，談到了唐玄宗與楊貴妃的愛情，而且兩人「世世為夫婦」的誓言，難免讓人感動。但作者卻是希望藉由小說，喚起後人的注意，千萬不要重色敗國，要以此為警惕，才不會重蹈覆轍，悔恨莫及。

作者陳鴻採用了類似史筆的手法寫作，在內容上頗多可與正史相發明，相當難能可貴。

課文與注釋

倦於勤政而耽於聲色之娛，即為禍亂之兆。

開元中，泰階平❶，四海無事。玄宗在位歲久，倦於旰食宵衣❷，政無大小，始委於右丞相，稍深居遊宴，以聲色自娛。

❶泰階平：泰階，星名，上階代表皇帝，中階代表諸侯公卿大夫，下階代表士子庶人。泰階平，指這三階諧和，就會風調雨順，天下太平。

❷旰食宵衣：天晚才吃飯，天未亮就穿衣起來，比喻勤勞處理政務。旰，天晚，音ㄍㄢˋ。

先是，元獻皇后、武惠妃皆有寵，相次即世❸。宮中雖良家子千數，無可悅目者。上心忽忽不樂。時每歲十月，駕幸華清宮，內外命婦❹，熠燿景從❺，浴日餘波，賜以湯沐，春風靈液，澹蕩❻其間，上心油然若有所遇，顧左右前後，粉色如土。詔高力士潛搜外宮，得弘農楊玄琰女於壽邸❼，既笄矣。鬢髮膩理，纖穠中度，舉止閒冶❽，如漢武帝李夫人。別疏❾湯泉，詔賜藻瑩。既出水，體弱力微，若不勝羅綺。光彩煥發，轉動照人。上甚悅。進見之日，奏〈霓裳羽衣曲〉❿以導之；定情之夕，授金釵鈿合⓫以固之。又命戴步搖⓬，垂金璫⓭。明年，冊為貴妃，半后服用⓮。繇是冶其

粉色如土，絕佳形容詞。

定情曲，定情物。

---

❸即世：去世。

❹內外命婦：受有封號的婦女，內命婦為一般妃嬪，外命婦則為公主、王妃，或是因丈夫的官爵而封贈的如郡君、縣君、夫人、孺人之類。

❺熠燿景從：熠燿，光彩奪目。景從，形影相隨。

❻澹蕩：恬靜而暢適。

❼壽邸：楊貴妃原為玄宗兒子壽王李瑁的妃子，當時玄宗看上楊貴妃，先讓她出家為女道士，後來再納入宮中。

❽舉止閒冶：動作舉止雅靜嬌媚。

❾別疏：另外開闢。

❿霓裳羽衣曲：本是天竺的祀神舞曲，經西域傳入中土，唐玄宗重新製譜，賜有此名。這裏表示玄宗對貴妃的榮寵，所以用新製舞曲迎接入宮。

⓫鈿合：用金花珠寶鑲嵌起來的盒子。

容，敏其詞，婉孌萬態，以中上意。上益嬖焉。

時省風⑮九州，泥金五嶽⑯，驪山雪夜，上陽⑰春朝，與上行同輦，止同室，宴專席，寢專房。雖有三夫人、九嬪、二十七世婦、八十一御妻，暨後宮才人，樂府妓女，使天子無顧盼意。自是六宮無復進幸者。非徒殊豔尤態致是，蓋才智明慧，善巧便佞⑱，先意希旨⑲，有不可形容者。叔父昆弟皆列位清貴，爵為通侯。姊妹封國夫人⑳，富埒㉑王宮，車服邸第，與大長公主侔矣。而恩澤勢力，則又過之。出入禁門不問，京師長吏為之側目。故當時謠詠有云：「生女勿悲酸，生男勿喜歡。」又曰：

美麗與才智兼具，故能深獲玄宗喜愛。

⑫步搖：金鳳形的首飾，上綴成串的珠玉，走起來時會搖動，所以稱作「步搖」。

⑬璫：耳飾。

⑭半后服用：服飾享用，比照皇后的標準減半。

⑮省風：視察民情風俗。

⑯泥金五嶽：皇帝祭祀天地山川。泥金，即金泥，以水銀和金為泥，古代皇帝在五嶽祭天地，將祭文寫在簡版上，以玉裝飾，稱為玉牒，蓋上金檢（玉做的蓋子），最後再用泥金封起來，這裏即是以泥金作為祭祀天地山川的代詞。

⑰上陽：唐代東都洛陽的宮名。

⑱善巧便佞：聰明伶俐，諂媚巴結。

⑲先意希旨：事先揣測不等別人開口即能迎合心意。

⑳姊妹封國夫人：當時楊貴妃的三個姊妹分別封為韓國、虢國、秦國夫人。

㉑埒：相等。

「男不封侯女作妃，看女卻為門上楣。」其為人心羨慕如此。

天寶末，兄國忠盜丞相位，愚弄國柄㉒。及安祿山引兵向闕，以討楊氏為詞。潼關不守，翠華南幸㉓。出咸陽，道次馬嵬亭，六軍徘徊，持戟不進。從官郎吏伏上馬前，請誅晁錯以謝天下㉔。國忠奉氂纓盤水㉕，死於道周。左右之意未快。上問之。當時敢言者，請以貴妃塞天下怨。上知不免，而不忍見其死，反袂掩面，使牽之而去。倉皇展轉，竟就死於尺組㉖之下。

倉皇之間，一國之君又如何？

既而玄宗狩㉗成都，肅宗受禪靈武，大赦改元。明年，大駕還都。尊玄宗為太上皇，就養南宮㉘。自南宮遷於西內㉙。時移事去，樂盡悲來。每至春之日、冬之夜，

㉒愚弄國柄：欺蔽皇帝，把持政權。

㉓翠華南幸：皇帝的旗幟，上用鳥雀羽毛裝飾，稱翠華，此泛指皇帝的車駕。南幸，逃到長安南方的蜀地。

㉔請誅晁錯以謝天下：晁錯，即鼂錯。漢景帝時，鼂錯認為各地諸侯勢力過大，建議削減諸侯勢力，卻成為吳、楚等七國作亂的藉口，並要求殺鼂錯以謝天下，結果鼂錯就被景帝殺死。這裏借鼂錯指楊國忠，實際上二人的行為，一忠一奸，完全不同。

㉕奉氂纓盤水：古代官員有過，戴白冠氂纓，手捧盤水，上加寶劍，向皇帝請罪。

㉖尺組：自縊用的絲帶。有關馬嵬驛事件的經過，請參看本篇附錄《資治通鑑》的記載。

㉗狩：巡狩，本指皇帝巡視各地，這裏泛指皇帝出行。

㉘南宮：又稱南內，即興慶宮，為玄宗未登帝位前所居。

㉙西內：即長安城大內甘露殿。這段事件的詳細情形，同樣可參考本篇附錄《資治通鑑》的記載。

定情曲

玄宗可謂深情之人

池蓮夏開，宮槐秋落，梨園子弟㉚，玉琯㉛發音，聞霓裳羽衣一聲，則天顏不怡，左右歔欷。三載一意，其念不衰。求之夢魂，杳不能得。

適有道士自蜀來，知上皇心念楊妃如是，自言有李少君之術㉜。玄宗大喜，命致其神。方士乃竭其術以索之，不至。又能遊神馭氣㉝，出天界，沒地府以求之，不見。又旁求四虛上下，東極天海，跨蓬壺㉞。見最高仙山，上多樓闕，西廂下有洞戶，東向，闔其門，署曰：「玉妃太真院。」方士抽簪扣扉，有雙鬟童女，出應其門。方士造次未及言，而雙鬟復入。俄有碧衣侍女又至，詰其所從。方士因稱唐天子使者，且致其命。碧衣云：「玉妃方寢，請少待之。」於時雲海沉沉，洞天日曉，瓊戶重闔，悄然無聲。方士屏息斂足，拱手門下。久之，而碧衣延入，且曰：「玉妃出。」見一人冠金蓮，披紫綃，佩紅玉，曳鳳舄㉟，左右侍者七八人。揖方士，問：「皇帝安否？」

㉚梨園子弟：唐玄宗曾選樂工三百人，宮女數百人，教授樂曲於梨園，親自訂正聲誤，號為「皇帝梨園子弟」。後世則稱戲班為梨園，戲曲演員為梨園子弟。

㉛玉琯：玉製的吹奏樂器。琯，同管。

㉜李少君之術：李少君是漢武帝時方士，自言曾遊海上遇仙，有長生不死之方，甚得武帝信任，後病死。

㉝遊神馭氣：遊神，靈魂脫離身體出遊。馭氣，乘風凌空飛行。

㉞蓬壺：渤海裏有三座神山，名蓬萊、方丈、瀛洲，上有仙人與不死藥，禽獸盡白，以黃金白銀為宮闕。蓬萊即蓬壺。

㉟鳳舄：飾有金鳳的鞋子，為當時女道士所常用。舄，音ㄒㄧˋ。

定情之物

二人皆深情之人，若非玄宗過度寵信楊國忠，二人可謂神仙眷侶。

次問天寶十四載已還事。言訖，憫然。指碧衣取金釵鈿合，各折其半，授使者曰：「為我謝太上皇，謹獻是物，尋舊好也。」方士受辭與信，將行，色有不足。玉妃因徵其意。復前跪致詞：「請當時一事，不為他人聞者，驗於太上皇；不然，恐鈿合金釵，負新垣平之詐[36]也。」玉妃茫然退立，若有所思，徐而言曰：「昔天寶十載，侍輦避暑於驪山宮。秋七月，牽牛織女相見之夕，秦人風俗，是夜張錦繡，陳飲食，樹瓜華[37]，焚香於庭，號為『乞巧』。宮掖[38]間尤尚之。時夜殆半，休侍衛於東西廂，獨侍上。上憑肩而立，因仰天感牛女事，密相誓心，願世世為夫婦。言畢，執手各嗚咽。此獨君王知之耳。」因自悲曰：「由此一念，又不得居此。復墮下界，且結後緣。或為天，或為人，決再相見，好合如舊。」因言：「太上皇亦不久人間，幸惟自安，無自苦耳。」使者還奏太上皇，皇心震悼，日日不豫。其年夏四月，南宮晏駕[39]。

元和元年冬十二月，太原白樂天自校書郎尉於盩厔。鴻與瑯琊王質夫家於是邑，

[36] 新垣平之詐：新垣平，漢文帝時自言能「望氣」，謂長安西北有神氣，應建祠以應；又說闕下有寶玉氣，果然有人來獻玉杯，因而大受寵信。後來經人告發，說這些都是假的，被殺。

[37] 樹瓜華：陳列瓜果。

[38] 宮掖：宮，皇宮。掖，掖庭，后妃宮嬪居住的地方。

[39] 晏駕：皇帝死稱作晏駕，皇帝車駕遲出的意思。晏，晚也。

暇日相攜遊仙遊寺，話及此事，相與感嘆。質夫舉酒於樂天前曰：「夫希代之事，非遇出世之才潤色❹⓪之，則與時消沒，不聞於世。樂天深於詩，多於情者也。試為歌之，如何？」樂天因為〈長恨歌〉。意者不但感其事，亦欲懲尤物，窒亂階❹①，垂於將來者也。歌既成，使鴻傳焉。世所不聞者，予非開元遺民，不得知；世所知者，有〈玄宗本紀〉在。今但傳〈長恨歌〉云爾。

❹⓪潤色：使用文詞加以修飾。

❹①懲尤物二句：以好美色為鑑戒，堵塞禍亂的根源。懲，戒也。窒，塞。

譯文

開元年間，天下太平，國內無事。玄宗在位已久，不再勤謹於國政而有些倦怠，朝中無論大小的政事，開始會交給右丞相主持，自己則是在深宮裏宴飲遊樂，陶醉在聲色娛樂之中。

在這之前，元獻皇后、武惠妃都深得玄宗的寵愛，卻相繼去世。宮裏雖然有上千個良家選出的美女，可是沒有一個看中意，皇上心裏悶悶不樂。當時每年的十月，皇上要到華清宮沐浴，凡是宮內宮外受封的婦女，都穿戴著華麗的服飾跟隨同去。皇上自己享受溫泉之餘，也賞賜她們在周圍沐浴，她們就像是盪漾在春風裏的靈液般。皇上心裏油然動念，似乎就要遇見喜愛的女人，再看看左右前後，那些粉白黛綠的婦女們，卻像塵土一般，不值一顧。便詔令高力士秘密地搜尋外宮，結果就在壽王府裏物色到弘農楊玄琰的女兒，年紀已有十六歲。鬢髮肌膚，細膩潤澤，胖瘦合宜，風度嫻靜豔麗，就像漢武帝時的李夫人。於是另外闢建了一處浴湯，讓她先行沐浴；出浴以後，身體柔弱得一點力氣也沒有，好像連身上穿的羅綺衣裳都支持不住。光彩煥發，一舉一動都耀人眼目。皇上非常高興。進見的那一天，奏著〈霓裳羽衣曲〉引導她；定情的那一夜，賜給她金釵鈿合，作為紀念；又命她戴上步搖的首飾，佩上金璫的耳環。明年，冊封為貴妃，一切服飾用度，比照皇后一半的標準。從此她打扮得花容豔冶，說著聰敏悅耳的話，表現出千嬌百媚、惹人憐愛的模樣，討好皇上的心意。皇上也就愈加寵幸她。

當時，皇上不管是到天下各地巡狩，或是到五嶽封禪，不管是在驪山下雪的夜裏，或在上陽宮春日的早晨，她都與皇上坐著同一輛車，夜晚同在一間屋裏，宴會時特設專席，睡覺時特設專房。雖然皇上有三夫人、九妃嬪、二十七世婦、八十一御妻，以及後宮的才人、樂府的歌女等等，卻使得皇上沒有多看一眼的意思。從此以後，六宮裏再也沒有蒙受皇上臨幸的了。這不只是她特別的美豔造成如此，更是她的聰明才智，靈巧伶俐；能夠揣摹皇上的心，不等皇上吩咐，就能迎合皇上的心意，這種種聰慧簡直沒有辦法形容。她的叔父兄弟，都做了高官，封為列侯；姊妹封為國夫人，財富之多，可與皇宮相比；車服府第，與大長公主同等。而所享有的恩賜，以及權勢之大，卻又超過了一般皇族。出入皇宮無阻，京師裏的官吏都不敢正視。因此當時的歌謠說：「生了女兒不要悲酸，生了男孩不要喜歡。」又說：「男孩子不能封侯，女孩子反而作了皇妃；看這女孩兒呀，卻是家門的光輝。」竟被人們羨慕到這個地步。

天寶末年，她的哥哥楊國忠，盜竊了丞相的高位，玩弄國家的政權。等到安祿山引兵造反，進犯京師，藉口討伐楊氏。潼關失陷後，皇上向南逃難，出了咸陽，停留在馬嵬亭。隨行護衛的軍隊停了下來，拿著武器不再前進。跟從的官員們都跪在皇上的馬前，請求按照漢朝誅殺晁錯的故事，向天下謝罪。於是楊國忠就地正法，死在道旁。大家仍不滿意，皇上問他們為什麼。當時敢說話的人，請求殺死貴妃堵塞天下人的怨恨。皇上知道免不了，卻不忍看到貴妃的死，就用衣袖遮著臉，讓人帶著貴妃出去。倉猝之間，就被縊死了。

不久，玄宗到了成都，肅宗在靈武即位，大赦天下。第二年，改了年號，聖駕還到首都。玄宗被尊為太上皇，住在南宮。又從南宮遷到西內。時光不斷流逝，人事一日一日改變，昔日的歡樂已盡，無窮的悲哀卻來到。每到春天的日子，或是冬季的夜裏，夏天池裏荷花盛開，秋後宮裏槐葉謝落，梨園的弟子吹起了玉笛，只要聽到一聲

〈霓裳羽衣〉，太上皇就難過，左右侍奉的人們也跟著嘆息。三年以來，始終如一，對貴妃的想念從來沒有衰退，希望在夢裏相會，卻杳然不可得。

恰逢有一位道士，從四川來到京師，知道太上皇這樣地思念楊貴妃，便來自薦說他會李少君的方術。玄宗大喜，就叫他招魂。道士便使出他所有的方術，可是沒有招到。他又讓靈魂出竅，凌空飛行，上升天界，下入地府，結果仍然不見。最後又向天空四方上下尋覓，東邊到了大海的盡頭，跨登上蓬壺仙島。這才看見了一座最高的仙山，上面有很多樓閣，在西廂下有一洞戶，朝東，門關著，門楣上題著「玉妃太真院」。道士抽下髮簪敲了敲門，有一位梳著兩個髮鬟的童女出來開門。道士在匆促之間，還來不及說話，那童女卻回去了。不久，有一位穿綠衣的侍女出來，問道士從哪裏來。道士便自稱是唐天子的使者，並說明來意。綠衣女侍說：「玉妃正在睡覺，請等一會。」那時雲霧像海一般深沉，洞天裏太陽剛出來，玉門重又關上，靜悄悄地沒有一點聲音。道士屏住呼吸，收斂雙腳，拱手立於門外。待了好一會兒，綠衣女侍請道士進去，並說：「玉妃出來了。」就看到一個人戴著金蓮花冠冕，披著紫色的細紗，佩著紅玉的飾物，穿著鳳頭繡履，左右侍奉的有七八個人，向道士一揖，問皇帝的平安，又問天寶十四年以後的事情。道士說完了，她不勝傷感，便叫綠衣女侍取來了金釵和鈿合，各都折成兩半，將一半交給道士說：「替我多謝太上皇，現在獻上這兩樣東西，是為了重溫舊好。」道士聽了這話，接受了信物，就想走，只是臉上現出有話要說的樣子，玉妃便又問他。道士跪下答道：「請告訴我當時的一件事，這事是別人不知道的，讓我對太上皇有個驗證。不然的話，恐怕鈿合及金釵，只會讓我背負像新垣平詐騙皇帝的罪名！」玉妃一陣茫然，後退了一下，好像在思索什麼。過了一會兒，就說：「從前在天寶十年，我侍奉皇上到驪山宮避暑。秋七月，牽牛織女相會的夜裏，秦地的風俗，在這一夜張懸錦繡，陳設飲食，擺上花果，在天井裏焚香，稱做乞巧。皇宮裏更加重視。快半夜的時候，皇上讓侍衛退到東西兩廂，只有我侍奉著皇上。皇上和我並肩站著，因為仰看天上，為牛女的故事所感動，便秘密地相互發誓，祈願世世結為夫婦。說完了，兩人握著手都嗚咽起來。這件事只有君王知道。」於是她自己傷感地說：「由於這一個念頭，我又不能在這裏住下去了。還得墮落到下界，並且要結後日的姻緣。但無論在天為仙，無論在地為人，決定再和太上皇相見，同從前一樣為夫妻。」因此又說：「太上皇也不久於人世了，希望他自己好好保重，不要太自苦。」道士回奏太上皇，上皇極為震悼，從此天天悲哀。那年夏四月，在南宮晏駕。

元和元年冬十二月，太原白樂天自校書郎來做盩厔縣尉，我和瑯琊王質夫住在這縣裏，閒暇的日子裏，三人相偕去遊仙遊寺，曾談到這件事情，大家都為之感嘆。質夫舉起酒杯對樂天說：「這種曠代罕有的事情，如果沒有絕頂天才的文筆潤飾，恐怕隨著時日而湮沒，後世不會知道了。樂天，你是很會寫詩的，又是一個多情的人，請你寫一首歌，好不好？」樂天於是作了〈長恨歌〉。用意不但是抒發對這件事情的感慨，同時也為了遏止亂源，指出耽迷女色的禍害，使後世知所鑑戒。詩既寫成，叫我再做一篇傳。世上不知道的，我不是開元的遺民，也不知道；世上知道的，有〈玄宗本紀〉在，現在不過是只為〈長恨歌〉作一篇傳而已。

參考文獻

長恨歌

白居易

漢皇重色思傾國，御宇多年求不得。楊家有女初長成，養在深閨人未識。天生麗質難自棄，一朝選在君王側。回眸一笑百媚生，六宮粉黛無顏色。春寒賜浴華清池，溫泉水滑洗凝脂。侍兒扶起嬌無力，始是新承恩澤時。雲鬢花顏金步搖，芙蓉帳暖度春宵。春宵苦短日高起，從此君王不早朝。承歡侍宴無閒暇，春從春游夜專夜。後宮佳麗三千人，三千寵愛在一身。金屋妝成嬌侍夜，玉樓宴罷醉和春。姊妹弟兄皆列土，可憐光彩生門戶。遂令天下父母心，不重生男重生女。驪宮高處入青雲，仙樂風飄處處聞。緩歌謾舞凝絲竹，盡日君王看不足。漁陽鼙鼓動地來，驚破〈霓裳羽衣曲〉。九重城闕煙塵生，千乘萬騎西南行。翠華搖搖行復止，西出都門百餘里。六軍不發無奈何，宛轉蛾眉馬前死。花鈿委地無人收，翠翹金雀玉搔頭。君王掩面救不得，回看血淚相和流。黃埃散漫風蕭索，雲棧縈紆登劍閣。峨嵋山下少人行，旌旗無光日色薄。蜀江水碧蜀山青，聖主朝朝暮暮情。行宮見月傷心色，夜雨聞鈴腸斷聲。天旋日轉迴龍馭，到此躊躇不能去。馬嵬坡下泥土中，不見玉顏空死處。君臣相顧盡霑衣，東望都門信馬歸。歸來池苑皆依舊，太液芙蓉未央柳。芙蓉如面柳如眉，對此如何不淚垂？春風桃李花開日，秋雨梧桐葉落時。西宮南內多秋草，落葉滿階紅不掃。梨園弟子白髮新，椒房阿監青娥老。夕殿螢飛思悄然，孤燈挑盡未成眠。遲遲鐘鼓初長夜，耿耿星河欲曙天。鴛鴦瓦冷霜華重，翡翠衾寒誰與共？悠悠生死別經年，魂魄不曾來入夢。臨邛道士鴻都客，能以精誠致魂魄。為感君王輾轉思，遂教方士殷勤覓。排雲馭氣奔如電，升天入地求之遍。上窮碧落下黃泉，兩處茫茫皆不見。忽聞海上有仙山，山在虛無縹緲間。樓閣玲瓏五雲起，其中綽約多仙子。中有一人字太真，雪膚花貌參差是。金闕西廂叩玉扃，轉教小玉報雙成。聞道漢家天子使，九華帳裏夢魂驚。攬衣推枕起徘徊，珠箔銀屏迤邐開。雲髻半偏新睡覺，花冠不整下堂來。風吹仙袂飄颻舉，猶似霓裳羽衣舞。玉容寂寞淚闌干，梨花一枝春帶雨。含情凝睇謝君王，一別音容兩渺茫。昭陽殿裏恩愛絕，蓬萊宮中日月長。回頭下望人寰處，不見長安見塵霧。惟將舊物表深情，鈿合金釵寄將去。釵留一股合一扇，釵擘黃金合分鈿。但教心似金鈿堅，天上人間會相見。臨別殷勤重寄詞，詞中有誓兩心知。七月七日長生殿，夜半無人私語時：在天願作比翼鳥，在地願為連理枝。天長地久有時盡，此恨綿綿無絕期。

資治通鑑

司馬光

丙申，至馬嵬驛，將士飢疲，皆憤怒。陳玄禮以禍由楊國忠，欲誅之，因東宮宦者李輔國以告太子，太子未決。會吐蕃使者二十餘人遮國忠馬，訴以無食，國忠未及對。軍士呼曰：「國忠與胡虜謀反！」或射之，中鞍。國忠走至西門內，軍士追殺之，屠割支體，以槍揭其首於驛門外，并殺其子戶部侍郎暄及韓國、秦國夫人。御史大夫魏方進曰：「汝曹何敢害宰相？」眾又殺之。韋見素聞亂而出，為亂兵所檛，腦血流地。眾曰：「勿傷韋相公。」救之，得免。軍士圍驛，上聞諠譁，問外何事，左右以國忠反對。上杖屨出驛門，慰勞軍士，令收隊，軍士不應。上使高力士問之，玄禮對曰：「國忠謀反，貴妃不宜供奉，願陛下割恩正法。」上曰：「朕當自處之。」入門，倚仗傾首而立。久之，京兆司錄韋諤前言曰：「今眾怒難犯，安危在晷刻，願陛下速決！」因叩頭流血。上曰：「貴妃常居深宮，安知國忠反謀？」高力士曰：「貴妃誠無罪，然將士已殺國忠，而貴妃在陛下左右，豈敢自安！願陛下審思之，將士安則陛下安矣。」上乃命力士引貴妃於佛堂，縊殺之。輿尸寘驛庭。召玄禮等入視之，玄禮等乃免冑釋甲，頓首請罪，上慰勞之，令曉諭軍士。玄禮等皆呼萬歲，再拜而出，於是始整部伍為行計。

※ ※ ※ ※ ※ ※ ※

上皇（唐玄宗）愛興慶宮，自蜀歸，即居之。上（肅宗）時自夾城往起居，上皇亦間至大明宮。左龍武大將軍陳玄禮、內侍監高力士久侍衛上皇；上又命玉真公主、如仙媛、內侍王承恩、魏悅及梨園弟子常娛侍左右。上皇多御長慶樓，父老過者往往瞻拜，呼萬歲，上皇常於樓下置酒食賜之；又嘗召將軍郭英乂等上樓賜宴。有劍南奏事官過樓下拜舞，上皇命玉真公主、如仙媛為之作主人。

李輔國素微賤，雖暴貴用事，上皇左右皆輕之。輔國意恨，且欲立奇功以固其寵，乃言於上曰：「上皇居興慶宮，日與外人交通，陳玄禮、高力士謀不利於陛下。今六軍將士盡靈武勳臣，皆反仄不安，臣曉諭不能解，不敢不以聞。」上泣曰：「聖皇慈仁，豈容有此！」對曰：「上皇固無此意，其如群小何！陛下為天下主，當為社稷大計，消亂於未萌，豈得徇匹夫之孝！且興慶宮與閭閻相參，垣墉淺露，非至尊所宜居。大內深嚴，奉迎居之，與彼何殊？又得杜絕小人熒惑聖聽。如此，上皇享萬歲之安，陛下有三朝之樂，庸何傷乎！」上不聽。興慶宮先有馬三百匹，輔國矯敕取之，才留十匹。上皇謂高力士曰：「吾兒為輔國所惑，不得終孝矣。」

輔國又令六軍將士，號哭叩頭，請迎上皇居西內。上泣不應。輔國懼。會上不豫，秋，七月，丁未，輔國矯稱上詔，迎上皇遊西內，至睿武門，輔國將射生五百騎，露刃遮道奏曰：「皇帝以興慶宮湫隘，迎上皇遷居大內。」上皇驚，幾墜。高力士曰：「李輔國何得無禮！」叱令下馬。輔國不得已而下。力士因宣皇誥曰：「諸將士各好在！」將士皆納刃，再拜，呼萬歲。力士又叱輔國與己共執上皇馬鞚，侍衛如西內，居甘露殿。輔國帥眾而退。所留侍衛兵，才尪老數十人。陳玄禮、高力士及舊宮人皆不得留左右。上皇曰：「興慶宮，吾之王地，吾數以讓皇帝，皇帝不受。今日之徙，亦吾志也。」是日，輔國與六軍大將素服見上，請罪。上又迫於諸將，乃勞之曰：「南宮、西內，亦復何殊！卿等恐小人熒惑，防微杜漸，以安社稷，何所懼也！」刑部尚書顏真卿首率百寮上表，請問上皇起居。輔國惡之，奏貶蓬州長史。……

丙辰。高力士流巫州，王承恩流播州，魏悅流溱州，陳玄禮勒致仕；置如仙媛於歸州，玉真公主出居玉真觀。上更選後宮百餘人，置西內，備灑掃。令萬安、咸宜二公主視服膳；四方所獻珍異，先薦上皇。然上皇日以不懌，因不茹葷，辟穀，浸以成疾。上初猶往問安，既而上亦有疾，但遣人起居。其後上稍悔寤，惡輔國，欲誅之，畏其握兵，竟猶豫不能決。

析評

〈長恨傳〉是一篇歷史類小說。

所謂的歷史類小說，主要是小說本身大多是從歷史延伸而來，而且往往可與歷史事實作對照。例如本篇小說中，記載了唐玄宗與楊貴妃的故事。其中，楊貴妃死在馬嵬驛的那一段，與《資治通鑑》的相關文字兩相比對，就可以發現〈長恨傳〉的作者，基本上沒有太過偏離史實，最多只是事件經過記載上，繁簡有別而已。事實上，唐朝經過安史之亂，造成史料大量的流失，因此，包含《資治通鑑》的編修，反而參考了許多稗官野史的內容。

有了這樣的認識，我們覺得十分可貴的是，作者生當唐代，在那種帝王的威權高於一切的年代裡，作者卻勇敢地揭發了唐代宮闈的一段醜聞，也就是唐玄宗「以媳為妻」的卑劣行為。其實早在唐太宗時期，就為了干預史官書寫玄武門事變的立場，不惜違反國君不看國史的禁忌，兩次要求史官褚遂良觀看國史，卻被褚遂良拒絕。於是唐太宗轉而要求宰相房玄齡，房玄齡先是推託婉拒，但在太宗說出可以藉此改正過失之後，還是乖乖地呈上。果然唐太宗不滿意史官刻意曖昧隱晦玄武門事件的內容，直接下指導棋，認定玄武門事變乃是安定國家、造福萬民的事件。事後史官當然是照著唐太宗的意思去寫，也是後人看到「玄武門事變」的官方說法。

對照這篇故事來看，或許是小說的內容不會受到官方的管控，但「史筆」的精神貫穿其中，的確令人敬佩。本來在小說中，唐玄宗與楊貴妃那種兩心不渝、人間天上生死以之的愛情，或許會令不少有情人感動。但是，玄宗荒廢朝政在前，寵愛楊貴妃在後，接著是楊國忠掌權亂國，楊氏家族坐享所有恩澤勢力，終於導致安祿山的造反，而唐帝國的國勢也從此江河日下，再也無法恢復強盛的局面。推本溯源，唐玄宗自然必須為這樣的後果，負擔完全的責任。

故事一開始，敘述玄宗在天下太平後，開始有了「聲色自娛」的心態。其實如果是一般人的話，接下來會怎麼敗壞既有的成就或事業，那是他自己的事。但是一國之君開始自我放縱，已經是很不應該了，更何況是只知貪圖享樂。更不恰當的是玄宗為了滿足自己追求美色的私慾，命令高力士宮內宮外到處蒐尋，最後才找到壽王李瑁的妃子楊貴妃。而且為了掩人耳目，先讓她出家當女道士，再接進宮中。楊貴妃進宮時，排場很大：「奏霓裳羽衣曲以導之；定情之夕，授金釵鈿合以固之。又命戴步搖，垂金璫。明年，冊為貴妃，半后服用。」

就事論事，唐玄宗寵愛楊貴妃最大的負面影響有三：首先是社會價值的錯亂，生男不必高興，也不必辛苦讀書，生女反而有機會飛上枝頭當鳳凰；第二是重用楊國忠，使得文官體制大亂，以及奸佞弄權、敗壞國政，甚至安祿山的造反，也是直接「以討楊氏為詞」；第三是楊氏家族雞犬昇天，威福日盛，整個社會的觀感極差，像是杜甫的〈麗人行〉所描述：「炙手可熱勢絕倫」，就一語道盡楊國忠囂張跋扈的權勢。

故事的後半段則是唐玄宗透過道士尋找楊貴妃的靈魂，表現了玄宗對貴妃的專情。尤其是玄宗在安史之亂平定回到京師之後，對照《資治通鑑》的記載，可以說是完全被孤立與凌辱，身邊熟悉的人全被調走，必然加深對貴妃的思念。這一段故事有兩處最為精彩，一是方士上天下地搜尋貴妃靈魂，最後在海上仙山、玉妃太真院找到，並且與玉妃的閒話家常。二是玉妃給了方士各折一半的金釵鈿合，但方士要求玉妃再說一件只有玄宗和貴妃知道的事，來取信玄宗，於是玉妃說了天寶十載七夕夜，二人生生世世永為夫妻的約定。這部份極盡浪漫之能事，如果不作任何道德的批判，二人生死以之的感情，真是令人動容。這也正是清人洪昇〈長生殿〉中所寫的：「今古情場，問誰個真心到底？但果有精誠不散，終成連理。萬里何愁南共北，兩心那論生和死？笑人間兒女悵緣慳，無情耳！」

然而安史之亂重創大唐帝國，讓作者不得不嚴厲譴責唐玄宗的重色傾國，所以作者在小說的最後，說了一段話：「意者不但感其事，亦欲懲尤物，窒亂階，垂於將來者也！」「感其事」是說明這個故事本身，的確有感動人心的地方，至於「懲尤物，窒亂階，垂於將來」則是痛定思痛之後的經驗總結。這個觀點與小說開頭寫的唐玄宗「倦於旰食宵衣」、「以聲色自娛」，首尾呼應，算是具有「春秋大義」的史筆良心。

有關〈長恨傳〉敘述的筆法與內容，與白居易〈長恨歌〉想要表達的重心，並不相同。王夢鷗先生在《唐人小說校釋》裡，有非常精要的說明，值得參考。大體上來說，我們可以從兩方面來看，第一，〈長恨歌〉畢竟是一篇「愛情詩」，為了追求詩歌藝術的整體美感，似乎有意忽略唐玄宗以媳為妻的醜聞。而且在詩的開頭只說「漢皇重色思傾國，御宇多年求不得」，意思是玄宗重色，想要求得一位具有傾國之貌的美女，也沒有嚴正地指出玄宗晚年貪圖享受、荒廢朝政的不當。對於楊氏家族的恩寵與亂政，竟然只有「姊妹弟兄皆列土」一句詩句就帶過了。而〈長恨傳〉對於這些問題，還是比較具體地呈現出史實。第二，〈長恨歌〉為了加強藝術效果，提到玄宗及貴妃二人定情之處是「長生殿」，頗有二人的愛情，永世長生的暗喻。可是根據後人的考證，「長生殿」乃是齋殿，是君王齋戒之處，不可能是兩人幽會的場所，當然也就不可能是二人定情之處。而在〈長恨傳〉裡，就避免了這個問題。由此可見，小說與詩歌的體裁、特質，多少還是會影響到創作的角度及內涵。

對於作者褒貶史事的苦心與勇氣，我們應該給予高度的肯定！

問題與討論

一、對於唐玄宗「聲色自娛」，你的看法如何？為什麼？

二、故事中，如何形容楊貴妃的美貌？對於那樣的描寫，你個人的觀點如何？

三、你覺得楊貴妃受到唐玄宗萬般寵愛的原因是什麼？

四、因為楊貴妃受寵，楊氏家族獲得什麼樣的特殊待遇？

五、道士為什麼要求貴妃跟他說一件只有她與唐玄宗知道的事？貴妃說的又是哪一件事？

六、作者在本篇最後說的「懲尤物，窒亂階，垂於將來」是什麼意思？

東城老父傳

陳鴻

導讀

本篇與上一篇相似，都是歷史類的小說。唐人小說本來就經常強調小說的內容是事實，而非虛構。而在歷史類的小說中，敘述的內容，更是頗多可與正史相參照。

本文從東城老父賈昌其人一生的經歷，來突顯「上之好之，民風尤甚」的荒謬。賈昌原本只是一位鬥雞小兒，竟然因此大受寵愛，享受各種特殊的榮寵，可惜皇帝完全感受不到太平盛世背後，禍亂將興的預兆。一直到安祿山造反，賈昌自己頓悟之後，一心求道。文末則藉賈昌之口，說明了唐代盛衰之際，一些制度、社會、經濟各方面的差異，充份表達今非昔比的感慨。

課文與注釋

老父，姓賈名昌，長安宣陽里人。開元元年癸丑生。元和庚寅歲，九十八年矣。視聽不衰，言甚安徐，心力不耗，語太平事❶歷歷可聽。父忠，長九尺，力能倒曳牛，以材官❷為中宮幕士❸。景龍❹四年，持幕竿隨玄

❶語太平事：說開元年間的事。
❷材官：材力驍壯的軍士。
❸幕士：侍衛。

宗入大明宮，誅韋氏❺，奉睿宗朝群后，遂為景雲功臣❻，以長刀備親衛。詔徙家東雲龍門❼。

昌生七歲，趫捷❽過人，能搏柱乘梁❾，善應對，解鳥語音。玄宗在藩邸❿時，樂民間清明節鬥雞戲。及即位，治雞坊於兩宮⓫間。索長安雄雞，金毫、鐵距⓬、高冠、昂尾千餘，養於雞坊。選六軍小兒⓭五百人，使馴擾⓮教飼。上之好之，民風尤

---

❹景龍：唐中宗的年號（西元七〇七——七一〇年）。

❺持幕竿隨玄宗入大明宮二句：景龍四年，中宗被毒死，崩於神龍殿，韋后奪權。十七日後，李隆基（玄宗）率軍士與宮苑總監會合，中宮衛士聞聲響應，遂平韋氏。此處是指賈忠當時為守宮衛士，隨玄宗入宮。

❻景雲功臣：李隆基誅韋氏後，迎其父睿宗復位，改元景雲，當時平亂的軍士、衛士，皆為景雲功臣。

❼東雲龍門：當時的大明宮內有東雲龍門、西雲龍門。

❽趫捷：武勇善走。

❾搏柱乘梁：抓著柱子，爬上屋梁。搏，音ㄊㄨㄢˊ。

❿藩邸：王府。

⓫兩宮：可能是東內苑與西苑之間。

⓬金毫鐵距：金黃色的毛，黑色堅硬的腳爪。距，雄雞腳爪後方突起像腳趾一樣的東西，中有硬骨，外包角質，是打鬥時的武器。

⓭六軍小兒：古時一萬二千五百人為一軍，玄宗時的六軍為左右龍武軍、左右神武軍、左右神策軍。小兒，宮中及軍中的廝役。

⓮馴擾：馴養訓練。

貧富皆如是，當時風氣可見。

如此特權，令人慨嘆！

甚。諸王世家、外戚家、貴主家、侯家，傾帑⑮破產市雞，以償雞直。都中男女，以弄雞為事；貧者弄假雞。

帝出遊，見昌弄木雞於雲龍門道旁，召入，為雞坊小兒，衣食右龍武軍⑯。三尺童子，入雞群，如狎群小，壯者，弱者，勇者，怯者，水穀之時，疾病之候，悉能知之。舉二雞，雞畏而馴，使令如人。護雞坊中謁者王承恩言於玄宗。召試殿庭，皆中玄宗意。即日為五百小兒長。加之以忠厚謹密，天子甚愛幸之。金帛之賜，日至其家。

開元十三年，籠雞三百，從封東岳。父忠死太山下，得子禮⑰奉尸歸葬雍州。縣官為葬器喪車，乘傳⑱至洛陽道。十四年三月，衣鬥雞服，會玄宗於溫泉。當時天下號為「神雞童」。時人為之語曰：「生兒不用識文字，鬥雞走馬勝讀書。賈家小兒年十三，富貴榮華代不如。能令金距期勝負，白羅繡衫隨軟轝⑲。父死長安千里外，差夫持道挽喪車。」

⑮傾帑：將府庫裏的錢全拿出來。帑，金庫。音ㄊㄤˇ。

⑯衣食右龍武軍：生活所需由右龍武軍供給。

⑰得子禮：由於兒子得寵。

⑱乘傳：用官府設置的驛騎，為他傳送葬器喪車。

⑲軟轝：皇帝坐的車子。

指揮群雞，有若軍隊，可謂一奇！

昭成皇后⑳之在相王㉑府，誕聖於八月五日。中興之後，制為千秋節。賜天下民牛酒樂三日，命之曰「酺㉒」，以為常也。大合樂於宮中，歲或酺於洛。元會與清明節，率皆在驪山。每至是日，萬樂具舉，六宮畢從。昌冠雕翠金華冠，錦袖繡襦褲，執鐸拂㉓，導群雞敘立於廣場，顧眄如神，指揮風生。樹毛振翼，礪吻磨距，抑怒待勝；進退有期，隨鞭指低昂，不失昌度。勝負既決，強者前，弱者後，隨昌雁行，歸於雞坊。角觝㉔萬夫，跳劍尋橦㉕，蹴球踏繩㉖，舞於竿顛者，索氣沮色㉗，逡巡不敢入。豈教猱擾龍㉘之徒歟？

二十三年，玄宗為娶梨園弟子潘大同女，男服珮玉，女服繡襦，皆出御府。昌男

⑳昭成皇后：玄宗的母親，生玄宗及金仙、玉真二公主。

㉑相王：睿宗曾封為相王。

㉒酺：本義為大飲酒，唐玄宗生日當天，特別訂為千秋節，舉國休假，群臣進「萬壽酒」，村舍作壽酒宴樂，以示慶祝。

㉓鐸拂：鐸，鈴也。拂，鞭拂也。二者都是指揮群雞的用具。

㉔角觝：摔跤、相撲。

㉕跳劍尋橦：跳劍，將數把劍，順序抛向空中，再一一接住，周而復始，不使落地，今日之雜耍即是如此。尋橦，爬高竿。

㉖蹴球踏繩：蹴球，踢球。踏繩，類似今日的走鋼繩。蹴，音ㄘㄨˋ。

㉗索氣沮色：喪氣失色。

㉘教猱擾龍：教養猿猴，馴服龍。

朝服鬥雞，大紊朝綱，兆禍太平，理所當然。

施力於佛，以贖前愆。

至信、至德。天寶中，妻潘氏以歌舞重幸於楊貴妃。夫婦席寵㉙四十年，恩澤不渝，豈不敏於伎，謹於心乎？

上生於乙酉雞辰，使人朝服鬥雞，兆亂㉚於太平矣。上心不悟。十四載，胡羯㉛陷洛，潼關不守。大駕幸成都，奔衛乘輿。夜出便門，馬踣道阱㉜。傷足，不能進，杖入南山㉝。每進雞之日，則向西南大哭。

祿山往年朝於京師，識昌於橫門㉞外。及亂二京，以千金購昌長安、洛陽市。昌變姓名，依於佛舍，除地擊鐘，施力於佛。洎太上皇歸興慶宮，肅宗受命於別殿。昌還舊里，居室為兵掠，家無遺物。布衣憔悴，不復得入禁門矣。明日，復出長安南門，道見妻兒於招國里，菜色黯焉㉟。兒荷薪，妻負故絮㊱。昌聚哭，訣於道。遂長逝息

㉙席寵：蒙受寵愛。

㉚兆亂：禍亂的預兆。

㉛胡羯：指安祿山，安祿山是營州柳城雜種胡，所以稱胡羯。

㉜馬踣道阱：馬踩到路上的坑洞而跌倒。踣，音ㄅㄛˊ。

㉝南山：終南山，在長安城南。

㉞橫門：長安城北出西頭第一門為橫門，其地在宮城內苑西北角，雍門之北。

㉟菜色黯焉：只有蔬菜可吃，因此臉有菜色，顯得沒有精神。

㊱負故絮：穿著舊的棉襖。負，被，穿。

長安佛寺，學大師法旨。大曆元年，依資聖寺大德僧運平住東市海池，立陁羅尼石幢㊲。書能紀姓名；讀釋氏經，亦能了其深義至道，以善心化市井人。建僧房佛舍，植美草甘木。晝把土擁根，汲水灌竹；夜正觀㊳於禪室。建中三年，僧運平人壽盡。服禮畢，奉舍利㊴塔於長安東門外鎮國寺東偏，手植松柏百株。構小舍，居於塔下，朝夕焚香灑掃，事師如生。

順宗在東宮，捨錢三十萬，為昌立大師影堂㊵及齋舍。又立外屋，居游民，取傭給㊶。昌因日食粥一杯、漿水一升，臥草席，絮衣；過是，悉歸於佛。妻潘氏後亦不知所往。貞元中，長子至信衣并州甲㊷，隨大司徒燧入覲，省昌於長壽里。昌如己不生，絕之使去。次子至德歸，販繒洛陽市，來往長安間，歲以金帛奉昌，皆絕之。遂俱去，不復來。

㊲陁羅尼石幢：陁羅尼，梵語「總持」的意思，指對佛法和佛菩薩的秘密真言，堅持不失。佛教教義有法、義、咒、忍四種陁羅尼。鑿石為柱，上面刻佛名或經咒，也叫「經幢」。陁，音ㄊㄨㄛˊ。幢，ㄔㄨㄤˊ。

㊳正觀：正，正見。觀，觀心。都是佛教學道的話，此處指打坐參禪。

㊴舍利：梵語的音譯，義譯則為「身骨」，人體火化之後殘餘的骨燼。

㊵影堂：安置佛及祖師影像的處所。

㊶傭給：房租。

㊷衣并州甲：穿并州軍衣。

元和中，潁川陳鴻祖攜友人出春明門，見竹柏森然，香煙聞於道，下馬覲昌於塔下。聽其言，忘日之暮。宿鴻祖於齋舍，話身之出處，皆有條貫。遂及王制。鴻祖問開元之理亂。昌曰：「老人少時，以鬥雞求媚於上。上倡優畜之，家於外宮，安足以知朝廷之事。然有以為吾子言者。老人見黃門侍郎杜暹出為磧西節度，攝御史大夫，始假風憲43以威遠。見哥舒翰之鎮涼州也，下石堡，戍青海城，出白龍，逾葱嶺，界鐵關，總管河左道，七命始攝御史大夫。見張說之領幽州也，每歲入關，輒長轅挽輻車44，輦河間、薊州庸調45繒布，駕轊連軛46，坌47入關門；輸於王府；江、淮綺穀，巴、蜀錦繡，後宮玩好而已。河州燉煌道歲屯田，實邊食48，餘粟轉輸靈州，漕下黃河，入太原倉，備關中凶年49。關中粟米，藏於百姓。天子幸五岳，從官千乘萬騎，

不知朝廷事，然感慨極深。數言老人，本已皈依，然猶未忘情國政、時局，實為有心人。

43 風憲：指御史大夫的職務。

44 輒長轅挽輻車：輒，專用。長轅，車前駕牛馬之長臂。輻車，有輻軸的輪子。輻車利於載重，走長途；長轅可以多駕牛馬。

45 庸調：唐代的稅法名。唐制：成人每年服勞役二十日，不服役者，每日出絹三尺來代替，稱為庸；每年依各地物產的不同，繳交一定數量的絹或布或綿或麻，或輸銀十兩替代，稱為調。

46 駕轊連軛：運貨的小車，絡繹不絕相連於道。

47 坌：涌也。音ㄅㄣˋ。

48 歲屯田實邊食：每年由駐軍開墾荒地，充實邊疆軍民的糧食。

49 凶年：荒年。

不食於民。老人歲時伏臘得歸休，行都市間，見有賣白衫白疊布㊿。行鄰比鄽間(51)，有人禳病(52)，法用皀布一匹，持重價不克致，竟以幞頭羅(53)代之。近者，老人扶杖出門，閱街衢中，東西南北視之，見白衫者不滿百(54)。豈天下之人皆執兵乎？開元十二年，詔三省侍郎有缺，先求曾任刺史者；郎官缺，先求曾任縣令者。及老人四十，三省郎吏，有理刑才名，大者出刺郡，小者鎮縣。自老人居大道旁，往往有郡太守休馬於此，皆慘然不樂朝廷沙汰(55)使治郡。開元取士，孝弟理人而已，不聞進士、宏詞、拔萃(56)之為其得人也。大略如此。」因泣下。復言曰：「上皇北臣穹廬，東臣雞林，南臣滇池，西臣昆夷，三歲一來會。朝覲之禮容，臨照之恩澤，衣之錦絮，飼之酒食，

㊿白疊布：棉布。棉花在唐代還沒有普遍栽種，是一種珍貴的布料。

(51)鄰比鄽間：附近的市集商店。

(52)禳病：古人認為生病是鬼怪纏身，就用符咒、祈等方法來治病。禳，音ㄖㄤˊ。

(53)幞頭羅：古人用一塊黑紗或羅帛之類裹住頭，不讓頭髮外露，稱為巾、幅巾或帕頭。南北朝時，後周武帝為了便利打仗，將頭巾改用皀紗全幅，向後束髮，再將紗的四角裁直，稱為幞頭。唐代的幞頭四角有腳，兩腳向前，兩腳向後，並且用一塊木頭作成山子（架子）襯在前面。

(54)白衫者不滿百：古代平民穿白衣，軍人穿黑衣，白衣少則是軍人多。

(55)沙汰：淘汰。

(56)進士宏詞拔萃：這三者都是唐代考選取士的方法，大部份是以文辭為重，對於孝弟之行與治人之術比較不足。

使展事57而去，都中無留外國賓。今北胡與京師雜處，娶妻生子。長安中少年，有胡心矣。吾子視首飾鞾58服之制，不與向同，得非物妖59乎？」鴻祖默不敢應而去。

不尋常之現象，即為另一次禍亂之兆。

57展事：檢點賞賜的物品。
58鞾：同靴。
59物妖：一般事物的反常現象。

譯文

東城老父，姓賈名昌，是長安宣陽里人。生於玄宗開元元年，到了憲宗元和五年，已經九十八歲了；耳聰目明，談吐安詳，心智清楚。說起開元、天寶年間太平盛世的情形，清清楚楚，引人入勝。

賈昌的父親名叫賈忠，身高九尺，力氣能扳倒牛，因為孔武有力，在中宮當侍衛。唐中宗景龍四年，拿著武器跟隨玄宗兵入大明宮，誅掉韋氏，擁戴睿宗重登帝位，成為「景雲功臣」，佩帶著長刀，做了皇帝的貼身侍衛。皇帝下詔賜居東雲龍門。

賈昌七歲時，武勇矯捷超過一般人，能夠攀梁爬柱；善於應對，聽得懂鳥語。玄宗在王府的時候，很喜歡清明節的鬥雞戲。他即位後，在兩宮之間設立了雞坊。派人到長安市上搜求雄雞，都是金黃色的毛，黑色堅硬的腳爪，雞冠高高的，雞尾昂揚的有幾千隻，養在雞坊中；又從皇家六軍裏選出五百小兒，負責飼養訓練。皇帝如此的愛好，民間的風氣更盛。不但王侯、貴戚、公主家裏，為了買雞的錢，不惜傾家蕩產；城裏的男男女女，整天熱中於鬥雞；貧窮的人家，也要弄個假雞過乾癮。

有一次，皇帝出遊，看見賈昌在雲龍門附近路邊逗木雞玩，便把他帶回宮中，成為雞坊小兒，衣食方面由右龍武軍供給。他以一個三尺小童，進到雞群裏，好像是親近一些小朋友。不管哪個壯、哪個弱、哪個勇敢、哪個怯懦；什麼時候該喝水吃穀子，什麼情況是病了該吃藥；他都能知道。他自己養了兩隻雞，既怕他又很馴服，像人一樣地聽從使喚。護雞坊的官員王承恩向皇帝報告了，皇帝召見他當殿表演，玄宗十分滿意，立刻任命他做五百名小兒的隊長。加上他的性情忠厚，辦事謹慎，皇帝愈發喜愛他，金銀財物的賞賜，每天不斷送到家裏。

開元十三年，他用籠子裝了三百隻雄雞，跟著皇帝到泰山舉行封禪大典。他的父親賈忠死在泰山下，因為兒子的關係，得以歸葬老家雍州。縣官準備了許多葬器、喪車，由驛站派夫役護送靈柩走過洛陽道上。

開元十四年三月，穿了鬥雞的裝束，在驪山溫泉為皇帝表演。當時天下人稱他為「神雞童」。有人作詩說：「生兒不用識文字，鬥雞走馬勝讀書。賈家小兒年十三，富貴榮華代不如。能令金距期勝負，白羅繡衫隨軟轝。父死長安千里外，差夫持道挽喪車。」

昭成皇后還在相王府的時候，在八月五日生下玄宗，等到玄宗登基，訂這一天為千秋節。賜天下人民牛酒肉，狂歡三日，叫做「酺」，定為常態。又在宮中盛大演奏音樂，有時候是在洛陽舉行。元宵和清明節，大都在驪山。每到這一天，皇帝率領著六宮妃嬪，盛況空前。賈昌戴著華麗的雕翠金冠，身穿錦繡衣褲，拿著金鈴、拂塵，群雞依序排列在廣場上，只見他顧盼之間十分神氣，指揮群雞如有風生！那些雄雞豎起了羽毛，張拍著翅膀，磨嘴擦腳，抑制住奮發的氣勢，等待爭取勝利，進退有所約束，隨著賈昌指揮的鞭子，或高或低，不敢違背命令。賈昌判斷勝負已分，就讓強的在前，弱的在後，跟在自己身後，走回雞坊。賈昌表演完畢，那些表演角力、跳劍、爬竿、踢球、走軟索、在竿頂跳舞等雜技的，都神色沮喪，徘徊不敢出場，何況是教養猴子馴服龍的呢？

開元二十三年，玄宗為賈昌娶了梨園弟子潘大同的女兒為妻，男的身上佩了玉，女的身上穿了錦緞綾羅，都由皇家府庫發出。賈昌兩個兒子，名叫至信、至德。天寶年間，他的妻子潘氏也以歌舞得到楊貴妃的喜愛。夫妻二人蒙受寵愛四十年，恩惠德澤從沒改變，難道不是因為他們擅長技巧、小心謹慎工作嗎？

玄宗皇帝在乙酉雞年誕生，又令人穿著朝服鬥雞，在太平時候已經有了禍亂的預兆了。皇帝卻沒有悔悟。天寶十四年，安祿山攻陷洛陽，潼關也守不住。玄宗只得出奔成都，晚上由便門出宮。賈昌乘亂跟著逃出，卻因馬踏到路上陷坑而跌倒了，腳受傷不能繼續前進，就拄著拐杖，逃進終南山。每到照例觀賞鬥雞的日子，往往向著西南大哭。

安祿山往年到京師朝見，曾在橫門外見過賈昌。等到他攻下長安、洛陽，就在兩地懸賞千金，搜尋賈昌。賈昌改換姓名，投身佛寺，掃地撞鐘，為佛效力，才沒被找到。等太上皇回到興慶宮，肅宗繼立。賈昌回到自己的舊居，家裏的東西被亂軍洗劫一空，他也成了落魄的老百姓，不能再出入宮廷了。第二天，在招國里的路旁，看見妻子和兒子，面有菜色，神情黯然。兒子挑著薪柴，妻子穿著舊棉襖。家人相聚，抱頭痛哭。賈昌與他們在路上訣別，從此長期棲身在長安的寺院，一心跟隨大師學佛。代宗大曆元年，他拜在資聖寺大師運平的座下，住在放生池旁，立起了陁羅尼石幢。讀書識字，能夠寫出自己的姓名，讀佛經，也能明白其中深奧至高的道理，用慈悲心感化市井小民。建僧舍佛殿，種植草木。白天挖土除草，挑水灌溉；夜裏在禪室打坐參禪。德宗建中三年，運平大師圓寂了。他依禮服喪完畢，在長安東門外鎮國寺的東邊，建了一座塔，奉厝師父的舍利，親手種植一百株松柏。又在塔下蓋了一間簡單的小屋，早晚焚香灑掃，事奉師父一如生前。

順宗做太子時，施捨三十萬錢給賈昌，建置供奉運平僧影像的堂屋及齋舍。又在外面建了一些客房，租給沒房子住的人，收些租金。賈昌每天只吃一碗粥，喝一升水，睡在草席上，穿著舊衣；其他的全部奉獻給佛寺。他的妻子潘氏，後來也不知所終。德宗貞元年間，長子至信在并州當兵，跟著大司徒馬燧入京覲見，到長壽里探望賈昌，賈昌好像自己沒有生過這個兒子一樣，把他趕走。次子至德回京後，在洛陽販賣布帛，常常來往長安、洛陽間，每年拿錢孝敬父親，賈昌都拒絕不肯收。兩個兒子只好都走了，從此不再來。

憲宗元和年間，我和朋友由春明門出城，看見竹柏茂盛，香煙繚繞，便下馬在塔下拜見賈昌。聽著他的談話，使我們忘了天色已晚。他留我住在齋舍，說起他的身世，很有條理。於是就談到朝政問題，我問他開元年間治亂的情形。他說：「我年少的時候，仗著鬥雞得到皇帝的歡心，皇上把我當歌妓伶人一樣看待，讓我住在外宮，哪會知道朝廷的事呢？不過我還是有些可以對你說說的事：當年我見過黃門侍郎杜暹出任磧西節度使，兼任御史大夫，才開始命令邊將兼負糾察彈劾的重任，來鎮服邊遠地區的人心。哥舒翰鎮守涼州，攻下石堡城，駐兵青海城，兵出白龍城，越過蔥嶺，以鐵關為界，總管河東道，經過七次的任命才兼理御史大夫。我也見過張說統領幽州，每年入關，往往使用可以多駕牛馬的長轅輻軸車，載著河間、薊州稅收的繒布，一輛接著一輛送入關門，輸入王府。江淮一帶的綺穀，巴蜀一帶的錦繡，不過成為後宮的玩好而已。河州燉煌道地區屯田出產的糧食，足夠邊區人民食用，多餘的還可以轉運到靈州，經由黃河漕運到太原倉，儲存起來，預防關中凶年。關中地區的糧食，都歸人民私有。天子遊幸五嶽時，隨從官員上千萬，從不需要人民供給食物。我每到年節休假，在街市上逛逛，看到有人賣著白衫白棉布。再走到附近的街市，有人為了作法除病，要用一匹黑布，出了高價還買不到，最後只好用幞頭羅代替。最近我手拄拐杖出門，到街市裏到處張望，卻看見穿白衫的百姓不滿百人，難道天下的人都當兵去了嗎？開元十二年時，皇帝詔令，中央政府裏的侍郎有缺，優先任用曾經做過刺史的外官；郎中、員外郎有缺，優先任用曾經做過縣令的外官。到了我四十歲，中央官吏，有治理政事才能的人，卻都被降調，好一點的做刺史，差一點的做縣令。我住的地方，在大路邊，常常有些刺史、縣令在這裏下馬休息，都表示很不滿意朝廷淘汰他們外放。開元年間取士，大多只是以孝悌品德作為取人標準，沒有聽說晉用進士、宏詞、拔萃等科的文章之士，卻視為為國得舉才。以上是我大致的感受。」說著，不覺掉下淚來。接著，他又說：「先皇使北方的胡人、東方的雞林、南方的滇池、西方的昆夷，臣服於大唐，三年朝覲一次。朝覲時的禮遇，撫慰照顧的恩澤，賜給他們華麗的衣服，招待最好的酒食，讓他們辦完了事就離開，京城中從來不留外國人。現在京城裏，漢胡雜處，而且娶妻生子，長安城中的少年都胡化了！你看近來的服飾都與以前不同了，這難道不是反常了嗎？」我聽了，默不作聲，不敢回應地離開。

參考文獻

左傳

左丘明

《左傳》閔公二年冬十二月：狄人伐衛。衛懿公好鶴，鶴有乘軒①者。將戰，國人受甲者皆曰：「使鶴！鶴實有祿位，余焉能戰？」公與石祁子玦，與甯莊子矢，使守。曰：「以此贊國，擇利而為之。」與夫人繡衣，曰：「聽於二子。」渠孔御戎，子伯為右，黃夷前驅，孔嬰齊殿。及狄人戰于熒澤，衛師敗績，遂滅衛。

①軒：大夫車。

析評

這一篇小說事實上是由兩個部份組成：第一部份敘述安史之亂前，賈昌所獲得的種種恩寵，表現出唐玄宗貪圖享受的荒淫。第二部份是安史亂後，賈昌的醒悟，於是刻苦修行，頗有為自己的過往贖罪的意味。接著則是藉賈昌之口，突顯了安史之亂前後政治、社會、經濟各方面今非昔比的感慨。

故事採用倒敘的手法，先寫賈昌九十八高齡，視聽不衰，再寫賈昌父親事蹟，接著進入正題，寫賈昌從小的特殊才能，以及玄宗愛好鬥雞影響全國風氣，再到賈昌在路旁逗弄木雞被玄宗看見而召入宮中。這裡用了相當多的篇幅，敘述賈昌獲得的各項恩寵，而在最後的一段總結說：「夫婦席寵四十年，恩澤不渝，豈不敏於伎，謹於心乎？」四十年的風光歲月，各種超乎制度常態的恩寵，只因賈昌擅長鬥雞！在這部份裡，最令人感歎的是：只為了滿足一人的慾望，所謂的一國之君，可以窮一國之力來供應他的慾求。而其中所延伸的問題則有：

一、扭曲了賞罰的意義。總計賈昌獲得的恩寵，有「衣食右龍武軍」、「金帛之賜，日至其家」、「籠雞三百，從封東嶽」、「父死，得子禮奉尸歸葬雍州，縣官為葬器喪車，乘傳至洛陽道」、「衣鬥雞服，會玄宗於溫泉」、「男服珮玉，女服繡襦，皆出御府」。只不過是一位鬥雞小兒，可以得到一國之君如此的寵幸，可說是千古奇聞！

二、誤導整個社會的價值觀。所謂的「生兒不用識文字，鬥雞走馬勝讀書。」再怎麼勤苦讀書，還不如學會鬥雞！平實而論，中國自古以來「萬般皆下品，唯有讀書高」的觀念，固然令人無法認同；而且如果真的擁有特殊的專長技能，能在各行各業嶄露頭角，也是現今社會十分肯定認同的事，但賈昌所突顯的問題，卻是出在「鬥雞有成，讀書無用」這種價值觀的扭曲。

三、民間的風尚。就像是文中所描述的：「上之好之，民風尤甚。諸王世家、外戚家、貴主家、侯家，傾帑破產市雞，以償雞直。都中男女，以弄雞為事；貧者弄假雞。」依照故事中敘事的順序，這是在賈昌受召入宮前已然如此，或許不能就此責怪賈昌。然而賈昌入宮之後，使得鬥雞活動擴大規模，甚至在「(開元)十四年三月，衣鬥雞服，會玄宗於溫泉。」所以後文說到：「使人朝服鬥雞，兆亂於太平矣。上心不悟。」等到安史之亂爆發，玄宗奔蜀，賈昌逃到山中，「每進雞之日，則向西南大哭」，這個大哭，是內心真誠的懺悔，還是對於往日榮光一夕盡毀的悲傷？

第二部份，先說明安祿山懸賞千金尋找賈昌，賈昌不得不變換姓名，依附佛寺，在肅宗光復兩京之後，賈昌失去了一切：「昌還舊里，居室為兵掠，家無遺物。布衣憔悴，不得復入禁門」，對照先前賈昌的風光歲月，的確是很大的反差。賈昌接著在城外的道路上見到妻兒，穿著破衣，臉有菜色，兒子背著薪柴，妻子穿著破襖，一家人「聚哭」，說起來也夠淒慘，最後彼此在道上訣別，這些遭遇帶給賈昌很大的打擊，於是決心皈依佛門。賈昌從此刻苦自勵，一心求道，妻子則是不知所歸，再遇到兒子時，也當作是陌生人，不接受兒子的奉養。

在第二部份內容的後半段，作者借著與賈昌的長談，讓賈昌說出了安史之亂前後的不同，包括：一、衣食方面的民生物資，由富裕到貧乏而又重斂於民。二、官吏的任用，由適才適所到沙汰、選拔不當。三、華夷之分，由都中不留外賓到胡漢雜處、服制紊亂。這些現象，令人憂心會不會是另一場風暴來臨前的徵兆，難怪賈昌會不知不覺而「泣下」，會說胡漢雜處、服制紊亂是「物妖」。這是一位老人在經歷了一場天下大亂之後，從過去的經驗裡，所看到的另一危機，所牽掛的另一場可能的浩劫。

前後兩篇史傳類小說，一則點明玄宗的重色亂政，一則控訴玄宗鬥雞敗俗，這些都是秉持春秋史筆的作者，提供後代君王借鏡的精神之所在。

問題與討論

一、賈昌受寵，造成什麼樣的社會價值觀錯亂？
二、什麼是「朝服鬥雞」？這種作為有什麼不妥之處？
三、賈昌指揮鬥雞的過程與場景，你可以用一百字的白話文字寫出來嗎？
四、因為唐玄宗愛好鬥雞，「上之所好」造成社會上什麼現象？

五、賈昌認為安史之亂之後，華夷雜處、服制紊亂是不好的現象，但如果以多元文化交流的觀點來看，又似乎不是壞事，你的看法如何？

六、唐玄宗最大的問題，就是對於朝政放任不管、用人不當，〈長恨傳〉與本篇，都有提出類似的評論，你可以試著寫出來嗎？你又有什麼看法呢？

歷史類單元分析表

班級：　姓名：　學號：　互評人：　學號：

一、〈長恨傳〉與〈東城老父傳〉的主旨，有哪些同異？

自評等第	
互評分析	

二、〈長恨傳〉中，作者刻意寫下創作的主旨，這種手法與情節的鋪陳、人物的塑造，有何關聯？

自評等第	
互評分析	

三、作為一位領導人，被賦予的天職之一，是為民表率甚至捨棄私慾，就人性面而言，你覺得這樣的「天職」是否合理？請以〈東城老父傳〉為例，就正反面的意見，加以論辯。

自評等第	
互評分析	

四、陳鴻的兩篇歷史小說中，對於唐玄宗的敘述（描寫），抱持什麼樣的看法？是事件的客觀陳述還是帶有作者批判性的評論？請舉例說明。

自評等第	
互評分析	

虬髯客傳

杜光庭

導讀

本篇的內容，可以歸為俠義類小說。內容敘述紅拂本來是楊素家的藝妓，因為認定李靖可以託付終身，而半夜投靠李靖。二人後來在靈石旅舍巧遇虬髯客，並結為義兄、弟（妹）。虬髯客藉李靖求見李世民，而毅然將所有家產送給李靖，李靖因此襄助李世民，統一天下。虬髯客則往海外發展，自闢一片天。

小說中的三個主要人物：紅拂、李靖、虬髯客，各有特色，其中所展現的豪俠之氣，例如一見如故，進而義結金蘭、坦誠相對，全然沒有世俗的狡詐心機，或是無謂的逞勇鬥狠。而在主題上，虬髯客的確是真英雄、真豪傑，一旦發現勢不可為，立即將全部家產送給李靖，由李靖去幫助李世民打天下，自己則到海外發展。這種能屈能伸、進退兩宜的見識與器度，令人佩服。

課文與注釋

隋煬帝之幸江都也，命司空楊素守西京。素驕貴，又以時亂，天下之權重望崇者，莫我若也，奢貴自奉，禮異人臣❶。每公卿入言，賓客上謁，未嘗不踞床而見，令美

踞見賓客，傲慢可見。

❶禮異人臣：所享受的儀制，不是臣子應有的。

獨目公，乃因閱人多矣。

遽延入，可避人耳目，免生事端。

人捧出，侍婢羅列，頗僭於上。末年愈甚，無復知所負荷，有扶危持顛❷之心。一日，衛公李靖以布衣❸上謁，獻奇策。素亦踞見。公前揖曰：「天下方亂，英雄競起。公為帝室重臣，須以收羅豪傑為心，不宜踞見賓客。」素斂容而起，謝公；與語，大悅，收其策而退。當公之騁辯❹也，一妓有殊色，執紅拂❺，立於前，獨目公。公既去，而執拂者臨軒指吏曰：「問去者處士❻第幾？住何處？」公具以對。妓誦而去。

公歸逆旅❼。其夜五更初，忽聞叩門而聲低者，公起問焉。乃紫衣戴帽人，杖揭一囊。公問誰。曰：「妾，楊家之紅拂妓也。」公遽延入。脫衣去帽，乃十八九佳麗人也。素面畫衣而拜。公驚答拜。曰：「妾侍楊司空久，閱天下之人多矣，無如公者。絲蘿非獨生，願託喬木，故來奔耳。」公曰：「楊司空權重京師，如何？」曰：「彼

❷扶危持顛：挽救危亡顛覆的局勢。
❸布衣：指平民的身份，古代平民只能穿布衣。
❹騁辯：滔滔不絕地辯論。
❺拂：即拂塵，用來拭去塵垢或驅除蚊蠅的器具。
❻處士：隱士。
❼逆旅：旅館。

至此，始細細觀看。

既是擔心，也是細心。

熟視其面，知其人不凡。合是妹，即刻化解尷尬之處境。

尸居餘氣❽，不足畏也。諸妓知其無成，去者眾矣。彼亦不甚逐也。計之詳矣，幸無疑焉。」問其姓。曰：「張。」問其伯仲之次。曰：「最長。」觀其肌膚、儀狀、言詞、氣性，真天人也。公不自意獲之，愈喜愈懼，瞬息萬慮不安，而窺戶者無停屨❾。數日，亦聞追訪之聲，意亦非峻。乃雄服❿乘馬，排闥⓫而去。將歸太原。

行次靈石旅舍，既設床，爐中烹肉且熟。張氏以髮長委地，立梳床前。公方刷馬，忽有一人，中形，赤髯如虬⓬，乘蹇驢而來。投革囊於爐前，取枕欹臥⓭，看張梳頭。公怒甚，未決，猶親刷馬。張熟視其面，一手握髮，一手映身⓮搖示公，令勿怒。急急梳頭畢，斂衽⓯前問其姓。臥客答曰：「姓張。」對曰：「妾亦姓張，合是妹。」遽拜之。問第幾。曰：「第三。」因問妹第幾。曰：「最長。」遂喜曰：「今日幸逢

❽尸居餘氣：尸居，像屍體一樣。餘氣，只剩一口氣。
❾無停屨：不停的來往走動。
❿雄服：喬裝為男子。
⓫排闥：推門。闥，門。
⓬赤髯如虬：髯，鬍鬚。虬，生有兩角的小龍，這裏用來形容鬍鬚蜷曲的樣子。
⓭欹臥：斜躺。欹，音ㄑㄧ。
⓮映身：藏在身後。映，蔽。
⓯斂衽：女子行禮稱「斂衽」。衽，衣襟。

共食心肝，表示三人從此同心同德。

一妹。」張氏遙呼：「李郎且來見三兄！」公驟拜之。遂環坐。曰：「煮者何肉？」曰：「羊肉，計已熟矣。」客曰：「飢。」公出市胡餅⑯。客抽腰間匕首，切肉共食。食竟，餘肉亂切送驢前食之，甚速。客曰：「觀李郎之行，貧士也。何以致斯異人？」曰：「靖雖貧，亦有心者焉。他人見問，故不言；兄之問，則不隱耳。」具言其由。曰：「然則將何之？」曰：「將避地太原。」曰：「然！吾故非君所能致也⑰。」曰：「有酒乎？」曰：「主人西，則酒肆也。」公取酒一斗。既巡，客曰：「吾有少下酒物，李郎能同之乎？」曰：「不敢。」於是開革囊，取一人頭並心肝。卻頭囊中，以匕首切心肝，共食之。曰：「此人天下負心者，銜之十年，今始獲之。吾憾釋矣。」又曰：「觀李郎儀形器宇，真丈夫也。亦聞太原有異人乎？」曰：「嘗識一人，愚謂之真人也；其餘，將帥而已。」曰：「何姓？」曰：「靖之同姓。」曰：「年幾？」曰：「僅二十。」曰：「今何為？」曰：「州將之子。」曰：「似矣。亦須見之。李郎能致吾一見乎？」曰：「靖之友劉文靜者，與之狎。因文靜見之可也。然兄欲何為？」

⑯胡餅：燒餅上有胡麻（芝麻），故稱胡餅。

⑰吾故非君所能致也：本句王夢鷗先生以為，「故」或許是「知」的誤寫，大致可信。其實，本句似乎應在李靖「具言其由」後，文義上較連續、妥當。

果然是奇人！

每次相約，虬髯皆先到，可見此人之細心謹慎！

曰：「望氣者⑱言太原有奇氣，使吾訪之。李郎明發，何日到太原？」靖計之日。曰：「達之明日，日方曙，候我於汾陽橋。」言訖，乘驢而去，其行若飛，迴顧已失。公與張氏且驚且喜，久之，曰：「烈士不欺人，固無畏。」促鞭而行。

及期，入太原。果復相見。大喜，偕詣劉氏所。詐謂文靜曰：「有善相者思見郎君，請迎之。」文靜素奇其人，一旦聞有客善相，遽致使迎之。使迴而至，不衫不履，裼裘⑲而來，神氣揚揚，貌與常異。虬髯默然居末坐，見之心死。飲數杯，招靖曰：「真天子也！」公以告劉，劉益喜，自負。既出，而虬髯曰：「吾得十八九矣。然須道兄見之。李郎宜與一妹復入京。某日午時，訪我於馬行東酒樓，下有此驢及瘦驢，即我與道兄俱在其上矣。到即登焉。」又別而去。公與張氏復應之。

及期訪焉，宛見二乘。攬衣登樓，虬髯與一道士方對飲，見公驚喜，召坐。圍飲十數巡。曰：「樓下櫃中有錢十萬。擇一深隱處駐一妹。某日復會我於汾陽橋。」如期至，即道士與虬髯已到矣。俱謁文靜。時方弈棋，揖而話心焉。文靜飛書迎文皇看棋。道士對弈，虬髯與公傍侍焉。俄而文皇到來，精采驚人，長揖而坐。神氣清朗，

⑱望氣者：會望雲氣的人。

⑲裼裘：古行禮時，袒外衣而露裼衣，且不盡覆其裘，稱為裼裘。非盛禮時，以此為敬。

滿坐風生，顧盼煒如⑳也。道士一見慘然，下棋子曰：「此局全輸矣！於此失卻局哉！救無路矣！復奚言！」罷弈而請去。既出，謂虬髯曰：「此世界非公世界，他方可也。勉之，勿以為念。」因共入京。虬髯曰：「計李郎之程，某日方到。到之明日，可與一妹同詣某坊曲小宅相訪。李郎相從一妹，懸然如磬㉑。欲令新婦祗謁㉒，兼議從容，無前卻也。」言畢，吁嗟而去。

公策馬而歸。即到京，遂與張氏同往。乃一小版門子，叩之，有應者，拜曰：「三郎令候李郎、一娘子久矣。」延入重門，門愈壯。婢四十人，羅列庭前。奴二十人，引公入東廳。廳之陳設，窮極珍異，巾箱妝奩冠鏡首飾之盛，非人間之物。巾櫛妝飾畢，請更衣，衣又珍異。既畢，傳云：「三郎來！」乃虬髯紗帽裼裘而來，亦有龍虎之狀㉓，歡然相見。催其妻出拜，蓋亦天人耳。遂延中堂，陳設盤筵之盛，雖王公家不侔㉔也。四人對饌訖，陳女樂二十人，列奏於前，若從天降，非人間之曲。食畢，

虬髯善於隱藏實力，不欲人知。

龍虎之狀，此為虬髯真面目。

⑳顧盼煒如：眼睛看人，炯炯有神的樣子。
㉑懸然如磬：形容空無所有，極貧。
㉒祗謁：敬見。祗，音ㄓ。
㉓龍虎之狀：龍虎之姿，即儀表不凡。
㉔侔：合。

行酒。家人自堂東舁㉕出二十床，各以錦繡帕覆之。既陳，盡去其帕，乃文簿鑰匙耳。虬髯曰：「此盡寶貨泉貝㉖之數。吾之所有，悉以充贈。何者？欲於此世界求事，當或龍戰㉗三二十載，建少功業。今既有主，住亦何為？太原李氏，真英主也。三五年內，即當太平。李郎以奇特之才，輔清平之主，竭心盡善，必極人臣。一妹以天人之姿，蘊不世之藝，從夫之貴，以盛軒裳㉘。非一妹不能識李郎，非李郎不能榮一妹。起陸之漸，際會如期，虎嘯風生，龍吟雲萃㉙，固非偶然也。持余之贈，以佐真主，贊功業也，勉之哉！此後十年，當東南數千里外有異事，是吾得事之秋也。一妹與李郎可瀝酒㉚東南相賀。」因命家童列拜，曰：「李郎、一妹，是汝主也！」言訖，與其妻從一奴，乘馬而去。數步，遂不復見。公據其宅，乃為豪家，得以助文皇締構之

㉕舁：扛抬，音ㄩˊ。
㉖寶貨泉貝：寶物、財貨、錢幣。古代稱錢為泉，又以貝殼為貨幣，故稱泉貝。
㉗龍戰：《易經》有「龍戰於野」的句子，此處指爭帝位之戰。
㉘軒裳：坐大車，穿美服，意思是享有富貴。
㉙起陸之漸四句：起陸，龍蛇起陸，比喻帝王的興起。四句意謂帝王開創基業時，自然會有輔佐的人，就如「雲從龍，風從虎」一般，從四面八方而來聚集在一起。
㉚瀝酒：灑酒。

資㉛，遂匡天下。

貞觀十年，公以左僕射平章事。適南蠻入奏曰：「有海船千艘，甲兵十萬，入扶餘國，殺其主自立。國已定矣。」公心知虬髯得事也。歸告張氏，具衣拜賀，瀝酒東南祝拜之。

乃知真人之興也，非英雄所冀。況非英雄者乎？人臣之謬思亂者，乃螳臂之拒走輪㉜耳。我皇家垂福萬葉，豈虛然哉。或曰：「衛公之兵法，半乃虬髯所傳耳。」

㉛締構之資：經營事業的費用。
㉜螳臂之拒走輪：比喻不自量力。

譯文

隋煬帝巡幸江都時，命令司空楊素留守西京。楊素一向十分驕縱尊貴，又因為時局紛亂，自以為普天之下再也沒有人的權勢顯赫聲望崇高比得過他，所以生活豪奢，簡直就像皇帝一樣。每當公卿來談公事，或是賓客上門拜會，總是蹲踞床上，命令一群美人抬出來見客。丫鬟侍女，排列成行，排場頗有超過皇帝的味道。到了晚年，更加厲害，再也不能認知到自己所擔負的，一點救亡圖存的心也沒有。

有一天，衛國公李靖，以平民身份上門拜見，貢獻他的意見。楊素依舊是踞坐接見。李靖看了，向前作揖說：「天下正在動亂中，英雄們紛紛起來。大人是朝廷重臣，應該存心收羅豪傑，不該蹲坐接見客人。」楊素聽了為之肅然，起身謝罪。會談之下，非常高興，接受了他的意見書而李靖跟著也告退了。當李靖施展雄辯的時候，一個非常美麗的藝妓，手執紅拂塵，站在面前，特別注視著他。李靖離開時，她在窗前指著侍衛官說：「問問離開的那位隱士，什麼姓名？住在什麼地方？」李靖一一答覆，藝妓則是唸誦著走了。

李靖回到旅館。當夜五更初，忽然聽到有人輕輕叩門，李靖起來察問。只見來的是一個穿著紫色外衣、戴著帽子的人，手杖上掛著一個衣囊。李靖問：「是誰？」回答道：「小妾是在楊家手執紅拂塵的藝妓。」李靖連忙延人，她脫去外衣，摘下帽子，原來是位十八、九歲的美麗女郎。素白的臉龐，彩繡的衣裙，已自盈盈下拜。李靖嚇了一跳，連忙答拜。女郎說：「小妾侍候楊司空很久，見過各種各樣的人才多極了，沒有一個能像先生這樣。絲蘿不能獨自生存，誠願託附大樹，所以來相投奔。」李靖說：「可是楊司空在京師有權有勢，怎麼辦？」女郎道：「他就像一具屍體活著，只剩一口氣，沒有什麼可怕。很多藝妓知道他不會有什麼成就，出走得很多。他也不怎麼追究。關於這一點，我已經考慮得很周詳。希望您不必疑慮。」李靖問她姓什麼，她說：「姓張。」問她排行第幾，她說：「居長。」細看她的肌膚、儀態、談吐、氣質各方面，真是天人呀！李靖無意中獲得這麼一位美人，愈看愈喜歡，愈喜歡也就愈害怕。短短時間內，各種想法起伏不定，一刻也不能自安，只能不停地走到窗戶旁，偷看外面是否有狀況。過了幾天，也聽得有些追索的風聲，可是好像也不是很嚴峻。於是就讓紅拂換穿了男裝，兩人騎著馬，大搖大擺走出旅館，決定回到太原。

二人來到了靈石旅舍，鋪好床位，火爐上煮的肉也就要熟了。張氏將一頭長髮放下垂地，站在床前梳頭。李靖正在刷馬。忽然有一個人，中等身材，臉上長滿絡腮紅鬍子，騎著一頭跛腳驢，也來投店。把他的大皮囊朝爐邊一丟，拿了枕頭側臥在床上，就看著張氏梳頭。李靖瞧見，非常生氣，一時還沒決定怎麼辦，仍舊繼續刷馬。張氏仔細注視這位客人，一手握著頭髮，另一隻手借身子掩蔽著向李靖搖動，示意李靖不要動怒。她急忙把頭梳好，整理衣襟上前施禮，問他貴姓。臥著的客人說：「姓張。」她答道：「小妾也姓張，該是妹子了。」說著就立即拜了下去。又問他：「行幾？」他說：「行三。」然後反問：「妹子行幾？」她說：「居長。」他接著很高興地說：「今天多麼幸運遇見了大妹子。」張氏向遠處招呼：「李郎，暫且先來見見三哥！」李靖過來就拜。於是三人圍著坐下。虬髯客問：「煮的是什麼肉？」李靖說：「羊肉。大概已經熟了。」虬髯客說：「餓了。」李靖出去買了些燒餅，虬髯客抽出腰間匕首切肉，三人就大吃起來。吃完，虬髯客把剩下的肉用匕首切碎，拿去餵驢，來去的速度很快。虬髯客說：「看李郎的行動光景，是位貧士，又是如何得到這麼一位天仙的？」李靖道：「李靖雖窮，也是個有心人。別人要問，我當然不必說。您問起，便不敢隱瞞了。」就把事情的始末詳細敘述了一遍。虬髯客問他：「那麼，現在準備到哪兒去？」李靖說：「準備去太原躲一躲。」虬髯客道：「是呀！我就知道，大妹子不是你自己能夠招致得來的。」又問：「有酒嗎？」李靖說：「店主人西邊，便是酒店。」說著就出外沽了一斗酒回來。喝了一輪，虬髯客又說：「我這兒有一點下酒的東西，李郎能陪我吃嗎？」李靖說：「不敢當！」於是虬髯客打開了皮囊，拿出了一顆人頭和一副心肝。把頭丟回皮囊，用匕首切碎心肝，一齊吃。他說：「這人是天下最沒良心的傢伙，我放在心裏已經十年了，今天才得手。我的遺憾總算解決了。」又說：「看李郎的儀表氣概，真是個大丈夫。也聽得太原有什麼特異的人才沒有？」李靖說：「我曾經認識一個人，我的淺見認為，他稱得上是真正的英主。其他的人，只不過是將帥之才而已。」虬髯客問：「姓什麼？」李靖說：「和我同姓。」虬髯客問：「多大年紀？」李靖說：「才滿二十。」虬髯客問：「現在做什麼？」李靖說：「是州將的兒子。」虬髯客說：「很像是他了。不過也得見面看看。李郎能設法讓我見他一面嗎？」李靖說：「我的朋友劉文靜與他很親近。由文靜介紹見面就可以了。但您想做什麼呢？」虬髯客說：「望氣的說太原有股奇氣，要我找找看。李郎明天動身，哪一天可以到太原？」李靖就算了一下日子。虬髯客說：「你們到達的第二天，天一亮，就在汾陽橋等我。」說完，騎著驢子而去，行動飛也似的，轉眼就已經看不見了。李靖和張氏又驚又喜，過了好一會兒，商議說：「這樣的烈士不會騙人的。沒什麼可怕。」於是也加快前行。

到了預定的日期，他們進入太原，果然又見到虬髯客。彼此都非常高興，就相偕到了劉家。李靖騙文靜說：「有個善於看相的朋友，想要看看公子，請接來看看怎樣？」文靜一向認為李世民很奇特，一下子聽說有人善於看相，立刻派人去接他。派去的人回來時，李世民沒穿外衣也沒著襪，敞著皮襖跟著就來了，他神氣揚揚，面貌與眾不同。虬髯客沉默地坐在酒席的下位，一看就死了心。飲了幾杯酒後，把李靖招到旁邊，說：「這是真命天子！」李靖轉告文靜，文靜越加喜歡而自鳴得意。出來時，虬髯客說：「我已經看出十之八九了。不過還得請道兄看看。李郎可以和大妹再進京，某天正午，在馬行東邊酒樓找我。看見樓下有這驢兒和另一頭瘦驢，就是我和道兄都在上面了。到時便可一直上樓。」說完又分手。李靖和張氏仍答應著。

到了約定的日期，去尋訪，依稀看見兩頭牲口。便攬衣上樓。虬髯客與一位道士正在對飲，見了李靖十分高興，招呼就坐。圍著飲過十幾通，虬髯客說：「樓下櫃檯裏面有錢十萬，揀個僻靜地方安頓大妹子。某天，再在汾陽橋相會。」依期前往，道士和虬髯客已經先到了。便一同去找文靜。當時正好在下棋，彼此互揖一番，道出來意。一會兒，文靜派人飛書邀請李世民看棋。道士和文靜對弈，虬髯客與李靖在旁觀戰。不久李世民來到，精神風采令人驚佩，大老遠拱了拱手，便坐下來。神情氣度，清明爽朗，使得大家如坐春風，眼神流動之際，更是炯炯照人。道士一見，神色慘淡，下了一個棋子說：「這盤棋全輸了！真想不到在這裏輸掉了！無路可救了！還能說什麼！」停止下棋，就起身告辭。出來之後，對虬髯客說：「這裏的世界不是你的世界。別的地方還有可為！好好努力，不要想不開。」因即決定一同回京。虬髯客說：「估計李郎的行程，某天才能到達。到的第二天，可以與大妹子同到某坊角落的小屋裏找我。李郎和大妹在一起，卻一點積蓄也沒有。我要讓內人拜見兩位，並且商量未來的打算。請不要推辭！」說完，嘆息而去。

李靖騎馬回去，立刻起身到京城，就與張氏同往。到了當地，乃是一個小木板門子，敲了門，應門的人拜著說：「三郎吩咐等候李郎和大姑奶奶的駕臨多時了。」當下引領進入幾重大門，愈進到裏面，門愈大。有四十個丫鬟，在庭前排隊迎候；二十個僕人，引著李靖張氏進東廳。廳內的陳設，極為珍貴奇特，箱櫳裏面化妝品、帽子、鏡子、首飾，樣式之多，簡直不像人間的物品。整理頭巾、梳髮、妝飾完畢，僕人請換衣服，又是珍貴非凡。一切弄好之後，聽到傳呼說：「三郎來了！」只見虬髯客戴著紗帽敞著皮襖走來，也有龍行虎步的模樣，大家歡歡喜喜地見過。虬髯客催著他的太太出來見禮，大致也像仙女一般。於是就請他們到中堂進食，而不管是陳列使用的食器，或是各種食物的繁盛，即使是王公之家也比不上。四個人一齊吃過飯，就找來了歌女、樂隊二十人，排列在前面演奏，音樂像是從天上降下來的，不是人間的曲調。飯後，再飲酒。家丁從東堂抬出二十架床，上面各用錦繡帕子覆蓋。擺好之後，揭開所有的帕子，乃是文簿鑰匙之類。虬髯客說：「這都是寶貝錢幣的數目。我所有的財產，全部送給你們。為什麼呢？我本來想要在這世界建立事業，或許得爭個三二十年，才能建立一些功業。如今這片世界既有主子了，我還留著做什麼？太原的李先生，真是英明的君主。三五年內，定然可以太平。以李郎奇特的才幹，輔佐清平的君主，竭心盡力，必然位極人臣。以大妹子神仙般的姿質，蘊含絕世的聰明，跟著李郎而富貴，可以享有鼎盛榮華。不是大妹子不能賞識李郎，不是李郎也不能榮顯大妹子。相信不久之後，帝王創業之際，必然能夠與英雄豪傑相會，各顯身手，吐氣揚眉，絕不是偶然的。運用我的贈與，輔佐真主，可以建功立業呀，好好努力吧！十年之後，一旦東南幾千里外有特殊的事情發生，就是我成功的時候。大妹子和李郎可以把酒灑向東南方祝賀我。」便命僕人跪下齊拜，說：「從今天起，李郎和大姑奶奶就是你們的主人！」說完，帶著太太和一個僕人，出門上馬而去，才過幾步，便看不見了。李靖擁有了這個宅第，立即變成富豪，才有足以幫助李世民打江山的資本，終於統一中國。

貞觀十年，李靖官拜左僕射平章事，適逢南蠻派遣使臣入奏道：「有海船千艘，甲兵十萬，侵入了扶餘國，殺了國王自立，已經安定下來了。」李靖心裏知道這是虬髯客事業得手，回去就告訴張氏，二人穿了禮服，瀝酒於地對著東南方遙相拜賀。

才知道大凡真命天子的興起，並不是英雄人物就能希望得到的，何況不是英雄之流呢？那些為人臣下而妄想造反作亂的，只不過像螳螂用臂膀抵擋車輪而已。我們李唐皇家能夠福澤萬年，難道是假的嗎？有人說：「衛國公的兵法，有一半是虬髯客傳授的。」

析評

虯髯客故事最成功的地方，就在於角色人物的性格、特色，塑造得十分鮮明。

先說紅拂。紅拂是楊素家的藝妓，據她自己的說法是「閱人多矣」，這個特點在小說的前段中，一再出現。一開始是她看到李靖之後，就判斷李靖是一位不世出的人才，而且很快就下決定，準備去投靠李靖，所以才會有一連串的動作，包括「獨目公」、「臨軒指吏而問」、「誦而去」，最後在深夜直接去找李靖。紅拂第二次展現她的識人之明，是在碰到虯髯客的時候。照常理來看，一個身材中等、看起來其貌不揚的人，在陌生的地方，應該不致於這麼囂張，斜躺在床上，一直盯著女孩子看，一副有意挑釁的模樣。可是虯髯客卻旁若無人似的，絲毫不怕。從後文來看，虯髯客也許是注意到一些不尋常的跡象，但是這等囂張的行徑，難怪李靖會十分生氣。紅拂卻憑著她「閱人多矣」的經驗，猜想到虯髯客絕非一般泛泛之輩，更不會是好色之徒，所以她才會以身體遮住一隻手，搖手示意，阻止李靖作出衝動的行為。事實證明，紅拂的判斷萬分正確。

除了紅拂之外，虯髯客更是粗中有細的大丈夫。從後面與李靖的對話來看，虯髯客有可能是注意到，在那麼偏僻的靈石旅舍，突然出現一對奇特的男女，本來就是很不尋常的事情。畢竟紅拂夜奔李靖時，「素面畫衣而拜」，合理的解釋是紅拂身上所穿的衣服，來自楊素家藝妓的服飾，想必不會太差；而李靖則是一介平民，身上穿的是一襲布衣，兩人外表穿著本來就很懸殊。如果再加上紅拂的美貌，所以在李靖「具言其由」之後，連虯髯客都不自覺的說出：「吾故非君所能致也。」這些小細節的可疑之處，加上虯髯客才殺了一個負心人，行囊裡還有那個負心人的頭跟心肝，使得虯髯客不得不小心提防又大膽挑釁。

在靈石旅舍裡，虯髯客與李靖的互動當中，可以說是充滿機鋒。例如虯髯客連問了十個問題，包含如何得到紅拂？準備去哪裡？有沒有遇到什麼異人？而李靖則是有問必答，一開始說的：「靖雖貧，亦有心者焉。他人見問，故不言；兄之問，則不隱耳。」代表了李靖對於虬髯客的推心置腹。尤其是詢問太原的異人，李靖有所「反擊」的反問：「然兄欲何為？」在這部份，虬髯客雖然作了說明，但並沒有全盤托出，表現了虬髯客在對於李靖的考驗中，仍然保有相當的慎重。另外值得特別注意的是，虬髯客在詢問李靖一連串問題的中間，穿插了虬髯客邀約李靖共享「負心人」的心肝。可以猜想得到，這個邀約有如梁山泊英雄之間的「投名狀」，一旦李靖拒絕，虬髯客就不可能將李靖當作「自己人」，應該也就沒有後續彼此的互信，更沒有太原異人一事的問與答。

其實虬髯客的細心，在故事的後半段也有多次的展現，包括幾次與李靖的約定，都是虬髯客主動邀約，而且都是虬髯客事先到達（除了前往劉文靜的居所不可能先到），這說明了虬髯客不願意陷入不可掌控的環境，從另一面來看，也就是天時、地利，虬髯客都要確實掌握。又例如一次詢問、兩次觀察，確認李世民是真命天子；以及多次檢驗李靖，先約在汾陽橋，第二次約在酒樓，第三次才在自家宅邸見面。這種有計劃的約見，都是虬髯客的細心之處。更不必說他在靈石旅舍與家中的穿著並不相同，宅邸從小版門子到愈壯的重門，一一顯示虬髯客行事低調、細心謹慎的一面。

還有一點是有關虬髯客的英雄氣概，曾有人提出了這樣的疑問：如果是由虬髯客輔佐李世民一統天下，不是更加容易嗎？但這個問題正好可以充份表現虬髯客的胸懷。第一是他不願屈居人下，因此不可能去作為副手，輔佐李世民。第二，虬髯客寧可讓一切歸零，將所有家產送給李靖，自己只帶著妻子與一奴，乘馬而去，何等瀟灑！而且在與李靖、紅拂約定好的貞觀十年，果然在東南方「入扶餘國，殺其主自立，國已定」。

這種挑戰新局的豪情壯志，充滿信心的非凡胸襟，值得所有創業者學習。

這一部小說中，另外的兩個人物李靖與李世民，都有一些精彩的描述，例如李靖的能屈能伸：指責楊素「不宜踞見賓客」是伸，壓抑怒氣而由紅拂出面，與虬髯客交涉是屈，令人不得不說「大丈夫當如是也」！尤其是在紅拂夜奔這一段故事中，我們如果將李靖的反應完全抄錄下來，會有這樣的顯示：「公起問焉……公問誰？公遽延入……公驚答拜……公曰：『楊司空權重京師，如何？』……問其姓……問其伯仲之次……觀其肌膚、儀狀、言詞、氣性，真天人也。公不自意獲之，愈喜愈懼，瞬息萬慮不安，而窺戶者無停屨。」仔細的探究，就可以得知李靖的危機處理相當有智慧。一開始為了避免夜深人靜時，敲門與對談會引起其他房客的注意，「遽延入」才不會增生事端；「驚答拜」看出李靖沒有因為美人夜奔，高興到昏了頭；再來依次是問到關鍵的自身安危問題，然後才有放鬆的心情，去看紅拂的外表；最後又寫他「萬慮不安、窺戶無停屨」的察看，這絕不是一般凡夫俗子做得到的細心與謹慎。至於李世民兩次的出場，在尋常的裝扮下，有著不凡的氣度，連虬髯客這樣的豪傑，都不免「見之心死」，用這種方式烘托出李世民的風采，的確是十分高明的手法。

在本文的主題方面，這是很有代表性的「創業小說」。而一般的說法是，作者杜光庭身處晚唐藩鎮割據、懷抱二心的時代，所以特別強調「真人之興，非英雄所冀」，必須是上應天命，下服人心，顯然是在大力宣揚唐朝國祚的正統，絕非那些不知量力的藩鎮所能覬覦。這種真命天子的傳統觀念，也許可以不去理會，但作者的用心，還是值得我們肯定。畢竟只要有野心份子出現，這個社會總是永無寧日。

問題與討論

一、虬髯客在進入靈石旅舍之後，做了什麼挑釁的行為？他觀察到什麼不尋常的情形？

二、虬髯客邀請李靖一起吃什麼東西？這個共食具有什麼意義？

三、李靖在靈石旅舍唯一反問虬髯客的是什麼問題？你覺得李靖為什麼要反問這個問題？

四、虬髯客邀約李靖見面，有什麼細心之處？

五、你可以簡單寫出李靖在紅拂夜奔時的三種心情嗎？

六、虬髯客的英雄氣概，顯現出不願屈居人下的豪情，你可以加以說明嗎？

謝小娥傳

李公佐

導讀

本篇故事描述一位奇女子，隱姓埋名、女扮男裝，到處為人幫傭，希望靠著丈夫及父親託夢告訴她的謎語，找到殺父、殺夫仇人，為他們報仇。後來遇到本篇作者為她解開了謎題，又跟著順利找到仇人，經過一段時間的隱忍，終於手刃其中一位仇人，其餘盜賊則送官究辦，如願以償地報了仇。

小說情節中，利用字謎、解謎，帶起高潮，頗有一些趣味。而小娥的忍辱負重，更是難得。穿插其中的中國人對「報」的觀念，很值得進一步探討。

課文與注釋

小娥，姓謝氏，豫章人，估客❶女也。生八歲，喪母；嫁歷陽俠士段居貞。居貞負氣❷重義，交遊豪俊。小娥父畜巨產，隱名商賈間，常與段婿同舟貨，往來江湖。時小娥年十四，始及笄。父與夫俱為盜所殺，盡掠金帛。段之弟兄，謝之生侄，與僮僕輩數十，悉沉於江。小娥亦傷胸折足，漂流水中，為他船所獲，經夕而活。因流轉

❶估客：販運商人。

❷負氣：恃其意氣，不肯屈於人下。

此作者自矜之語

乞食至上元縣，依妙果寺尼淨悟之室。

初，父之死也，小娥夢父謂曰：「殺我者，車中猴，門東草。」又數日，復夢其夫謂曰：「殺我者，禾中走，一日夫。」小娥不自解悟，常書此語，廣求智者辨之，歷年不能得。

至元和❸八年春，余罷江西從事，扁舟東下，淹泊❹建業，登瓦官寺閣。有僧齊物者，重賢好學，與余善。因告余曰：「有孀婦名小娥者，每來寺中，示我十二字謎語，某不能辨。」余遂請齊公書於紙，乃憑檻書空❺，凝思默慮。坐客未倦，了悟❻其文。令寺童疾召小娥前至，詢訪其由。小娥嗚咽良久，乃曰：「我父及夫，皆為賊所殺。邇後嘗夢父告曰：『殺我者，車中猴，門東草。』又夢夫告曰：『殺我者，禾中走，一日夫。』歲久無人悟之。」余曰：「若然者，吾審詳矣。殺汝父是申蘭，殺汝夫是申春。且車中猴，車字去上下各一畫，是申字；又申屬猴，故曰車中猴。草下有門，門中有東，乃蘭字也。又，禾中走是穿田過，亦是申字也。一日夫者，夫上更

❸元和：唐憲宗年號（西元八〇六——八二〇年）。
❹淹泊：停留。
❺書空：用手指在空中比劃寫字。
❻了悟：明白、了解。

一畫，下有日，是春字也。殺汝父是申蘭，殺汝夫是申春，足可明矣。」小娥慟哭再拜，書申蘭、申春四字於衣中，誓將訪殺二賊，以復其冤。娥因問余姓氏、官族，垂涕而去。

爾後小娥便為男子服，傭保❼於江湖間。歲餘，至潯陽郡，見竹戶上有紙牓子❽，云「召傭者」。小娥乃應召詣門，問其主，乃申蘭也。蘭引歸。娥心憤貌順❾，在蘭左右，甚見親愛。金帛出入之數，無不委娥。已二歲餘，竟不知娥之女人也。先是，謝氏之金寶、錦繡、衣物、器具，悉掠在蘭家，小娥每執舊物，未嘗不暗泣移時。蘭與春，宗昆弟❿也。時春一家住大江北獨樹浦，與蘭往來密洽。蘭與春同去經月，多獲財帛而歸。每留娥與蘭妻梁氏同守家室，酒肉衣服，給娥甚豐。

或一日，春攜文鯉⓫兼酒詣蘭。娥私嘆曰：「李君精悟玄鑒⓬，皆符夢言。此乃天啟其心，志將就矣。」是夕，蘭與春會群賊，畢至酣飲。暨諸凶既去，春沉醉，臥

心憤貌順，如此隱忍，至為難得。

小娥心思細密，故能將所有盜賊，一網打盡。

❼傭保：受僱當勞工。
❽紙牓子：寫在紙上的招募帖子。
❾心憤貌順：內心憤恨，表面恭順。
❿宗昆弟：即堂兄弟。
⓫文鯉：鯉魚。鯉魚鱗片上有黑文，所以稱作文鯉。
⓬精悟玄鑒：精妙的體會與神奇的判斷。

復仇畢

於內室，蘭亦露寢於庭。小娥潛鏁⑬春於內，抽佩刀先斷蘭首，呼號鄰人並至，春擒於內，蘭死於外，獲贓收貨，數至千萬。初，蘭、春有黨數十，暗記其名，悉擒就戮。時潯陽太守張公，善其志行，為具其事上旌表，乃得免死。時元和十二年夏歲也。

復父夫之讎畢，歸本里，見親屬。里中豪族爭求聘，娥誓心不嫁。遂剪髮被褐，訪道於牛頭山，師事大士尼⑭將律師。娥志堅行苦，霜春雨薪⑮，不倦筋力。十三年四月，始受具戒⑯於泗州開元寺，竟以小娥為法號，不忘本也。

其年夏月，余始歸長安，途經泗濱，過善義寺謁大德尼令操。戒新見者數十，淨髮鮮帔⑰，威儀雍容⑱，列侍師之左右。中有一尼問師曰：「此官豈非洪州李判官二十三郎者乎？」師曰：「然。」曰：「使我獲報家仇，得雪冤恥，是判官恩德也。」顧余悲泣。余不之識，詢訪其由。娥對曰：「某名小娥，頃乞食孀婦也。判官時為辨申蘭、申春二賊名字，豈不憶念乎？」余曰：「初不相記，今即悟也。」娥因泣，具

⑬鏁：同鎖。
⑭大士尼：大士是佛教對菩薩的稱號，大士尼指年高有道、能嚴守戒律的尼姑，下文「大德尼」意思相同。
⑮霜春雨薪：冒著風霜舂米，冒著雨雪打柴，形容勞苦操作。
⑯受具戒：具戒即具足戒，佛家名詞，指具足圓滿的戒律，如比丘尼有三百四十八戒，戒律最多、最完善，故稱「具足戒」。
⑰帔：披肩，這裏是指僧尼所用的袈裟。
⑱威儀雍容：佛教稱舉止嚴肅而有規則為「威儀」，以坐、住、行、臥為「四威儀」。雍容，動作自如的樣子。

報恩

知善必錄，改造社會風氣。

寫記申蘭、申春，復父夫之仇，志願粗畢，經營終始艱苦之狀。小娥又謂余曰：「報判官恩，當有日矣。豈徒然哉！」嗟乎！余能辨二盜姓名，小娥又能竟復父夫之讎冤，神道不昧，昭然可知。

小娥厚貌深辭[19]，聰敏端特，鍊指跛足[20]，誓求真如[21]。爰自入道，衣無絮帛，齋無鹽酪，非律儀禪理，口無所言。後數日，告我歸牛頭山，扁舟汎淮，雲遊南國，不復再遇。

君子曰：「誓志不捨，復父夫之讎，節也；傭保雜處，不知女人，貞也。女子之行，唯貞與節能終始全之而已。如小娥，足以儆天下逆道亂常之心，足以觀天下貞夫孝婦之節。」余備詳前事，發明隱文，暗與冥會，符於人心。知善不錄，非《春秋》之義[22]也。故作傳以旌美之。

[19] 厚貌深辭：容貌忠厚，說話深刻。
[20] 鍊指跛足：用火燒毀自己的手指或自殘己足，都是僧尼的苦行之一，目的是為了供佛。
[21] 真如：佛教名詞，即真體實性而永世不變的真理。
[22] 春秋之義：在一般的說法裏，孔子作《春秋》，一字之內，即有褒貶之意。後世以為《春秋》之義，在於懲惡勸善，因此這裏說「知善不錄，非《春秋》之義」。

譯文

謝小娥，豫章人，販運商人的女兒。八歲時，母親就死了。她嫁給歷陽俠士段居貞，居貞是個重信義有豪氣的人，喜歡結交一些豪俠俊士。小娥的父親擁有巨大的資產，隱名在商賈之間，常跟女婿一起行船做生意，往來江湖之上。當時小娥才十四歲，剛到及笄的年齡，父親和丈夫都被強盜殺害，財物全被擄掠一空。段居貞的弟兄們，謝家的徒弟和子侄輩，以及僮僕等好幾十人，都沉到江裏淹死了。小娥也是胸部受傷、斷腿，在水中漂流，被別的船救起，過了一晚才活轉過來。於是輾轉流浪一路乞食到上元縣，依附妙果寺女尼淨悟居住。

起初，父親剛死不久，小娥夢見父親對她說：「殺我的人，是『車中猴，門東草』。」過了幾天，又夢見丈夫對她說：「殺我的人，是『禾中走，一日夫』。」小娥不了解夢中的意思，就把這兩句話寫下來，廣求有智慧的人來破解，然而經年都沒有人解出。

到了唐憲宗元和八年的春天，我從江西罷任回來，坐船東下，暫時停留在建業，登瓦官寺遊玩。寺中有一位齊物和尚，看重賢人，十分好學，與我交情很好。告訴我說：「有一個寡婦叫做小娥，常到寺裏來，給我看十二個字的謎語，我卻猜不出來。」我於是請齊公寫在紙上，自己靠著門檻用手在空中試寫著，凝神默想一番，座中的客人還沒有覺得疲倦，就已經明白了謎語的意思。就命令寺裏的小童趕緊把小娥找來，問明緣由。小娥傷心嗚咽了許久，才說：「我的父親和丈夫都被強盜所殺。事後，我曾夢見父親告訴我說：『殺我的人，是「車中猴，門東草」。』又夢見丈夫說：『殺我的人，是「禾中走，一日夫」。』經過很久都沒有人解得出謎底。」我說：「如果是這樣，那我已經想明白了。殺你父親的是申蘭，殺你丈夫的是申春。『車中猴』，『車』字上下各去掉一畫，是『申』字；申又剛好配屬猴，所以說是車中猴。草下有門，門裏頭有東，這是個『蘭』字。再者，『禾中走』是由『田』中間穿過，也是個『申』字；『一日夫』，夫上頭加一畫，下頭添日，是個『春』字。可見殺你父親的是申蘭，殺你丈夫的是申春，已經很明白的了。」小娥慟哭著對我拜了再拜，寫下申蘭、申春四個字在衣服裏，發誓一定要尋訪、殺死這兩個盜賊，為父親、丈夫報仇。小娥跟著問明我的姓名、官職，流著淚去了。

後來小娥改扮男裝，飄泊在江湖上，替人幫傭。過了一年多，到了潯陽郡，看見一個竹門上貼著紙招帖，說是「召傭者」，小娥就去應徵。一打聽那家主人，原來就是申蘭！申蘭帶著小娥回家。小娥心中痛恨，表面上卻十分恭順，常在申蘭的左右，頗得他的信任和器重，金錢財物的出入，沒有不交付給小娥處理的。過了兩年多，竟然不知道小娥是個女子。從前謝家的金銀、財寶、錦繡、衣物、器具等，全被掠奪到申蘭家，小娥每次拿起自家的舊物，每一次都會偷偷地哭泣好久。申蘭與申春是同宗兄弟。當時申春一家人住在長江北的獨樹浦，跟申蘭來往得密切融洽。兩人一起出去就是幾個月，再擄掠大筆財物回來，每每留下小娥和申蘭的妻子梁氏看家，給小娥的衣食十分豐厚。

有一天，申春帶著幾尾鯉魚和酒來拜訪申蘭。小娥暗自感嘆說：「李先生見解深切，判斷神妙，完全符合夢中的話，這是上天開啟他的心，我報仇的志願就快要達成了。」當天晚上，申蘭、申春聚會，所有的盜賊都到齊了，大家酣暢痛飲。等到群盜散去，申春大醉，躺在內室裏；申蘭也醉倒睡在庭院中。小娥暗暗將申春鎖在房內，抽出佩刀先砍下申蘭的頭，然後呼叫左鄰右舍來幫忙。申春被擒於內室，申蘭殺死在室外，搜出來的贓物，價值達到千萬。起初，申蘭、申春的黨羽有數十人，小娥平日暗中記下名字，於是一舉成擒，盡數伏誅。當時潯陽太守張公，讚許小娥的志氣和行為，為她上表陳明其事，才赦免了她殺人的死罪。當時是憲宗元和十二年的夏天。

小娥為父親和丈夫報了仇，回到本里，探望親屬。里中的高門豪族爭著來求聘，小娥卻發誓不再嫁。於是剪去了頭髮，穿著粗布衣服，到牛頭山求道，拜在大士尼將律師座下。小娥意志堅定，行為刻苦，即使是冒著風霜春米，冒著雨雪打柴，也不倦怠。元和十三年四月，才在泗州開元寺受具足戒，終究還是以小娥為法號，表示不忘本。

這年夏天五月，我才要回長安，路途中經過泗濱，到善義寺去參謁大德尼令操。看見新受戒的有數十人，剃淨了髮，穿著新潔的帔服，舉止嚴肅，氣度雍容，侍立在師太的左右。其中有一個女尼問師太說：「這位官長不就是洪州人李判官二十三郎嗎?」師太說:「是的。」尼姑說:「使我得報家仇,洗雪冤恥的,都是判官的恩德。」望著我悲傷地流下淚來。我不認得她,問起緣由,她回答說:「我的名字叫小娥,就是當年要飯的寡婦,判官曾經為我解出申蘭、申春兩個盜賊的名字,難道您不記得了嗎?」我說:「起初不記得,現在想起來了。」小娥流著淚,就把自己如何尋訪申蘭、申春,矢志替父、夫報仇,完成心願,從頭到尾辛苦艱難的種種情況,詳細敘述了一遍。小娥又對我說:「報答您恩惠的日子,應當就要來了,哪裏會落空呢!」唉呀!我能解出兩個盜賊的姓名,小娥又終於能為父親和丈夫報仇,可見神道報應極為清楚,不會騙人的。

小娥容貌忠厚,談吐深刻,並且聰敏端莊,才能特出,苦修捨身,發願追求正果。自從皈依佛道以來,從未穿過絲帛衣服,從未嚐過鹽酪食物;不是律儀禪理,從不加以談論。過了幾天,她告訴我要回牛頭山去,就乘著一葉扁舟,泛行淮水之上,雲遊南方去了;再也不曾遇見。

君子評論這件事說:「發下誓願絕不放棄,來報父、夫之仇,是節的表現;為人作傭,與人雜處,而別人不知道她是女人,是貞的表現。女人的品德,最重要的正是貞與節能夠始終保全到底!像是小娥的品行,可以讓那些違逆道德、紊亂倫常的人心,有所儆惕;可以讓那些守正不阿的君子、孝順父母的婦人,有所鼓勵!」我因為完全了解這件事,解開了謎語,冥冥中暗自相合,也符合人心善惡有報的觀念。知道好事卻不記錄下來,是違背《春秋》的大義,所以我寫了這篇傳記來表揚她。

析評

謝小娥的故事,在俠義類小說中,算是一個異數。首先我們來看什麼是俠?什麼是義?韓非子說:「俠以武犯禁。」他認為所謂的俠,就是憑藉著武力去違反國家法律的人,所以俠是有武力的人,但如果以俠的標準來看小娥,就會發現小娥不像後面兩篇故事當中的聶隱娘或紅綫,擁有高強的武藝(法術),她甚至必須依賴作者李公佐為她解謎，才終於知道殺父、殺夫的仇人是誰，也才有機會為他們報仇。

至於什麼是義呢？簡單來說，義是一種悲憫的胸懷，面對再大的險阻與壓力，「雖千萬人，吾往矣」的道德勇氣。特別是擁有更大能力的人（俠），善用自己的武勇，去救助弱勢。像是虬髯客如果堅持與李世民逐鹿中原，人民勢必陷入更長久的戰爭之中。而他的退讓，展現的就是無比的悲憫情懷；將自己的家產送給李靖，成全李世民，就是善用自己的能力（或武勇），使得李世民早日一統天下，解民於倒懸，不會遭受長年的戰火摧殘。這就是一種「俠之大者」的表現。

小娥從小跟隨父親四處飄泊，在人情世故應對進退方面應該十分熟悉，所以在尋找仇人的那幾年，易容喬裝扮成男性，都沒有發生危險。總算老天有眼，小娥順利到了申蘭家幫傭，小娥沒有沈不住氣，反而是內心激憤、外表柔順，加上能力很好，很快取得申蘭的信任，甚至運用過去的歷練，讓她可以勝任管理申蘭家中的「金帛出入之數」。小娥在申蘭家幫傭，見到家中舊物，不免暗中哭泣，但她一忍再忍，等待最好的時機報仇。事實上，小娥是孤身涉險，深入匪窟，以一弱女子，與一群匪徒周旋，這需要多大的智慧與勇氣！而小娥不但毫無所懼，更是冷靜以對，謹慎小心地等待機會。

果然老天憐憫小娥復仇的決心，所有歹徒聚集在申蘭家，小娥終於可以把握這一次的機會。小娥的報仇，是手刃殺父仇人申蘭，再將殺夫仇人申春鎖在屋內，這在報仇的程度上有所差異，似乎隱含「父母之仇不共戴天，兄弟之仇不反兵」的差異性。不只如此，小娥後來了解這是一群以申蘭、申春為首的強盜集團，如果沒有一舉將他們全部繩之以法，必然會後患無窮。於是小娥很有耐心也十分細心地收集這些黨羽的資料，「蘭、春有黨數十，暗記其名，悉擒就戮」。這個舉動最大的意義，在於小娥雖然是報私仇，卻將這些殺人越貨的匪寇，一舉消滅，免得他們繼續危害社會，傷害更多無辜的百姓，這正是「俠之大者」的作為。

小娥達成了報仇的心願之後，拒絕了豪族的求聘，反而是一心向佛。其實故事對於小娥的年紀，並沒有完整確切的記載。故事一開始，說小娥八歲嫁段居貞，又說她十四歲時，父親與丈夫被殺，經過一年多遇到李公佐，當時是元和八年。一直到元和十二年報了仇，估算下來小娥差不多二十歲，的確還很年輕。但可能是親人不在了，紅塵沒有什麼可資留戀，自然會走上這一條路。另外，本篇作者李公佐還有一篇作品〈南柯太守傳〉，同樣摻雜了一些佛道思想，或許這是作者個人的偏好。否則的話，故事是可以在小娥復仇完畢之後就結束。當然，作者的目的，是為了強調這個故事是他親自參與的，真實性與可信度不容懷疑，其實這是唐人傳奇作者群共同的筆法，總是刻意強化這種說法，一般讀者倒是不必全然相信。

小說中，「報恩」與「報仇」是兩個很重要的主題，「報」一向是中國人十分重視的觀念，例如我們說：「受人點水之恩，當湧泉以報。」又說：「施恩不忘報。」在故事中，小娥經過李公佐的解謎，知道了殺父、殺夫仇人的姓名，最後也報了仇。至於報恩的部份，小娥報仇、獲赦、返鄉、出家之後，見到李公佐時，就對著李公佐說：「使我獲報家仇，得雪冤恥，是判官恩德也。」等到小娥說完整個復仇的經過，又對李公佐說：「報判官恩，當有日矣。豈徒然哉！」小娥如何報恩，雖然說得不清楚，但是出家修行、終日誦佛之際，也為李公佐祈福，應該就是小娥報恩的方式了。

李公佐在最後的結論裡，稱讚小娥：「誓志不捨，復父夫之讎，節也；傭保雜處，不知女人，貞也；女子之行，唯貞與節能終始全之而已。」李公佐的評論，多少存留了過度強調女子貞節美德的傳統觀念，恐怕與現今的價值觀有所不同。事實上，與其說復仇是「節」的表現，不如說是「義」；而讓盜賊一舉就擒，不再為害他人，這是儒家所說的「仁」；手刃仇人，則是「勇」；女扮男裝，傭保江湖而不被發現，這是「智」的展現。

小娥即使沒有武藝，但相較於紅綫、聶隱娘，在智、仁、勇、義的表現，不但毫不遜色，甚至顯得更加可貴。

問題與討論

一、俠義的義如何解釋？

二、小娥報仇經歷重重困難才完成，你可以舉出兩個困難加以說明嗎？

三、小娥在仇人家中，看到自家「舊物」，有什麼反應？

四、小娥報仇完畢時大約幾歲？為什麼選擇出家？

五、小娥表現出的「俠之大者」是什麼事情？為什麼會說它是「俠之大者」？

六、李公佐稱讚小娥的表現是貞與節，你有什麼看法？

紅綫

袁郊

導讀

本篇可說是唐人俠義類小說的代表作之一。內容大致敘述紅綫為自己的主人排解困難的經過。通常俠義小說的出現乃至大受歡迎，往往是因為社會環境較黑暗，人們無法從法律上得到應有的保障，為了逃避現實，於是盼望一些除暴安良的俠客出現，為百姓伸張正義。

比較特別的是，小說的主角是一位女性，比起一般的文學作品中，女性都是柔弱溫順的形象大不相同，似乎多少可以為傳統的女性揚眉吐氣一番。

不過，這些俠義之士經常棲身於達官貴人之家，他們的所作所為，有時候與後世武俠小說中的「俠」難免有一段距離。而且在「有恩報恩，有仇報仇」以及「快義恩仇」之際，是不是真的合「義」，也是應該注意的問題。

課文與注釋

知音識人，十分聰慧。

紅綫，潞州❶節度使薛嵩青衣。善彈阮❷，又通經史，嵩遣掌牋表，號曰「內記室❸」。時軍中大宴，紅綫謂嵩曰：「羯鼓❹之音調頗悲，其擊者必有事也。」嵩亦明

❶潞州：也稱上黨郡，約在今山西、河北一帶。

❷阮：「阮咸」的簡稱，類似琵琶的樂器，正圓形，如月琴，有三弦、四弦兩種，又有大、中、小阮之別。

曉音律，曰：「如汝所言。」乃召而問之，云：「某妻昨夜亡，不敢乞假。」嵩遽遣放歸。

時至德❺之後，兩河未寧，初置昭義軍❻，以滏陽為鎮，命嵩固守，控壓山東。殺傷之餘，軍府草創。朝廷復遣嵩女嫁魏博節度使田承嗣男，男娶滑臺節度使令狐彰女；三鎮互為姻婭❼，人使日浹往來❽。而田承嗣常患熱毒風，遇夏增劇。每曰：「我若移鎮山東，納其涼冷，可緩數年之命。」乃募軍中武勇十倍者得三千人，號「外宅男」，而厚恤養之。常令三百人夜直❾州宅。卜選良日，將遷潞州。

嵩聞之，日夜憂悶，咄咄❿自語，計無所出。時夜漏將傳⓫，轅門已閉，杖策庭

❸內記室：猶言私人秘書。
❹羯鼓：打擊樂器的一種，羯族所製，因名，唐代十分盛行。
❺至德：唐肅宗的年號（西元七五六——七五七年）。
❻昭義軍：即昭義軍節度使，治潞、澤、邢、沼、磁五州。
❼姻婭：女婿之父為姻，兩婿互稱為婭。此泛指親戚。
❽日浹往來：指時常往來。浹，一周。
❾直：值班守護。
❿咄咄：指唉聲嘆氣。
⓫夜漏將傳：將要起更的時候。漏，計時器，泛指更點。

觀察入微

頗有自信

自負

略有矜伐之意

紅綫自述經過

除⑫，唯紅綫從行。紅綫曰：「主自一月，不遑寢食，意有所屬，豈非鄰境乎？」嵩曰：「事繫安危，非汝能料。」紅綫曰：「某雖賤品，亦有解主憂者。」嵩乃具告其事，曰：「我承祖父遺業，受國家重恩，一旦失其疆土，即數百年勳業盡矣。」紅綫曰：「易爾，不足勞主憂。乞放某一到魏郡，看其形勢，覘其有無。今一更首途，三更可以復命。請先定一走馬，兼具寒暄書，其他即俟某卻迴也。」

嵩大驚曰：「不知汝是異人，我之暗也。然事若不濟，反速其禍，奈何？」紅綫曰：「某之行，無不濟者。」乃入閨房，飾其行具。梳烏蠻髻⑬，攢⑭金鳳釵，衣紫繡短袍，繫青絲輕屨。胸前佩龍文匕首，額上書太乙神⑮名。再拜而行，倏忽不見。嵩乃返身閉戶，背燭危坐。常時飲酒，不過數合，是夕舉觴十餘不醉。忽聞曉角⑯吟風，一葉墜露，驚而試問，即紅綫迴矣。嵩喜而慰問曰：「事諧否？」曰：「不敢辱命。」又問曰：「無傷殺否？」曰：「不至是。但取床頭金合為信耳。」

紅綫曰：「某子夜前三刻，即到魏郡，凡歷數門，遂及寢所。聞外宅男止於房廊，

⑫除：臺階。
⑬烏蠻髻：烏蠻，西南少數民族之一。
⑭攢：本意為積聚，此指插上髮簪。
⑮太乙神：道教傳說中的北極神祇。
⑯曉角：軍中破曉時吹的號角。

睡聲雷動。見中軍士卒，步於庭廡，傳呼風生。某發其左扉，抵其寢帳。見田親家翁止於帳內，鼓趺⑰酣眠，頭枕文犀⑱，髻包黃縠⑲，枕前露一七星劍。劍前仰開一金合，合內書生身甲子與北斗神名⑳；復有名香美珍，散覆其上。揚威玉帳㉑，但期心豁於生前；同夢蘭堂，不覺命懸於手下。寧勞擒縱，只益傷嗟。時則蠟炬光凝，爐香燼煨，侍人四布，兵器森羅㉒。或頭觸屏風，鼾而嚲㉓者；或手持巾拂，寢而伸者。某拔其簪珥，縻其襦裳㉔，如病如昏，皆不能寤；遂持金合以歸。既出魏城西門，將行二百里，見銅臺高揭㉕，而漳水東注；晨飆動野，斜月在林。憤往喜還，頓忘於行役㉖；感知酬德，聊副於心期㉗。所以夜漏三時，往返七百里；入危邦，道經五六城；

⑰鼓趺：彎腿翹腳。趺，音ㄈㄨ。
⑱文犀：犀牛皮枕頭。
⑲黃縠：黃色縐紗作的頭巾。
⑳生身甲子與北斗神名：生身甲子即生辰八字。北斗神名，道教以為南斗注生，北斗注死，所有祈求，皆向北斗。
㉑玉帳：將帥帳幕的美稱。
㉒森羅：森然羅列。
㉓嚲：垂下。音ㄉㄨㄛˇ。
㉔縻其襦裳：把他們的衣裳繫在一起。
㉕銅臺高揭：銅臺，銅雀臺，三國時曹操所建。高揭，巍然矗立。
㉖頓忘於行役：一下子就忘記途中奔走的辛勞。

不敢言苦，正是言其苦。

冀滅主憂，敢言其苦？」

嵩乃發使遣承嗣書曰：「昨夜有客從魏中來，云：自元帥頭邊獲一金合。不敢留駐，謹卻封納。」專使星馳㉘，夜半方到。見搜捕金合，一軍憂疑。使者以馬撾㉙扣門，非時請見。承嗣遽出，以金合授之。捧承之時，驚怛㉚絕倒。遂駐使者止於宅中，狎以宴私，多其賜賚㉛。

明日遣使齎繒帛三萬匹、名馬二百匹，他物稱是，以獻於嵩曰：「某之首領，繫在恩私。便宜知過自新，不復更貽伊戚。專膺指使，敢議姻親㉜。役當奉轂後車㉝，來則揮鞭前馬。所置紀綱僕㉞號為外宅男者，本防它盜，亦非異圖。今並脫其甲裳，放歸田畝矣。」由是一兩月內，河北河南，人使交至。

㉗聊副於心期：姑且算是愜合了心願。

㉘星馳：飛奔之狀。

㉙馬撾：馬鞭。撾，音ㄓㄨㄚ。

㉚驚怛：驚訝至極。怛，音ㄉㄚˊ。

㉛賜賚：賞賜。賚，賜予，音ㄐㄧ。

㉜專膺指使二句：只希望接受使喚，不敢再以姻親的關係平等相待。膺，受也。

㉝役當奉轂後車：車遇險阻時，從者捧轂而過；這一句的意思是：有事出行，跟在車後照料、侍奉。奉，同捧。轂，車軸。

㉞紀綱僕：春秋時，秦穆公送晉文公重耳自秦歸國，特別派遣三千人護衛，照料門戶等服役之事，稱為紀綱之僕，後為僕人的通稱。

前世之說，過於玄奇。

忽一日，紅綫辭去。嵩曰：「汝生我家，而今欲安往？又方賴汝，豈可議行？」紅綫曰：「某前世本男子，歷江湖間，讀神農藥書，救世人災患。時里有孕婦，忽患蠱癥㉟。某以芫花㊱酒下之，婦人與腹中二子俱斃。是某一舉殺三人。陰司見誅，降為女子，使身居賤隸，而氣稟賊星㊲。所幸生於公家，今十九年矣。身厭羅綺㊳，口窮甘鮮，寵待有加，榮亦至矣。況國家建極㊴，慶且無疆。此輩背違天理，當盡弭患。昨往魏郡，以示報恩。兩地保其城池，萬人全其性命，使亂臣知懼，烈士安謀㊵。某一婦人，功亦不小，因可贖其前罪，還其本身。便當遁跡塵中，棲心物外㊶，澄清一氣，生死長存。」

嵩曰：「不然，遺爾千金為居山之所。」紅綫曰：「事關來世，安可預謀。」嵩知不可駐，乃廣為餞別；悉集賓客，夜宴中堂。嵩以歌送紅綫，請座客冷朝陽為詞曰：

㉟蠱癥：腹內生蟲的病。蠱，腹中蟲。

㊱芫花：開紫色小花的落葉灌木，高三四尺，有毒。將芫花煮後投入水中，魚就毒死浮出，所以又叫「魚毒」。

㊲賊星：紅綫盜金盒是一種偷竊的行為，所以說是氣稟賊星。

㊳身厭羅綺：穿夠了羅綺。厭，同饜，滿足。

㊴建極：建國的規模。

㊵安謀：安份守己，不生異心。

㊶棲心物外：摒除世俗之心。棲，寄託。物外，世俗事務之外。

「採菱歌怨木蘭舟，送別魂消百尺樓。還似洛妃乘霧去，碧天無際水長流。」歌畢，嵩不勝悲。紅綫拜且泣，因偽醉離席，遂亡其所在。

譯文

紅綫是潞州節度使薛嵩的婢女，擅長彈奏阮咸，精通經書史籍，薛嵩派她掌管書信章表，稱她為「內記室」。有一次，軍中舉行盛大的宴會，紅綫對薛嵩說：「羯鼓的音調聽起來很悲傷，那個打鼓的人一定發生什麼不幸的事情！」薛嵩也是通曉音律的人，說：「正如妳所說。」就召了打鼓的人來問，打鼓的人說：「小人的妻子昨夜死了，卻不敢請假。」薛嵩立刻放他回去料理喪事。

當時是肅宗至德年後，黃河南北在安祿山作亂後，尚未寧定，朝廷於是設置了昭義軍區，以滏陽作為節度使駐地，命令薛嵩固守，控制壓服太行山以東。戰亂初平，昭義軍府也在草創時期。朝廷又命令薛嵩，把女兒嫁給魏博節度使田承嗣的兒子，同時薛嵩的兒子，也娶了滑州節度使令狐彰的女兒，三個大鎮互相結為親家，使者時常往來。而田承嗣一向患有熱毒風症，到了夏天就更劇烈。他常常說：「我要是移鎮到潞州作節度使，享受它的涼快天氣，就可以延長幾年的壽命了！」於是募集了軍隊中，勇敢威武勝過常人十倍的三千兵士，稱作「外宅男」，優厚的供養他們。每天調派其中的三百人，在晚上值班守護住宅。他決定選個好日子，就要向西邊去吞併潞州。

薛嵩得到這個消息，日夜憂心煩悶，嘴裏只是唉聲嘆氣，而說不出話，也想不出個法子。這天晚上，快要起更的時候，軍營的轅門已關，他拿著枴杖在庭院中踱著，只有紅綫跟在身邊。紅綫說：「主人從上個月來，不想睡，不想吃，心裏有事，難道是為了鄰近大鎮的事嗎？」薛嵩說：「這件事關係到潞州的安危存亡，不是妳能夠知道的！」紅綫說：「我雖然是個卑賤的人，但說不定也有解除主人憂慮的方法！」薛嵩就告訴她全部的消息，說：「我繼承祖父遺留的功業，身受國家重大的恩典，一旦失去了應守的土地，那麼幾百年的功勳事業就全完了。」

紅綫說：「這個容易，不值得主人憂心的。請讓我到魏博郡去一下，看看那裏的形勢，察驗有沒有準備出兵。我現在一更動身出發，三更就可以回來報告了。請您先安排一個騎馬的使者，並且寫一封問候的信，其餘的就等我回來再說吧！」

薛嵩大吃一驚說：「不知道妳是個奇特的人，是我太愚昧了。不過如果事情不能成功，反而加快災禍的到來，那怎麼辦呢？」紅綫說：「我這一去，沒有不成功的事。」說完就進入閨房去準備要用的東西。她頭梳烏蠻髻，髮插金鳳釵，身穿紫色刺繡的短袍，腳繫青絲綢面的輕便鞋子，胸前佩掛一把龍紋匕首，頭額上寫著太乙神的名字。裝束完畢，對著薛嵩拜了兩拜，才離開，一下子就不見蹤影了。薛嵩就回到房裏，關起門來，背對燭光獨自端坐。平常喝酒，只能喝個幾杯，這一晚，卻連喝十多杯也還不醉。忽然間聽到黎明的號角聲在風中響起，草葉上的一顆露水滴落，他驚跳起來，出聲詢問，原來是紅綫回來了。薛嵩非常高興，慰勞一番才問：「事情成功了嗎？」紅綫說：「不敢有辱您的使命。」薛嵩又問：「沒有殺傷人吧？」紅綫回答說：「不至於這樣，只是取回床頭的金盒作為信物罷了。」

紅綫說：「我在子時三刻就到了魏博郡，總共經過了好幾道門，才到臥房的所在。聽到外宅男留在外邊的廂房裏，鼾聲像雷一樣大。又看到中軍的巡邏士兵，在庭院走廊來回的走著，不停地相互傳呼。我打開了左邊的門，進入他的臥帳裏。看到田親家翁正在帳裏，彎著腿、翹起了腳，沉睡著，頭枕著刻有犀牛紋的枕頭，又用黃紗綢包著髮髻，枕頭前露出一把七星劍，劍前頭有一個打開來的金盒子，盒子裏寫著出生的年月日、時辰，還有北斗神的名字，又有名貴的香料與稀奇的珍寶，散放在裏面。在玉帳裏揚威，只希望活著時心情開朗；在蘭堂酣睡，卻沒有想到生命操在我的手下。哪裏需要勞動大軍來擒抓？只是徒增我的感慨罷了！這時燭光凝成一團，爐香就快燒盡了，侍衛及婢女散布四周，兵戈劍戟十分嚴密。有的頭靠屏風，垂頭打呼；有的手拿毛巾、拂塵，睡著伸懶腰。我拔下她們的簪子耳環，把他們的衣帶綁在一起，他們像是生病，又像是昏迷著，沒有醒過來。於是我拿著金盒子回來。出了魏博郡的西門，走了兩百里，看到遠處銅雀臺高高的矗立著，而漳水滔滔的向東流。清晨的狂風吹動了原野，西斜的明月落到林梢。我滿懷憂慮前往，歡歡喜喜回來，頓時忘了奔走的勞累。感謝您的知遇，回報您的恩德，總算完成了這個心願。所以在三個時辰裏，來回奔跑七百里，進入危機重重的境地，經過了五六個城市，希望減輕您的憂慮，哪敢說到自己的辛苦？」

薛嵩就派遣使者送了一封信給田承嗣，說：「昨天夜裏有個客人從魏博郡來，說是從元帥的枕頭邊，得到一個金盒。我不敢留著，就恭敬的封好，派人送還！」使者連夜奔往，到第二天夜半時，才到達魏博郡。只見到處都在搜捕偷盜金盒的人，所有的軍士既憂且疑。使者用馬鞭敲門，說要緊急求見。田承嗣出來接見，使者就將金盒交還。田承嗣拿到金盒時，驚訝得跌坐在地。於是安置使者在宅第裏，擺宴款待，賞賜了許多東西。

第二天，田承嗣派了使者，帶著絲帛三萬匹、名馬兩百匹，還有其他同等價值的物品，獻給薛嵩，說：「我的生死，掌握在您的手中。早就應該知道自己的過錯而悔改，不再自尋煩惱。一心服從您的指揮命令，哪敢再提什麼親戚關係。在您有事出行時，跟在車後侍奉著；大駕光臨魏博時，則是揮著鞭子，在馬前開道。我所編制的僕人，稱作外宅男的，本來為了防衛其他的盜賊，也沒有其他的意圖。現在完全解除他們的武裝，遣送回去耕田了。」從此一、兩個月內，河南河北的使者，紛紛來到，表示臣服。

有一天，紅綫突然向薛嵩告辭，要離去了。薛嵩說：「妳原來生長在我家，現在要到哪裏去呢？正要仰賴妳的才能，怎麼可以說要走呢？」紅綫說：「我前世本來是個男人，在江湖間遊歷，讀過神農氏的藥書，想要拯救世人脫離病苦。當時里中有個孕婦，忽然腹內生蠱蟲，我用芫花酒替她打蟲，結果孕婦與肚子裏的兩個胎兒都死了，是我一次殺了三個人。在陰府被責罰，這輩子降生為女人，並且成為卑賤的奴僕，而又命帶賊星；很幸運的生在您的家裏，到現在十九年了，身上穿夠了綢緞，口中吃盡了美味，得到您的寵愛厚待，可以說是非常光彩了。何況國家現在政治很上軌道，將會有無窮的歡慶。這些叛將違背天理，應當會被全部消滅。我前幾天到魏博去，只是為了報答您的大恩；現在兩處都能保全城池，萬民保全了生命，使亂臣害怕得不敢妄動，將士們安份守己，不生異念。我雖然是一個婦人，功勞也不算小了。足夠贖回以前的罪過，恢復我本來的面目。從此就要離開人世，摒除俗念，養性煉氣，長生不老。」

薛嵩說：「如果妳不願意留下來，那我送妳千金，作為妳在山上修煉的費用。」紅綫說：「這種事情關係到來生，怎麼能夠預作安排呢？」薛嵩心知再也留不住了，就大設宴席為紅綫餞別，召集了所有的賓客。當天晚上，在中堂飲宴。薛嵩做了一首歌送別紅綫，請座中客人冷朝陽作詞，他唱：「採菱歌怨木蘭舟，送別魂消百尺樓。還似洛妃乘霧去，碧天無際水長流。」唱完了，薛嵩非常悲傷。紅綫也哭泣拜謝，就假裝喝醉，離開了宴席，從此不知到哪兒去了。

參考文獻

楚偷

淮南子・道應訓

楚將子發，好求技道之士。士有術者，無不養。楚市有善偷者往見，曰：「聞君求技道之士，臣，楚市偷也。願以技，該一卒。」

子發聞之，衣不給帶，冠不暇正，出見而禮之。左右諫曰：「偷者，天下之盜也，何為禮之？」君曰：「此非左右所得與！」後無幾何，齊興兵伐楚，子發將師以當之，兵三卻。楚賢良大夫，皆盡其計而悉其誠；齊師愈強。

於是，市偷進請曰：「臣有薄技，願為君行之。」子發曰：「諾。」不問其辭而遣之。偷即夜出，解齊將軍之幬帳而獻之子發；子發因使人歸之，曰：「卒有出薪者，得將軍之帳，使使歸之於執事。」

明夕，復往取其枕，子發又使人歸之。

明夕，又復往，取其簪；子發又使歸之。

齊師聞之，大駭。將軍與軍吏謀曰：「今日不去，楚君恐取吾頭矣！」即旋師而去。

析評

紅綫的故事大致可以分成四個段落：在紅綫初登場，聽出擊鼓之人有事，到紅綫自告奮勇為薛嵩解憂是第一段落。從薛嵩大驚，不知紅綫是異人，到紅綫盜盒歸來是第二段落。從薛嵩派遣使者，到田承嗣回應賠罪是第三段落。第四段落是紅綫辭去到結束。

本篇故事的情節十分奇特，唐人小說又名「傳奇」，以這篇小說而言，就很具有「傳奇」的特色。紅綫的前世是男子，只因為在不小心的情況下，救人變成殺人，才會遭到天譴，轉世為女子，而且是身份低微、侍候別人的婢女。這種輪迴轉世的說法，是小說中的第一奇。靠著「額上書太乙神名」的法術，能夠在一夜之間，往返七百里。這種日行百里的神技，是小說中的第二奇。到達敵營，她不但偷走寫了「生身甲子與北斗神名」的盒子，還有些頑皮、有些炫技地將一些打瞌睡的人「拔其簪珥，縻其襦裳」，別人卻渾然不覺。這種神出鬼沒的能力，是小說中的第三奇。一則報恩，一則使「兩地保其城池，萬人全其性命」，就能「贖其前罪，還其本身」。這種善有善報、惡有惡報觀念的具體落實，是小說中的第四奇。婉拒薛嵩的安排，自行離去，絕不貪功近利，並且說「事關來世，安可預謀」，在積極中又有一分灑脫。這種功成不居、但憑個人修行努力的心態，是小說中的第五奇。有這五奇，使得本篇小說可說是高潮迭起、扣人心絃！

故事中的薛嵩，其實沒有什麼才能。紅綫聽出羯鼓的音調悲傷，而告訴薛嵩，擊鼓的士兵有心事。薛嵩說是「明曉音律」，卻很有可能只是附合紅綫的說法。如果紅綫沒有提起，薛嵩或許沒察覺，或許也不會進一步處理，召問擊鼓士兵並且讓他返家處理妻子後事。等到薛嵩為了田承嗣的威脅而寢食難安，紅綫主動關心詢問，薛嵩一開始的態度，也是一句「非汝能料」加以拒絕。紅綫主動請命時，薛嵩十分驚訝的說：「不知汝是異人，我之暗也。然事若不濟，反速其禍，奈何？」從這裡一方面可以看出：紅綫平日應該是很低調，也很會隱藏實力，但確實也顯示了薛嵩沒有什麼識人之明。畢竟紅綫擔任「內記室」的工作，是薛嵩貼身的祕書，所以才會在晚上隨行在側。這樣一位身懷絕技的奇人，薛嵩卻毫無所覺，假設紅綫是對敵所派來的人，薛嵩豈不是早就死了？

小說中偷盜金盒的情節，來自《淮南子》書中的「楚偷」。關於這一點，王夢鷗先生的著作中，說得很清楚，可以增加我們閱讀本篇的深度。不過，在主題上，藩鎮之間的相互暗殺，平實地說，沒有絕對的正邪是非，而是取決於雙方的實力。換句話說，如果今天田承嗣府中另有高人，恐怕故事人物之間的曲直，就更形複雜了。簡單地說，紅綫的作法固然是「兩帥相鬥，各為其主」，在形勢上不得不然的結果，但是真正循名覈實，紅綫的貢獻，不在為主解憂，而是一如她自己說的，使得兩地人民免於戰爭的威脅，消弭了一場可能發生的浩劫。

至於人物的塑造方面，紅綫其實是個細心、謹慎又帶點自負性格的人。說她細心，主要表現在她能夠聽出擊鼓者必有事，以及揣摩主人「意有所屬，豈非鄰境？」的煩憂。謹慎的特徵是在她只取回金盒，不亂傷人，為兩地的和平盡心盡力。而自負的地方則是斷然告訴薛嵩：「某之行，無不濟者。」不過，作者似乎不曾刻意描寫紅綫的外貌，所以她既不像紅拂「有殊色」、「肌膚、儀狀、言詞、氣性，真天人也」，也不像謝小娥「厚貌深辭，聰敏端特」，倒是與下一篇的聶隱娘比較相近。

另一點，本篇內容有些偏好使用對話，而不是作者的客觀敘述。例如紅綫盜盒的那一段，全部經由紅綫自己說出來，也與一般的寫法不太一樣。我們姑且不說紅綫是否有自我吹噓的嫌疑，但作者應該是有意突顯這件事情的神奇、不容易，所以才會轉換敘述人稱。也就是由一般的第三人稱，改為當事人的第一人稱。這種敘事手法的轉變，值得我們特別注意。嚴格來說，由當事人自己說出事情的經過，已經加入了敘事者（即當事人）的主觀意識，對於細節的描寫會更多，製造了第一手資料的印象，可以增加讀者對這位人物的印象，也使得敘述的內容更可信。作者在這部分，使用的手法算是相當成功。

最後，有關紅綫「額上書太乙神名……夜漏三時，往返七百里」。這種本領，後來在《水滸傳》中出現的人物「神行太保戴宗」，只要把四個甲馬（紙制的神符）拴在腿上，便能日行八百里。相當程度是承襲了紅綫的原型。這種日行數百里的本事，也是許多故事中喜歡使用的原型，應該要為「紅綫」記上一筆。

問題與討論

一、薛嵩面對什麼危機而日夜憂悶？
二、紅綫整裝出發前往盜盒時，作何裝扮？
三、紅綫盜盒過程中，看到的「侍人」都在做什麼？她又對這些人做了什麼？
四、薛嵩送回金盒之後，田承嗣有什麼反應？
五、紅綫自述自己的前世發生了什麼事？
六、紅綫盜盒最大的功勞是什麼？

聶隱娘

裴鉶

導讀

本篇也是俠義小說中的名篇。聶隱娘從小被一位女尼帶走，經過五年的習藝，返家後成為一位特立獨行的俠女，後來幫助劉昌裔躲過一場殺身之禍。

小說中提到的女尼、精精兒、妙手空空兒，在後代的武俠小說中，都可以找到類似的人物，由此可見此篇小說對後世的影響。

作者裴鉶，編撰了一部書，書名就稱作《傳奇》，本篇小說即為其中的一篇，後來，大家就以「傳奇」泛稱唐人小說。

課文與注釋

聶隱娘者，唐貞元中魏博大將聶鋒之女也。年方十歲，有尼乞食於鋒舍，見隱娘，悅之，云：「問押衙❶乞取此女教。」鋒大怒，叱尼。尼曰：「任押衙鐵櫃中盛，亦須偷去矣。」及夜，果失隱娘所向。鋒大驚駭，令人搜尋，曾無影響❷。父母每思之，

後代小說，常以女尼作為典型人物。

❶押衙：唐、宋時官名，管領儀仗侍衛。

❷曾無影響：一點消息也沒有。

相對涕泣而已。

後五年，尼送隱娘歸，告鋒曰：「教已成矣，子卻領取。」尼歘亦不見。一家悲喜，問其所學。曰：「初但讀經念咒，餘無他也。」鋒不信，懇詰。隱娘曰：「真說又恐不信，如何？」鋒曰：「但真說之。」隱娘曰：「初被尼挈❸，不知行幾里。及明，至大石穴之嵌空，數十步寂無居人。猿狖❹極多，松蘿益邃。已有二女，亦各十歲。皆聰明婉麗，不食，能於峭壁上飛走，若捷猱❺登木，無有蹶失❻。尼與我藥一粒，兼令長執寶劍一口，長二尺許，鋒利吹毛❼，令剸逐❽二女攀緣，漸覺身輕如風。一年後，刺猿狖百無一失；後刺虎豹，皆決❾其首而歸；三年後能飛，使刺鷹隼❿，無不中。劍之刃漸減五寸，飛禽遇之，不知其來也。至四年，留二女守穴，挈我於都

❸挈：帶著。
❹狖：猴類的野獸。
❺猱：猿類。
❻蹶失：失足跌倒。
❼吹毛：吹毛可斷，比喻十分鋒利。
❽剸逐：專事追隨二女攀緣。
❾決：斷。
❿隼：即鶚，兇猛善飛，音ㄙㄨㄣˇ。

女尼之是非，加諸隱娘身上。

未免過於冷酷

聶鋒對隱娘，只有恐懼，而無慈愛之情。

市，不知何處也。指其人者，一一數其過，曰：『為我刺其首來，無使知覺。定其膽，若飛鳥之容易也。』受以羊角匕首，刀廣三寸，遂白日刺其人於都市，人莫能見。以首入囊，返主人舍，以藥化之為水。五年，又曰：『某大僚有罪，無故害人若干，夜可入其室，決其首來。』又攜匕首入室，度其門隙無有障礙，伏之樑上。至暝，持得其首而歸。尼大怒曰：『何太晚如是？』某云：『見前人戲弄一兒，可愛，未忍便下手。』尼叱曰：『已後遇此輩，先斷其所愛，然後決之。』某拜謝。尼曰：『吾為汝開腦後，藏匕首而無所傷，用即抽之。』曰：『汝術已成，可歸家。』遂送還，云：『後二十年，方可一見。』』

鋒聞語甚懼。後遇夜即失蹤，及明而返。鋒已不敢詰之。因茲亦不甚憐愛。忽值磨鏡⓫少年及門，女曰：「此人可與我為夫。」白父，父不敢不從，遂嫁之。其夫但能淬鏡，餘無他能。父乃給衣食甚豐。外室而居。數年後，父卒。魏帥稍知其異，遂以金帛署為左右吏。如此又數年。

至元和間，魏帥與陳許節度使劉昌裔不協，使隱娘賊其首。隱娘辭帥之許。劉能神算，已知其來。召衙將，令來日早至城北，候一丈夫、一女子各跨白黑衛⓬，至門，

⓫磨鏡：古人以銅為鏡，日久發黯，必須磨亮才能使用。

⓬衛：驢子的別稱。

遇有鵲前噪，丈夫以弓彈之不中，妻奪夫彈，一丸而斃鵲者，揖之云：「吾欲相見，故遠相祗迎⑬也。」衙將受約束，遇之。隱娘夫妻曰：「劉僕射果神人。不然者，何以洞⑭吾也。願見劉公。」劉勞之。隱娘夫妻拜曰：「合負⑮僕射萬死。」劉曰：「不然，各親其主，人之常事。魏今與許何異。願請留此，勿相疑也。」隱娘謝曰：「僕射左右無人，願捨彼而就此，服公神明也。」知魏帥之不及劉。劉問其所須。曰：「每日只要錢二百文足矣。」乃依所請。忽不見二衛所之。劉使人尋之，不知所向。後潛收布囊中，見二紙衛，一黑一白。

後月餘，白劉曰：「彼未知住⑯，必使人繼至。今宵請剪髮，繫之以紅綃，送於魏帥枕前，以表不迴。」劉聽之。至四更，卻返曰：「送其信了。後夜必使精精兒來殺某及賊僕射之首。此時亦萬計殺之。乞不憂耳。」劉豁達大度⑰，亦無畏色。

是夜明燭，半宵之後，果有二幡子⑱，一紅一白，飄飄然如相擊於床四隅。良久，

各親其主，意謂沒有是非，只有強弱之分。

剪髮之象徵意義

白者當為隱娘

⑬祗迎：敬迎。
⑭洞：通徹了解。
⑮合負：實在是對不起。合，應當。
⑯住：住手、收手。
⑰豁達大度：胸懷坦蕩，度量寬大。
⑱幡子：旗幟。

的確有武林宗師風範

見一人望空而踣，身首異處。隱娘亦出，曰：「精精兒已斃。」拽出於堂之下，以藥化為水，毛髮不存矣。隱娘曰：「後夜當使妙手空空兒繼至。空空兒之神術，人莫能窺其用，鬼莫得躡其蹤，能從空虛而入冥，善無形而滅影。隱娘之藝，故不能造其境。此即繫僕射之福耳。但以于闐玉周其頸，擁以衾，隱娘當化為蠛蠓⑲，潛入僕射腸中聽伺，其餘無逃避處。」劉如言。至三更，瞑目未熟，果聞項⑳上鏗然，聲甚厲。隱娘自劉口中躍出，賀曰：「僕射無患矣。此人如俊鶻㉑，一搏不中，即翩然㉒遠逝，恥其不中，才未逾一更，已千里矣。」後視其玉，果有匕首劃處，痕逾數分。自此劉轉厚禮之。

自元和八年，劉自許入覲，隱娘不願從焉。云：「自此尋山水訪至人㉓。」但乞一虛給㉔與其夫。劉如約，後漸不知所之。及劉薨於統軍，隱娘亦鞭驢而一至京師柩前，慟哭而去。

⑲蠛蠓：一種比蚊子還小、色白而頭有黑毛的飛蟲。
⑳項：脖子。
㉑俊鶻：迅疾的鷹隼。
㉒翩然：飄忽輕捷的樣子。
㉓至人：得道的高人。
㉔虛給：拿乾薪的掛名差事。

開成年，昌裔子縱除陵州刺史，至蜀棧道，遇隱娘，貌若當時。甚喜相見，依前跨白衛如故。語縱曰：「郎君大災，不合適此。」出藥一粒，令縱吞之。云：「來年火急拋官歸洛，方脫此禍。吾藥力只保一年患耳。」縱亦不甚信。遺其繒綵，隱娘一無所受，但沉醉而去。

後一年，縱不休官，果卒於陵州。自此無復有人見隱娘矣。

譯文

聶隱娘是唐德宗貞元年間河北魏博鎮的大將聶鋒的女兒。當她才十歲的時候，有一天，一個尼姑到聶鋒家來乞討食物，看到了隱娘，心裏非常喜歡，就告訴聶鋒說：「我要向將軍乞討這個女孩回去教導！」聶鋒十分生氣，大聲喝斥尼姑。尼姑說：「任憑將軍把女兒藏在鐵櫃中，我也一定要偷走的。」到了晚上，果然不見隱娘到哪去了。聶鋒大為驚嚇，派人到處搜索尋找，卻沒有半點消息。夫妻兩人每一想起女兒，只有相對哭泣而已。

過了五年，尼姑送隱娘回來，她告訴聶鋒說：「教導已經完成了，你領回去吧！」說完就突然消失了。全家人又悲又喜，問隱娘學了些什麼。隱娘回答說：「最初只是讀讀佛經，唸唸咒語，其他也沒有什麼。」聶鋒不肯相信，一再苦苦的追問。隱娘說：「說了真話，恐怕你們不會相信，那有什麼用？」聶鋒說：「只管說真話好了！」隱娘說：「隱娘最初被尼姑抱走，不知道走了多少里。到了天亮時，走到一個挖空的大山洞裏，幾十步內，寂靜沒有人居住。山上有很多猿猴，松樹女蘿茂盛，顯得更加深邃。裏面已經有兩個女孩，各自十歲左右，都是聰明又美麗。她們不吃任何食物，能夠在峭壁上飛來跳去，就像是矯健的猴子爬樹一樣，從來沒有失足跌下來過。尼姑給了我一粒藥丸吞下去，又要我拿著一把兩尺多長的寶劍，劍刃非常鋒利，吹毛可斷。叫我專門追著那兩個女孩攀登山壁，漸漸覺得身體輕了，像風一樣。一年以後，刺殺猿猴，一百次出手也不會有一次失敗；後來刺殺虎豹等猛獸，都能砍下牠們的頭帶回去。三年以後能夠飛，尼姑叫我追刺天上的鷹隼，也是百發百中。劍刃的長度逐漸五寸五寸的減短，即使是天空中的飛鳥碰到了，也不知道人、劍已經到了身邊。到了第四年，尼姑留下兩個女孩守洞，帶著我到大都市去，也不知道是什麼地方。尼姑指著一個人，一一的數著他的罪過，說：『妳為我砍下他的頭來，不要讓他發覺了。放大膽，就像刺殺飛鳥一樣容易。』就交給我一把羊角形的鋒利匕首，刀身寬三寸。於是在大白天的大街上刺殺那個人，也沒有人能看到。把他的頭裝入囊中，回到住處，用藥把頭化成了水。第五年，某一天尼姑又對我說：『某個大官有罪，無緣無故害死許多人，妳今晚到他家去，砍他的頭回來。』因此又拿了匕首進入他家，毫無阻礙的從門縫中穿進去，埋伏在大樑上面。等到晚上，砍下並拿著他的頭回去。回去時，尼姑很生氣的說：『為什麼這麼晚才回來呢？』我回答說：『我看到他在逗弄一個小孩子，小孩子很可愛，不忍心就此下手。』尼姑聽了，叱罵訓示說：『以後遇到這種人，就先殺掉他所愛的人，然後再砍下他的頭。』我趕緊拜伏謝罪。尼姑說：『我為妳在腦後開了一個孔，可以藏匕首而沒有任何的傷害，要用時就可以抽出來。』又說：『妳的劍術已經學成，可以回家了。』就親自送我回來，又說：『二十年後，才會再見面。』」

聶鋒聽了隱娘的話，非常害怕。以後每到晚上，聶隱娘就失蹤了，到天亮才回來。聶鋒已經不敢再問她，因此也就不怎麼憐愛了。有一天，忽然遇到一個磨鏡為生的少年經過門口，聶隱娘說：「這個人可以做我的丈夫。」就稟告了聶鋒，聶鋒不敢不聽從，於是把她嫁給了磨鏡少年。她這個丈夫只會磨鏡子，沒有其他的才能。聶鋒供給的衣食十分豐厚，聶隱娘和丈夫住在外面。幾年後，聶鋒死了。魏博鎮的統帥約略知道聶隱娘的一些奇異事跡，因此用了金銀財貨收她做部下。就這樣又過了幾年。

到了憲宗元和年間，魏博鎮統帥與陳許節度使劉昌裔不和，派了聶隱娘去砍他的頭。聶隱娘辭別了統帥，往許州去。劉昌裔有神算術，已經知道聶隱娘要來。就召來手下的部將，命令他們某一天早早到城北邊去等候，會有一個男人和一個婦人，各自騎著黑色、白色的驢子，來到城門口，遇見喜鵲在前面叫，男的用彈弓打，沒打中，那個妻子搶下丈夫的彈弓，一彈把喜鵲打死。你們就上前行禮說：「我們的主人想要拜見兩位，所以遠來恭迎大駕。」部將們接受了命令，也碰見了劉昌裔說的所有事情，就上前拜迎。隱娘夫妻說：「劉僕射果然是高明人，不然怎麼能夠洞見我們的來意呢？我們願意拜見劉公。」見了面，劉昌裔慰問他們旅途的辛苦。隱娘夫妻下拜說：「實在是辜負了僕射，罪該萬死！」劉昌裔說：「不是的！各自為主人效力，是平常的事啊！其實魏博現在和陳許有什麼不同？希望你們留在這裏，不要再互相猜疑。」隱娘謝罪說：「僕射的身邊沒有什麼人才，我們願意捨棄魏博的職位，留在這裏。這是心服您的聰明妙算！」知道魏博的統帥比不上劉。劉昌裔問他們需要什麼。隱娘說：「每天只要兩百文錢就夠了。」劉昌裔就依照他們的要求。正說著，忽然就看不見兩隻驢子跑到哪裏去了，劉昌裔派人去找，還是下落不明。事後有人暗中搜索他們的布囊，發現有兩隻紙剪的驢子，一黑一白。

過了一個多月，隱娘告訴劉昌裔說：「魏博的統帥不知道我們留住在這裏，一定會再派人繼續前來。今晚我就剪一綹頭髮，用紅綃繫好，送到他的枕頭前面，表示我們不回去了。」劉昌裔答應了。到了四更，隱娘回來了，她說：「信送出去了。後天晚上，一定會派精精兒來殺我，以及取僕射您的頭。到了這個時候，也只好想盡辦法殺了他。請您不要擔憂。」劉昌裔本來就胸懷坦蕩、度量寬大，也沒有什麼害怕的樣子。

到了當天晚上，派人點亮了房間裏的蠟燭，半夜以後，果然看到兩枝小旗子，一紅一白，飄浮在半空中，好像是在床的四個角互相追逐擊打。過了好久，看見一個人從空中跌下來，身體和頭斷成了兩截。隱娘也出現了，說：「精精兒已經殺死了。」就把屍首拖到大堂之下，用藥化成一灘水，連一點毛髮都不剩。隱娘說：「後天晚上，應該會再派妙手空空兒前來。空空兒的神術，沒有人能夠知道其中的奧妙，鬼神都無法追蹤。他能夠從空虛中進入玄冥的境界，又擅長無形滅影。隱娘的技藝，還沒辦法達到他的境界。這次全靠僕射的福份了。到時儘管用上于闐玉圍住頸子，再用被子蓋住；隱娘會變成一隻蠛蠓，潛入僕射的腸裏，聽候等待變化，其他再也沒有逃避的方法。」劉昌裔聽從她的安排。到了三更時分，劉昌裔閤著眼睛，還沒熟睡，果然聽到頸子上鏗然一聲，聲音非常淒厲。隱娘從他的口中跳出來，祝賀說：「僕射沒有災難了。這個人像神鷹一樣，只要一擊不中，就翩然而去，跑得遠遠的，對他的失手感到極端羞恥。才不到一更的時間，已經跑到千里外了。」後來察看頸子上的于闐玉，果然有一道匕首劃過的痕跡，有好幾分深。從此劉昌裔更加禮重她。

元和八年，劉昌裔要從陳許進京朝見，隱娘不肯同去，她說：「從此以後要到名山大川尋訪高人異士。」只求給他丈夫一個乾薪的掛名差事。劉昌裔如她所請。漸漸不知道隱娘到哪兒去了。等到劉昌裔死在統軍的任上，隱娘也騎著驢子到京師，在靈柩前痛哭一番，又飄然離去。

到文宗開成年間，劉昌裔的兒子劉縱出任陵州刺史，經過四川棧道，遇見了隱娘，容貌還像從前一樣。兩人很高興能夠相見，隱娘仍然騎著從前的那頭白驢，她告訴劉縱說：「公子不久會有大災，不應該到陵州上任。」就拿出一粒藥丸，讓他吞下去，說：「公子明年趕快拋棄官位回到洛陽，才能脫離這場災禍，我的藥力只能保你一年沒事。」劉縱也不十分相信。送了一些上好的五彩綢緞，隱娘一點也不接受，只是痛飲大醉，飄然而去。過了一年，劉縱沒有辭官，果然死在陵州了。從此再也沒有人見到隱娘了。

析評

這一篇故事在結構上，約略可分為三個段落：從聶隱娘被尼姑帶走，到習藝返家、嫁給磨鏡少年是第一段落；接受魏帥指令前往刺殺劉昌裔，到歸順劉昌裔門下是第二段落；幫助劉昌裔躲避殺手刺殺，到故事結束是第三段落。

在人物的塑造上，聶隱娘的形象十分成功。不過才十歲的小女孩，被一位來歷不明的女尼強行擄走，接著是極盡艱難的訓練：學習峭壁上飛走、刺猿狖、刺虎豹、刺鷹隼，最後是殺人斷首，這是武藝方面的訓練。而更重要的似乎還在聽命行事、不帶個人感情的絕對服從。關於女尼塑造隱娘性格，成為無情之人，可以從三件事看出來，包括第一次的殺人：「遂白日刺其人於都市，人莫能見。以首入囊，返主人舍，以藥化之為水」，整個刺殺行動冷血無情、一氣呵成。第二件事是藝成返家之後，隱娘就與父親不再親近，父親對她也是「不甚憐愛」，甚至不敢過問她的行蹤。第三件事是隱娘決定嫁給一個社會地位較低的磨鏡少年，而過程竟然是「忽值磨鏡少年及門」，然後隱娘就對著父親說，這個人可以成為她的丈夫，「父不敢不從，遂嫁之」。

從這三件事可以看出，女尼訓練隱娘成為「無情」的殺手，有一大部份成功。但人性中隱然存在的「有情有義」之心，又似乎是女尼無法使之根除的情感。例如隱娘投靠劉昌裔，幫助劉昌裔避過兩次暗殺，就顯得很有義氣。又如劉昌裔過世，隱娘到京師柩前，慟哭而去；最後還給了劉昌裔的兒子劉縱一顆藥丸，保他一年無害。最重要的一件事，則是隱娘習藝期間單獨「出任務」，要去暗殺某大僚。結果這位大僚在「戲弄一兒，可愛，未忍便下手」，這是隱娘心中原有的仁義（惻隱）之心。試想，隱娘如果就在小兒面前殺死這位大僚，必然會造成小兒一輩子的陰影，這是何其殘忍的作法。然而最讓人意想不到的是，女尼先是責怪隱娘耽誤了回來的時間，後面則直接下令說，以後碰到這樣的事，先是絕斷（殺死）他所愛的人，再殺死本人。坦白說，這樣的命令根本是泯滅人性的行為，不但與一般人認知的「出家人以慈悲為懷」完全相衝突；從「罪不及妻孥」的原則來看，也是說不過去的事。甚至在大僚面前殺死小兒，恐怕比殺死大僚更讓這個大僚痛心絕望吧！也就是說，殺死小兒再殺大僚，等同兩次極刑，這豈是俠義中人所當為？

暗殺大僚的事件，可以說是動搖了聶隱娘「俠女」身份的重要關鍵。甚至，隱娘在故事中聽命殺人，恐怕更像是殺手。在故事中，隱娘三次執行暗殺任務，前兩次是習藝期間接受女尼的指派，第三次則是魏帥派她前去刺殺劉昌裔。前兩次，對於刺殺對象的好壞忠奸，可以說是女尼的「片面之詞」，隱娘沒有拒絕的空間。第三次則根本只是魏帥與劉昌裔的個人恩怨，而且在刺殺劉昌裔的任務之前，幾乎可以猜測隱娘在魏帥麾下的工作，就是暗殺魏帥的敵人。從後文來看，甚至魏帥所豢養的殺手，不只是隱娘一人而已，至少應該還有精精兒、空空兒。

藩鎮豢養殺手，應該不是偶發事件，最有名的是憲宗元和時期，「盜殺宰相武元衡」事件。整個行凶過程可以說是驚心動魄，手法更是凶殘無比。凶手利用武元衡上朝途中埋伏，史書所記：「有暗中叱使滅燭者，導騎訶（呵斥）之，賊射之，中肩。又有匿樹陰突出者，以棓（棒）擊元衡左股。其徒馭已為賊所格奔逸，賊乃持元衡馬，東南行十餘步害之，批其顱骨懷去……時夜漏未盡，陌上多朝騎及行人，鋪卒連呼十餘里，皆云賊殺宰相，聲達朝堂，百官恟恟，未知死者誰也。」在發生這件事之前，武元衡在憲宗的支持下，對於藩鎮採取強硬的立場，使得成德節度使王承宗、淄青節度使李師道十分不滿，才會派了殺手刺殺武元衡。其實殺手擊殺的對象不只武元衡，還包括另一個宰相裴度也在名單當中，史載：「盜三以劍擊度，初斷靴帶，次中背，才絕單衣，後微傷其首，度墮馬。會度帶氈帽，故創不至深。」也就是說，裴度十分幸運，正好頭上戴的是氈帽，才免於一死。

整個刺殺武元衡與裴度的過程，與聶隱娘第一次在大街上殺人，以及第二次刺殺某大僚的情節，甚至是隱娘與精精兒、空空兒暗殺劉昌裔，在許多地方都有相似之處，說穿了，聶隱娘不過是女尼訓練成功的殺手之一。而且聶隱娘習藝返家，「遇夜即失蹤，及明而返」，應該都是出去執行任務，只是這段時間她的任務是由誰指派，故事中沒有敘明。但從她投身魏帥麾下，又銜命前去刺殺劉昌裔，她的身份與工作，應該仍是殺手與暗殺。

本篇最精彩的地方，是聶隱娘與「精精兒」、「妙手空空兒」之間的鬥法。像是精精兒與聶隱娘是「果有二幡子一紅一白，飄飄然如相擊於床四隅。良久，見一人望空而踣，身首異處。」兩人的爭鬥顯然是聶隱娘居上風，而且更令人驚異的是處理屍體的方法：「拽出於堂之下，以藥化為水，毛髮不存矣。」

聶隱娘與妙手空空兒實際上並沒有交手，如果作者對兩次鬥法的描寫太過雷同，必然流於單調無趣。所以作者乾脆說是空空兒的神術高強，聶隱娘也無法與之對抗，只能消極的自我保護：「(僕射)但以于闐玉周其頸，擁以衾，隱娘當化為蠛蠓，潛入僕射腸中聽伺，其餘無逃避處。」這種殺人於無形的法術，真的是聞所未聞、見所未見，而作者想像力的豐富，由此可見。

從全篇故事的發展，以及聶隱在其中的種種表現，聶隱娘的身份，恐怕還是以殺手為宜。

問題與討論

一、說一說你對於女尼的指令：「先斷其所愛，然後決之」的看法。

二、聶隱娘習藝返家後，在哪個部份的關係表現得比較「無情」？

三、作者對精精兒與空空兒的描寫不盡相同，你比較喜歡哪一個？為什麼？

四、聶隱娘自述習藝經過，這種第一人稱敘述，會有比較多的細節，可信度也會提高，請你從她的自述中，舉例加以說明。

五、你認為聶隱娘是俠女還是殺手？

六、如果請你為本故事的三個段落各寫一個七字標題，你會怎麼寫？

俠義類單元分析表

班級：　姓名：　學號：　互評人：　學號：

一、請以三篇俠義小說為範圍，說明小說中所展現的「俠義」精神為何？

自評等第

互評分析

二、韓非子說：「俠以武犯禁」，你覺得在法治社會中，「俠義」精神應該如何轉化？還是根本不應該存在？

自評等第

互評分析

三、你對俠義小說中的「俠女」，與其他類的一般婦女形象，有什麼樣的看法？

自評等第

互評分析

四、俠義小說當中，往往會出現「快意恩仇」的情節與圓滿的結局，你覺得這樣安排的優缺點各是什麼？

自評等第

互評分析

◇單元四：幻夢類

枕中記

沈既濟

導讀

本篇敘述盧生在邯鄲旅舍遇到道士呂翁，盧生向道士抱怨自己事業無成。道士就拿了一個枕頭讓盧生枕著睡覺，盧生在夢中經歷了出將入相的順境，以及迭遭奸人構陷的挫折。最後雖然是壽終正寢，但醒來時，旅舍主人煮的黃粱都還沒有熟。

這一類型的小說，內容無非是強調人事的無常，而所謂的功名富貴，都像是一場夢，既短暫又虛幻。由於題材頗為引人入勝，對後世的影響也很大，今日一般所說的「黃粱一夢」，就是從這個故事而來。

另外值得一提的是，本篇作者沈既濟，曾經擔任史官，在唐人傳奇的創作者當中，算是少數頗有名氣的作家。

課文與注釋

適於田

開元七年，道士有呂翁者，得神仙術，行邯鄲道中，息邸舍❶，攝帽弛帶❷，隱❸囊而坐，俄見旅中少年，乃盧生也。衣短褐，乘青駒，將適於田，亦止於邸中，與翁

❶邸舍：旅舍。
❷攝帽弛帶：收起帽子，放鬆帶子。
❸隱：倚靠。

共席而坐，言笑殊暢。久之，盧生顧其衣裝敝褻❹，乃長嘆息曰：「大丈夫生世不諧，困如是也！」翁曰：「觀子形體，無苦無恙，談諧方適，而嘆其困者，何也？」生曰：「吾此苟生耳，何適之謂？」翁曰：「此不謂適，而何謂適？」答曰：「士之生世，當建功樹名，出將入相，列鼎❺而食，選聲而聽，使族益昌而家益肥，然後可以言適乎。吾嘗志於學，富於遊藝，自惟當年青紫可拾❻，今已適壯，猶勤畎畝❼，非困而何？」言訖，目昏思寐。

時主人方蒸黍。翁乃探囊中枕以授之，曰：「子枕吾枕，當令子榮適如志。」其枕青甆❽，而竅其兩端。生俛首就之，見其竅漸大，明朗，乃舉身而入，遂至其家。數月，娶清河崔氏女。女容甚麗，生資愈厚❾。生大悅，由是衣裝服馭，日益鮮盛。明年，舉進士，登第；釋褐❿秘校；應制，轉渭南尉；俄遷監察御史；轉起居舍

「適」一再出現，顯有深意。

❹敝褻：衣服破舊而卑賤。
❺列鼎：豐盛的食物。鼎是古代盛裝食用肉類的器皿。
❻青紫可拾：高官可以輕易獲得。古代官職以顏色區別高低，金印、紫綬與銀印、青綬都是職位很高的官員。
❼畎畝：田地，田間。畎，田間的水溝。
❽甆：同瓷。
❾生資愈厚：可能是女方的嫁妝十分豐厚，使得盧生的資財跟著愈加豐厚。
❿釋褐：解除平民服飾，也就是開始做官。

人，知制誥。三載，出典同州，遷陝牧。生性好土功⑪，自陝西鑿河八十里，以濟不通。邦人利之，刻石紀德。移節汴州，領河南道採訪使，徵為京兆尹。是歲，神武皇帝⑫方事戎狄，恢宏土宇。會吐番悉抹邏及燭龍莽布支攻陷瓜沙，而節度使王君㚟新被殺，河湟⑬震動。帝思將帥之才，遂除生御史中丞，河西道節度。大破戎虜，斬首七千級，開地九百里，築三大城以遮要害，邊人立石於居延山⑭以頌之。歸朝冊勳⑮，恩禮極盛。

此為出將

轉吏部侍郎，遷戶部尚書兼御史大夫，時望清重，群情翕習⑯。大為時宰所忌，以飛語⑰中之，貶為端州刺史。三年，徵為常侍。未幾，同中書門下平章事⑱。與蕭

此為入相

---

⑪土功：興修水利土木工程。
⑫神武皇帝：即唐玄宗。
⑬河湟：黃河、湟水流經的區域，即甘州、涼州轄地。
⑭居延山：在甘州張掖，唐代屬於河西道。
⑮冊勳：天子頒給文書，獎賞功勞。
⑯翕習：攀附親近，又帶有黨與之意。
⑰飛語：又作蜚語，沒有根據的說法或惡意的誹謗。
⑱同中書門下平章事：即宰相。

大難臨頭，才會反思及此。

此固為人性之常，然亦可見其人之貪鄙。

中令嵩，裴侍中光庭同執大政十餘年，嘉謨密令，一日三接，獻替啟沃⑲，號為賢相。同列害之，復誣與邊將交結，所圖不軌。制下獄。府吏引從至其門而急收之。生惶駭不測，謂妻子曰：「吾家山東，有良田五頃，足以禦寒餒，何苦求祿？而今及此，思衣短褐，乘青駒，行邯鄲道中，不可得也。」引刃自刎，其妻救之獲免。其罹者皆死，獨生為中官保之，減罪死，投驩州。

數年，帝知冤，復追為中書令，封燕國公，恩旨殊異。生五子：曰儉，曰傳，曰位，曰倜，曰倚，皆有才器。儉進士登第，為考功員外；傳為侍御史，位為太常丞；倜為萬年尉；倚最賢，年二十八，為左襄⑳。其姻媾皆天下望族。有孫十餘人。兩竄荒徼㉑，再登臺鉉㉒，出入中外，迴翔臺閣㉓，五十餘年，崇盛赫奕㉔。性頗奢蕩，甚好佚樂，後庭聲色，皆第一綺麗。前後賜良田、甲第、佳人、名馬，不可勝數。

---

⑲獻替啟沃：獻替，獻可替否，獻上可行替廢不可行的政策。啟沃，開導灌沃。

⑳左襄：即左補闕。唐代門下省稱左省，設有左補闕二員，負責供奉諷諫，扈從天子出入，遇事不便，可以條奏。

㉑竄荒徼：流放到荒涼的邊疆。竄，放逐。徼，邊塞。

㉒臺鉉：輔助國君的要職。臺，唐代有尚書、門下、中書三省，又有御史臺，合稱臺省；這些官員都是輔佐天子治國的重要人物，有如三臺星供奉北辰，所以用「臺」來統稱這些官員或其職位。鉉，鼎的兩耳，可以用來舉鼎，引申為輔助舉事的意思。

㉓臺閣：泛指中央政府機構。

㉔赫奕：顯赫。

後年漸衰邁，屢乞駭骨㉕，不許。病，中人候問，相踵於道，名醫上藥，無不至焉。將歿，上疏曰：「臣本山東諸生，以田圃為娛。偶逢聖運，得列官敘。過蒙殊獎㉖，特秩鴻私㉗，出擁節旌㉘，入昇臺輔，周旋㉙中外，綿歷歲時。有忝天恩，無裨聖化。負乘貽寇㉚，履薄增憂，日懼一日，不知老至。今年逾八十，位極三事㉛，鐘漏並歇㉜，筋骸俱耄㉝，彌留沉頓㉞，待時益盡㉟。顧無成效，上答休明，空負深恩，永辭聖代，

㉕乞骸骨：古代大臣辭職的專用語。

㉖過蒙殊獎：過度承受特別的獎賞。

㉗特秩鴻私：特別的大恩。

㉘出擁節旌：古代將官外放，則擁旌旗，持節旄。這裏是指盧生曾經出任河西節度使，也就是所謂的「出將」。後文的「入昇臺輔」則是「入相」。

㉙周旋：運轉。

㉚負乘貽寇：語出《易經》，本意是說卑賤的人背著人家的財物，又坐上大馬車顯耀，就會招致強盜來搶。後引申為居非其位，才不稱職，就會招致禍患。

㉛三事：即三公。盧生曾任三省長官，位極人臣，所以說是位極三事。

㉜鐘漏並歇：指自己年邁，生存時日已盡，有如鐘漏將盡。

㉝筋駭俱耄：筋骨身體都老了。筋駭，當即筋骸，筋骨身體。耄，老。

㉞彌留沉頓：將死未死之際為彌留，沉重困頓為沉頓。

㉟待時益盡：王夢鷗先生以為這一句應該是「殆將溘盡」之誤，意思是恐怕就要死去了。

詔書到而薨，頗為諷刺。

無任感戀之至。謹奉表陳謝。」

詔曰：「卿以俊德，作朕元輔。出擁藩翰㊱，入贊雍熙㊲。昇平二紀，實卿所賴。比嬰㊳疾疹，日謂痊平。豈斯沉痼，良用憫惻。今令驃騎大將軍高力士就第候省。其勉加鍼石㊴，為予自愛。猶冀無妄，期於有瘳。」是夕薨。

盧生欠伸而悟，見其身方偃於邸舍，呂翁坐其旁，主人蒸黍未熟，觸類如故㊵。生蹶然而興，曰：「豈其夢寐也？」翁謂生曰：「人生之適，亦如是矣。」生憮然㊶良久，謝曰：「夫寵辱之道，窮達之運，得喪之理，死生之情，盡知之矣。此先生所以窒吾欲也，敢不受教。」稽首再拜而去。

㊱藩翰：捍衛王室的重臣。
㊲入贊雍熙：助成朝廷上下的和樂。
㊳比嬰：近來罹患疾病。
㊴勉加鍼石：勉力進用藥物。
㊵觸類如故：眼睛所看到的事事物物，都跟原來的一樣。
㊶憮然：茫然自失。

譯文

唐玄宗開元七年，有個道士呂翁，懂得一些神仙法術。有一次，他往邯鄲的路上行走，在一家旅舍歇息。進了旅舍，脫了帽子，鬆開衣帶，就斜靠著行囊坐著。一會兒，看見路上的一位年輕人，乃是盧生。穿著粗布短衫，騎著一匹青色馬，要到田裏去，也進了旅舍休息。與呂翁同席坐下，兩人說說笑笑，感覺特別的舒暢。過了好一會，盧生看著自己身上破舊卑微的衣裳，不禁長嘆起來，說：「大丈夫生不逢時，竟然困窮到這種地步！」呂翁說：「看你的樣子，沒有什麼病痛，談得正高興愉快，為什麼突然嘆息自己的困窮呢？」盧生說：「我只是苟且偷生，哪裏談得上適意呢？」呂翁說：「這樣不是適意，那怎麼樣才算適意？」

盧生說：「讀書人活在世界上，應該建立功業，享有盛名，出將入相；各種豐盛食物隨我吃，各種美妙音樂隨我選聽；使得家族日益昌隆、家財愈發豐厚，這樣才可稱得上適意。我曾經立志勤學、優遊文藝，自以為當年功名垂手可得。現在已經步入壯年，卻還在為了農事奔波，這不是困窮，是什麼？」說完，眼睛有些昏沉想睡覺。這時，旅舍的主人正在蒸煮黍米做飯。呂翁就從行囊裏取出一個枕頭，交給盧生說：「您枕著我的枕頭睡吧！會讓您實現尊榮適意的願望。」那個枕頭是青甆做的，兩端有孔。盧生低頭靠近枕頭，只見那孔逐漸擴大開朗起來，便舉身進入孔中，而回到自己家裏。

幾個月之後，他娶了清河大族崔家的小姐。崔小姐容貌十分美麗，盧生靠著女方的嫁妝，資產更加豐厚。他十分高興，從此衣著車馬一天比一天奢華。第二年，他進士及第，擔任秘閣校理；又應制，轉任渭南尉；不久，升為監察御史，再轉調起居舍人，負責掌理皇帝的文件。三年之後，出任同州刺史，調任陝州刺史。盧生愛好修築水利工程，從陝西起，鑿了一條八十里長的運河，以利交通運輸，地方上的人覺得很方便，為他刻立石碑、記載恩德。接著，移調汴州，擔任河南道採訪使，又徵調為京兆尹。

這一年，玄宗皇帝正與戎狄交戰，想要擴張領土，碰巧吐蕃悉抹邏及燭龍莽布支攻下了瓜沙，節度使王君㚟剛剛被殺，黃河、湟水流域一帶大為驚恐。玄宗急著尋找具有將帥才能的人，於是任命盧生為御史中丞，河西道節度使。果然大破戎虜的軍隊，斬首七千級，拓地九百里，又築了三座大城來保衛要害，邊疆的老百姓在居延山立了石碑，稱頌他的功績。回到朝廷後，皇帝大加頒冊表揚他的功勳，賞賜之禮十分盛大。接著轉為吏部侍郎，再轉戶部尚書兼御史大夫。當時他的聲望又清高又很受看重，大家都想與他結交，也大大的受到宰相的嫉妒，故意造謠中傷，因而被貶為端州刺史。三年後，皇帝召他回來做常侍，不久，做了宰相，與中書令蕭嵩、侍中裴光庭共同執政十餘年。往往一天當中，多次承接、推行皇帝的良謨密令，對於政治上應興應革的事，也總是提出很有啟發性的意見，在當時號稱「賢相」。

同僚為了害他，又造謠他與邊疆武將勾結，將要圖謀不軌。皇上下令，逮捕他下獄。官差帶著手下到他家裏急著捉拿他。他又惶恐又害怕，不知道怎麼回事，對著妻子說：「我們老家山東有五頃良田，足夠我們穿衣吃飯，何苦追求功名利祿？事到如今，再想穿著粗布衣服，騎著青色馬，在邯鄲道上悠閒漫步，也不可能了。」便要拔刀自刎，他的妻子上前搶救，才免於一死。牽連在這件案子裏的人，都判死罪，只有他因為宦官的保薦，才減免死罪，貶到驩州。

過了幾年，皇帝知道他的冤曲。又追任他做中書令，封為燕國公，對他的恩寵特別不同。他生了五個兒子，叫儉、傳、位、倜、倚，都很有才器。儉進士及第，任考功員外郎；傳是侍御史；位是太常丞；倜是萬年尉；倚最為賢能，二十八歲時，擔任門下省補闕之職。他的親家都是當時的望族，有十幾個孫子。他兩次被貶到荒僻的邊塞，又再度登上襄贊皇帝的高位，出將入相，回任臺省，前後五十年，既顯赫又崇高。他生性頗為奢侈放蕩，非常喜好遊樂，後庭中的歌舞聲色，都是最為華麗出色。前前後後皇帝賞賜的良田、屋宇、美人、名馬，數都數不清。後來年紀漸漸衰老了，屢次上表請求退休，都沒有獲准。患了病，皇上派來問候的宦官，絡繹於途，有名的醫生、上好的藥材，也全部送來。

臨終前，他上疏說：「臣本是山東的書生，靠著種田維生，偶然遭逢好運，得以名列官敘，過度而特別地蒙受皇上的恩獎：外放任官時，持節擁旌；在朝為官時，昇任臺輔。在朝內朝外任職，經歷這麼久的時間。自己覺得有辱皇恩，對於聖明教化沒有貢獻。才力不足而身居高位，徒然留下災禍，有如踩在薄冰上，更加憂心。一日比一日害怕，不知自己已老。現在年紀超過八十，職位也達到三省的官長。就像鐘漏就要滴盡，生命將到盡頭，筋骨體力都老邁了。彌留之際，精神困頓，只等時辰一到，就要死了。看來沒有什麼成效，來報答皇上的美意，只有辜負皇上的恩德。即將永遠辭別聖明的時代，內心無限的感懷留戀。謹奉此表陳述謝罪。」皇上下詔說：「卿以才德作為朕的左右手，外任則成為捍衛王室的重臣，入朝則襄贊朝廷的和樂。這二十年來國家的昇平，實在是全賴你的輔佐。最近你患了病，原以為會一天天的痊癒。哪裏料到病勢日漸沉重，真是讓我憂心。現在特派驃騎大將軍高力士到府上問候。希望你勉力服藥休養，為朕愛惜身體，但願病體無害，不久就能復原。」當晚他就死了。

盧生伸了伸懶腰醒過來，發現自己還躺在旅舍裏，呂翁坐在他旁邊，旅舍主人蒸的黍米飯還沒熟，看到的四周景物和先前一樣。盧生一躍而起，說：「難道我是在做夢嗎？」呂翁告訴盧生說：「人生的適意，也不過是如此罷了。」

盧生惆悵許久，才向呂翁道謝說：「寵辱得失的機運，窮困亨通的道理，死亡或生存的情形，我完全明白了。這是先生用來窒塞我的慾望的方法，我哪敢不接受您的教訓呢？」說完，對呂翁稽首，拜了兩拜，就離開了。

參考文獻

幽明錄・楊林

南朝宋　劉義慶

宋世，焦湖廟有一栢枕，或云玉枕。枕有小坼。時單父縣人楊林為賈客，至廟祈求。廟巫謂曰：「君欲好婚否？」林曰：「幸甚。」巫即遣林近枕邊，因入坼中，遂見朱樓瓊室，有趙太尉在其中，即嫁女與林。生六子，皆為秘書郎。歷數十年，並無思歸之志。忽如夢覺，猶在枕旁。林愴然久之。

析評

這是一篇宣揚佛道出世思想的作品，歷來的評價都很高。作者沈既濟曾任史官，或許就是史官的這個背景，使得〈枕中記〉的內容，具有史傳的嚴謹，特別是在描寫盧生出將入相的過程中，往往可以與史實參照（根據王夢鷗先生的研究，盧生即為當時的宰相楊炎），也就是說，沈既濟寫作的這一篇小說，幾可稱為「楊炎外傳」。

這一篇小說的主題在於「人生貴適意」。一開始的鋪陳頗佳：這位懷才不遇的盧生，從事勞力付出的農耕工作，身上穿的「衣裝敝褻」，在呂翁的垂問之下，說出自己期待的適意，乃是「出將入相，列鼎而食，選聲而聽，使族益昌家益肥」這樣的志向其實是相當的功利主義。接著在呂翁拿出青甆枕頭、盧生「俛首枕之」之後，盧生進入夢境。

夢中的盧生，娶了清河崔氏女，是唐代士人夢寐以求的「五姓女」，又「舉進士，登第，轉起居舍人（即史官）」。薛元超生平未能實現的三大遺憾（娶五姓女、進士及第、擔任史官），盧生竟然都得到了。不但如此，盧生跟著「鑿河八十里，以濟不通」、「為京兆尹」、「除生御史中丞，河西道節度。大破戎虜」這些都是「出將」的功勛。由於聲望崇高，受到宰相的嫉妒、中傷而被貶官。三年後，受到皇帝的賞識，很快升任宰相，沒想到又被誣指「邊將交結，所圖不軌」而入獄。盧生在府吏要來收押時，曾經對著妻子說，山東老家有五頃良田，足以維生，何苦出來作官？想要恢復平民身分，騎著青駒馬，在故鄉邯鄲的路上悠閒地漫步，都做不到了。可是一旦獲得皇帝赦免，重新站上高位，就再也不會去想隱退的事情了。而且小說裡說到，盧生「性頗奢蕩，甚好佚樂，後庭聲色，皆第一綺麗。前後賜良田、甲第、佳人、名馬，不可勝數。」可見得這就是人性！另外邯鄲騎馬漫步，這是借用李斯的典故，只是李斯後來被趙高設計認罪，車裂而死，而盧生則幸運逃過這一劫，在「中官」的力保之下，免死流放驩州。

過了若干年，皇帝知道他的冤情，召回朝廷，「追為中書令，封燕國公」故事中用了不少篇幅說明他的成就，說他子孫繁盛，官職聲望「崇赫顯奕」，乃至極盡奢華的生活面貌，這些完全符合他在入夢前的願望，似乎他所追求的「適意」都得到了。等到盧生「年漸衰邁」，都已經八十多歲了，想要退休，皇帝卻不答應，就在皇帝褒揚他的詔書到的當天晚上過世，盧生的夢也醒了。

盧生在夢醒之後，說是看透了「寵辱之道，窮達之運，得喪之理，死生之情」，從此可以「窒欲」，似乎再也不去追求這些成就。然而從盧生夢中的遭遇來看，他的確實現了夢想，得到一切的「適意」。像這樣的出將入相、富貴雙全，怎麼不是在夢醒之後，帶給盧生更大的激勵，更加堅持自己追求的目標？其實盧生夢中的遭遇，的確會讓人迷失在名利的枷鎖之中。不知道他從何體悟「窒欲」的道理？說到所謂的適意，《孟子》裡有一句話：「趙孟之所貴，趙孟能賤之」，其實功名富貴都是帝王所給，能給你，也能取走，將這些功名利祿的獲得視為「適意」，說穿了，這種適意一點都不能由自己決定。所以，夢中的盧生即使老了想要告老還鄉，皇帝不肯，此時他又如何「適意」呢？

尤其是夢中的盧生在功成名就之後，卻是「性頗奢蕩，甚好佚樂」，讓人不禁懷疑，盧生追求的「適意」是在福國利民，還是終究只是高舉「建功樹民」的大纛，實際上則是追求個人的成功與享樂？作者的本意很簡單，不過是說明富貴如夢。但不管作者自己，或是古往今來的世人，又有多少人看得開呢？

最後，要說明的是小說中，盧生從青甆枕頭的孔竅進入夢境，乃是借用《幽明錄．楊林》的典故。可是《幽明錄》原來的文字只有一百零二字，情節也十分簡單，幾乎只是收集故事而已。本篇卻有一千四百餘字，情節鋪陳上也有較多的轉折。由此可見，運用舊有的素材，重新加以創作，只要能夠展現更多的創意，反而佔有「後出轉精」的優勢。

問題與討論

一、盧生入夢是藉著道士呂翁協助，道士通常會帶給你什麼印象？

二、夢中的盧生達成唐代讀書人的三大心願，是哪三大心願？

三、盧生的功蹟有出將與入相兩部份，你個人比較肯定哪一部份？為什麼？

四、如果將盧生兩次貶官以及不能如願告老退休，看作夢中人生的不適意，你贊同嗎？你有什麼看法？

五、盧生入夢時，旅舍主人「方蒸黍」，夢中經歷個人一生，醒來時「蒸黍未熟」，請問這其中表達了什麼意念？

六、你覺得遭忌被中傷，有可能避免嗎？如果是你碰到，你會怎麼處理？

南柯太守傳

李公佐

導讀

這是本書所收錄李公佐的第二篇小說。

本篇內容敘述淳于棼某日醉臥東廡，夢遊槐安國，娶公主，出任南柯郡太守，政通人和，榮耀顯赫，無與倫比。接著又歷經兵敗、妻亡、回國遭忌，最後被遣送回家，才發覺原來只是一場夢。

小說中的人物淳于棼，原本只是一名不事生產、任酒使氣的游俠，與前一篇〈枕中記〉中的盧生，在個性與際遇甚至是最後的結果，都不盡相同。二者相較，自有另一種趣味。

課文與注釋

東平淳于棼，吳、楚游俠之士❶。嗜酒使氣❷，不守細行。累巨產，養豪客。曾以武藝補淮南軍裨將，因使酒忤帥，斥逐落魄，縱誕❸，飲酒為事。家住廣陵郡東十

❶游俠之士：一般指愛交朋友、講求信義，為了救困扶危，可以不顧自己身家性命的人。《史記》有〈游俠列傳〉，可以作為參考。

❷使氣：意氣用事。

❸縱誕：放浪不拘。

昏然忽忽

里。所居宅南有大古槐一株，枝幹修密，清陰❹數畝。淳于生日與群豪，大飲其下。

貞元七年九月，因沉醉致疾。時二友人於坐扶生歸家，臥於堂東廡❺之下。二友謂生曰：「子其寢矣！余將秣馬濯足，俟子小愈而去。」生解巾就枕，昏然忽忽，髣髴若夢。見二紫衣使者，跪拜生曰：「槐安國王遣小臣致命奉邀。」生不覺下榻整衣，隨二使至門。見青油小車，駕以四牡❻，左右從者七八，扶生上車，出大戶，指古槐穴而去。使者即驅入穴中。生意頗甚異之，不敢致問。忽見山川、風候、草木、道路，與人世甚殊。前行數十里，有郛郭城堞❼。車輿人物，不絕於路。生左右傳車者傳呼甚嚴❽，行者亦爭闢於左右。

又入大城，朱門重樓，樓上有金書，題曰「大槐安國」。執門者趨拜奔走。旋有一騎傳呼曰：「王以駙馬遠降，令且息東華館。」因前導而去。俄見一門洞開，生降車而入。彩檻雕楹；華木珍果，列植於庭下；几案茵褥❾，簾幃殽膳，陳設於庭上。生

❹陰：遮蔽。

❺廡：走廊。

❻四牡：四匹馬。

❼郛郭城堞：郛郭，城外築為保衛之用的外城。堞，城上有射孔的小牆。

❽傳車者傳呼甚嚴：護送使者車子的人，斥喝開道十分嚴厲。

❾几案茵褥：茶几、桌子、坐臥用的墊子。

心甚自悅。復有呼曰：「右相且至。」生降階祗奉。有一人紫衣象簡❿前趨，賓主之儀敬盡焉。右相曰：「寡君⓫不以弊國遠僻，奉迎君子，託以姻親。」生曰：「某以賤劣之軀，豈敢是望。」

右相因請生同詣其所。行可百步，入朱門。矛戟斧鉞，布列左右，軍吏數百，辟易⓬道側。生有平生酒徒周弁者，亦趨其中。生私心悅之，不敢前問。右相引生升廣殿，御衛嚴肅，若至尊⓭之所。見一人長大端嚴，居正位，衣素練服，簪朱華冠⓮。生戰慄，不敢仰視。左右侍者令生拜。王曰：「前奉賢尊⓯命，不棄小國，許令次女瑤芳，奉事君子。」生但俯伏而已，不敢致詞。王曰：「且就賓宇，續造儀式⓰。」有旨，右相亦與生偕還館舍。生思念之，意以為父在邊將，因歿虜中，不知存亡。將

---

❿紫衣象簡：紫衣，唐代三品以上的官服。象簡，象牙作的朝笏。
⓫寡君：寡德之君，對外來的人自稱本國君王的客氣話。
⓬辟易：退讓開來。
⓭至尊：對皇帝的尊稱。
⓮簪朱華冠：戴著裝飾紅花的帽子。簪，用來固定帽子在頭髮上的髮簪。
⓯賢尊：對他人父親的敬稱。
⓰續造儀式：下一步要備辦結婚的儀式。

心甚迷惑
此段敘述，張揚太盛，是一敗筆。

謂⑰父北蕃交通⑱，而致茲事。心甚迷惑，不知其由。

是夕，羔鴈幣帛⑲，威容儀度，妓樂絲竹，殽膳燈燭，車騎禮物之用，無不咸備。有群女，或稱華陽姑，或稱青溪姑，或稱上仙子，或稱下仙子，若是者數輩。皆侍從數十，冠翠鳳冠，衣金霞帔⑳，綵碧金鈿㉑，目不可視。遨遊戲樂，往來其門，爭以淳于郎為戲弄。風態妖麗，言詞巧豔，生莫能對。復有一女謂生曰：「昨上巳日㉒，吾從靈芝夫人過禪智寺，於天竺院觀石延舞婆羅門㉓。吾與諸女坐北牖石榻上，時君少年，亦解騎來看。君獨強來親洽，言調笑謔。吾與窮英妹結絳巾，挂於竹枝上，君獨不憶念之乎？又七月十六日，吾於孝感寺侍上真子，聽契玄法師講《觀音經》。吾於

⑰將謂：疑似之詞，意思接近「應該是」。
⑱北蕃交通：與北方的胡人往來。
⑲羔鴈幣帛：古人見面或結婚時贈送的禮物。羔，小羊。幣帛，玉、馬、皮革、絲織品一類的東西。
⑳霞帔：道士服。
㉑鈿：腕環，俗稱手鐲。
㉒上巳日：三月三日稱為上巳，古人在當天到郊外遊玩洗濯，有祓除不祥的用意。
㉓石延舞婆羅門：石延，石國舞者的名字。舞婆羅門，即婆羅門舞，本為天竺娛神的舞蹈，經西域傳入長安。一說即霓裳羽衣舞。

此客套語

心意恍惚

講下捨金鳳釵兩隻，上真子捨水犀合子一枚。時君亦在講筵中，於師處請釵合視之。賞嘆再三，嗟異良久。顧余輩曰：『人之與物，皆非世間所有。』或問吾氏，或訪吾里。吾亦不答。情意戀戀，矚盼不捨。君豈不思念之乎？」生曰：「中心藏之，何日忘之。」群女曰：「不意今日與君為眷屬。」

復有三人，冠帶甚偉，前拜生曰：「奉命為駙馬相者㉔。」中一人與生且故。生指曰：「子非馮翊田子華乎？」田曰：「然。」生前，執手敘舊久之。生謂曰：「子何以居此？」子華曰：「吾放遊，獲受知於右相武成侯段公，因以棲託㉕。」生復問曰：「周弁在此，知之乎？」子華曰：「周生，貴人也。職為司隸㉖，權勢甚盛。吾數蒙庇護。」言笑甚歡。俄傳聲曰：「駙馬可進矣。」三子取劍佩冕服，更衣之。子華曰：「不意今日獲睹盛禮，無以相忘也。」有仙姬數十，奏諸異樂，宛轉清亮，曲調悽悲，非人間之所聞聽。有執燭引導者，亦數十。左右見金翠步障㉗，彩碧玲瓏，不斷數里。生端坐車中，心意恍惚，甚不自安。田子華數言笑以解之。向者群女姑姊，

㉔相者：導引賓客、贊助行禮的人。

㉕棲託：棲身託附。

㉖司隸：負責巡察京畿治安、緝捕盜賊的官員。

㉗步障：官員貴族出行時，作為擋風、遮塵土之用的屏風。

各乘鳳翼輦，亦往來其間。至一門，號「修儀宮」。群仙姑姊亦紛然在側，令生降車輦拜，揖讓升降，一如人間。徹障去扇㉘，見一女子，云號「金枝公主」。年可十四五，儼若神仙。交歡之禮，頗亦明顯。

生自爾情義日洽，榮曜日盛。出入車服，遊宴賓御，次於王者。王命生與群寮備武衛，大獵於國西靈龜山。山阜峻秀，川澤廣遠，林樹豐茂，飛禽走獸，無不蓄之。師徒大獲，竟夕而還。

生於他日，啟王曰：「臣頃結好之日，大王云奉臣父之命。臣父頃佐邊將，用兵失利，陷沒胡中。爾來㉙絕書信十七八歲矣。王既知所在，臣請一往拜覲。」王遽謂曰：「親家翁職守北土，信問不絕。卿但具書狀知聞，未用便去。」遂命妻致饋賀之禮，一以遣之。數夕還答。生驗書本意，皆父平生之跡。書中憶念教誨，情意委曲，皆如昔年。復問生親戚存亡，閭里興廢。復言路道乖遠，風煙阻絕。詞意悲苦，言語哀傷。又不令生來覲，云：「歲在丁丑，當與女相見㉚。」生捧書悲咽，情不自堪。

他日，妻謂生曰：「子豈不思為政乎？」生曰：「我放蕩不習政事。」妻曰：「卿

丁丑之讖

㉘徹障去扇：撤去輦車的屏障，除去遮蔽新娘的紗扇。
㉙爾來：從當時到現在。
㉚歲在丁丑二句：這裏是作為後文淳于棼丁丑年死於家的伏筆。

酒友而已，誤事之兆。

但為之，余當奉贊㉛。」妻遂白於王。累日，謂生曰：「吾南柯政事不理，太守黜廢㉜。欲藉卿才，可曲屈之。便與小女同行。」生敦授教命。王遂敕有司備太守行李。因出金玉、錦繡、箱奩、僕妾、車馬，列於廣衢，以餞公主之行。生少遊俠，曾不敢有望，至是甚悅。因上表曰：「臣將門餘子，素無藝術㉝，猥㉞當大任，必敗朝章㉟。自悲負乘，坐致覆餗㊱。今欲廣求賢哲，以贊不逮。伏見司隸潁川周弁，忠亮剛直，守法不回㊲，有毗佐之器㊳。處士馮翊田子華，清慎通變，達政化之源。二人與臣有十年之舊，備知才用，可託政事。周請署南柯司憲㊴，田請署司農㊵。庶使臣政績有聞，

㉛奉贊：幫忙。
㉜黜廢：罷官免職。
㉝藝術：學術及行政經驗。
㉞猥：是一種謙虛的說法，有「辱、勉強」的意思。
㉟朝章：朝政。
㊱覆餗：打翻鼎裏的食物，比喻不勝任而把事情搞砸。餗，鼎裏煮的食物，音ㄙㄨˋ。
㊲回：邪僻，乖戾不正。
㊳毗佐之器：輔佐政務的才器。
㊴司憲：掌管司法的官員。
㊵司農：掌管錢穀的官員。

憲章不紊也。」王並依表以遣之。

其夕，王與夫人餞於國南。王謂生曰：「南柯，國之大郡，土地豐穰，人物豪盛，非惠政不能以治之。況有周、田二贊。卿其勉之，以副國念[41]。」夫人戒公主曰：「淳于郎性剛好酒，加之少年。為婦之道，貴乎柔順。爾善事之，吾無憂矣。南柯雖封境不遙，晨昏有間[42]。今日睽別，寧不沾巾[43]。」生與妻拜首南去，登車擁騎，言笑甚歡。

累夕達郡。郡有官吏、僧道、耆老、音樂、車轝、武衛、鑾鈴[44]，爭來迎奉。人物闐咽[45]，鐘鼓喧譁，不絕十數里。見雉堞臺觀，佳氣鬱鬱[46]。入大城門——門亦有大榜，題以金字，曰「南柯郡城」。——見朱軒棨[47]戶，森然深邃。生下車，省風俗，

---

[41] 以副國念：以符合、滿足國家的期望。

[42] 晨昏有間：與父母別離。子女對父母要晨昏定省，有間是指無法再做到。

[43] 寧不沾巾：教人怎麼會不流淚？

[44] 鑾鈴：皇帝車前有鸞鳥裝飾，鳥口銜鈴，稱為鸞鈴，這裏是指淳于棼的車子十分華麗考究。鑾，又作鸞。

[45] 人物闐咽：人多氣盛，聲音雜亂。

[46] 佳氣鬱鬱：吉祥的氣象十分旺盛。

[47] 棨：棨戟，也稱門戟，木製無刃的戟，架在宮殿、官署、官員住宅門前，表示威嚴的儀物。

療病苦，政事委以周、田，郡中大理。自守郡二十載，風化廣被㊽，百姓歌謠，建功德碑，立生祠宇㊾。王甚重之。賜食邑，錫爵位，居臺輔。周、田皆以政治著聞，遞遷大位。生有五男二女。男以門蔭授官，女亦娉㊿於王族。榮耀顯赫，一時之盛，代莫比之。

是歲，有檀蘿國者，來伐是郡。王命生練將訓師以征之。乃表周弁將兵三萬，以拒賊之眾於瑤臺城。弁剛勇輕敵，師徒敗績(51)。弁單騎裸身潛遁，夜歸城。賊亦收輜重鎧甲(52)而還。生因囚弁以請罪。王並捨之。

是月，司憲周弁疽(53)發背，卒。生妻公主遘疾，旬日又薨。生因請罷郡(54)，護喪赴國。王許之。便以司農田子華行南柯太守事。生哀慟發引(55)，威儀在途，男女叫號，

㊽風化廣被：移風易俗的教化普遍推行。
㊾生祠宇：郡民感念恩德，為他塑像膜拜於生前。
㊿娉：聘。
(51)敗績：打敗仗。
(52)輜重鎧甲：軍隊裏的器械、糧草以及各種材料，統稱輜重。鎧甲，戰衣。
(53)疽：一種有很多瘡口的毒瘡，大多生在背上。
(54)罷郡：解除太守的職務。
(55)發引：出殯。引，棺材前面牽引的繩索。

人吏奠饌，攀轅遮道56者不可勝數。遂達於國。王與夫人素衣哭於郊，候靈轝之至。謚公主曰：「順儀公主」。備儀仗羽葆鼓吹57，葬於國東十里盤龍岡。是月，故司憲子榮信，亦護喪赴國。

生久鎮外藩，結好中國，貴門豪族，靡不是洽。自罷郡還國，出入無恆，交遊賓從，威福日盛。王意疑憚之。時有國人上表云：「玄象謫見58，國有大恐。都邑遷徙，宗廟崩壞。釁59起他族，事在蕭牆60。」時議以生侈僭61之應也。遂奪生侍衛，禁生遊從，處之私第。生自恃守郡多年，曾無敗政，流言怨悖，鬱鬱不樂。王亦知之。因命生曰：「姻親二十餘年，不幸小女夭枉62，不得與君子偕老，良用痛傷。」夫人因留孫自鞠育63之。又謂生曰：「卿離家多時，可暫歸本里，一見親族。諸孫留此，無

不知謙退，妄生禍端。

56 攀轅遮道：拉著車轅，擋住車道，表示挽留。
57 羽葆鼓吹：羽葆，綢製，用鳥毛飾成，像傘一樣的華蓋，官員出行時的儀仗之一。鼓吹，各種吹打樂器的合奏隊。
58 玄象謫見：天象有譴責、警告的變動出現。
59 釁：徵兆、禍兆。
60 事在蕭墻：意思是禍患會從內部發生。蕭墻是作為內部屏障的當門小墻。墻，同牆。
61 侈僭：奢侈僭越。
62 夭枉：年少死亡。
63 鞠育：撫養。

後三年之識

忽若惛睡

山川依舊，使者大不同。

一切依舊，而心境大不同。

以為念。後三年，當令迎卿。」生曰：「此乃家矣，何更歸焉？」王笑曰：「卿本人間，家非在此。」生忽若惛[64]睡，瞢然[65]久之，方乃發悟前事，遂流涕請還。王顧左右以送生。生再拜而去，復見前二紫衣使者從焉。至大戶外，見所乘車甚劣，左右親使御僕，遂無一人，心甚嘆異。生上車，行可數里，復出大城。宛是昔年東來之途，山川原野，依然如舊。所送二使者，甚無威勢。生愈怏怏[66]。生問使者曰：「廣陵郡何時可到？」二使謳歌[67]自若，久乃答曰：「少頃即至。」

俄出一穴，見本里閭巷，不改往日，潸然自悲，不覺流涕。二使者引生下車，入其門，升其階，己身臥於堂東廡之下。生甚驚畏，不敢前近。二使因大呼生之姓名數聲，生遂發寤[68]如初。見家之僮僕擁篲[69]於庭，二客濯足於榻，斜日未隱於西垣，餘樽尚湛於東牖[70]。夢中倏忽，若度一世矣。

[64] 惛：昏昏沉沉。
[65] 瞢然：神志不清。
[66] 怏怏：不愉快。
[67] 謳歌：唱歌。
[68] 寤：醒。
[69] 篲：掃帚。
[70] 餘樽尚湛於東牖：喝剩的酒還在東邊的窗戶下發出清光。湛，清。

生感念嗟嘆，遂呼二客而語之。驚駭，因與生出外，尋槐下穴。生指曰：「此即夢中所經入處。」二客將謂狐狸木媚[71]之所為祟[72]。遂命僕夫荷斤[73]斧，斷擁腫[74]，折查枿[75]，尋穴究源。旁可袤丈[76]，有大穴，洞然明朗，可容一榻。根上有積土壤，以為城郭臺殿之狀。有蟻數斛，隱聚其中。中有小臺，其色若丹。二大蟻處之，素翼朱首[77]，長可三寸；左右大蟻數十輔之，諸蟻不敢近：此其王矣。即槐安國都也。又窮一穴，直上南枝，可四丈，宛轉方中[78]，亦有土城小樓，群蟻亦處其中，即生所領南柯郡也。又一穴：西去二丈，磅礴空圬[79]，嵌窞異狀[80]。中有一腐龜殼，大如斗。

---

[71] 木媚：樹妖。媚應當作「魅」字解。
[72] 祟：作怪，災害。
[73] 斤：砍樹用的器具。
[74] 擁腫：長得卷曲、不平直的樹木。
[75] 查枿：砍伐後又長出來的樹枝。枿，同蘖，音ㄋㄧㄝˋ。
[76] 可袤丈：約丈把長。可，約。袤，長度，音ㄇㄠˋ。
[77] 素翼朱首：即前文敘述槐安國王所穿的「衣素練服，簪朱華冠」。
[78] 宛轉方中：曲曲折折從四面到正中間。
[79] 磅礴空圬：磅礴，廣大無邊的樣子。空圬，空空洞洞。
[80] 嵌窞異狀：有些地方凸出來，有些地方凹進去，形狀各不相同。嵌，像山一樣開展。窞，深凹進去的洞，音ㄉㄢˋ。

積雨浸潤，小草叢生，繁茂翳薈[81]，掩映振殼[82]，即生所獵靈龜山也。又窮一穴：東去丈餘，古根盤屈，若龍虺[83]之狀。中有小土壤，高尺餘，即生所葬妻盤龍岡之墓也。追想前事，感嘆於懷，披閱窮跡[84]，皆符所夢。不欲二客壞之，遽令掩塞如舊。

是夕，風雨暴發。旦視其穴，遂失群蟻，莫知所去。故先言「國有大恐，都邑遷徙」，此其驗矣。復念檀蘿征伐之事，又請二客訪跡於外。宅東一里有古涸澗，側有大檀樹一株，藤蘿擁織[85]，上不見日。旁有小穴，亦有群蟻隱聚其間。檀蘿之國，豈非此耶。嗟乎！蟻之靈異，猶不可窮，況山藏木伏之大者所變化乎？

時生酒徒周弁、田子華並居六合縣，不與生過從旬日矣。生遽遣家僮疾往候之。周生暴疾已逝，田子華亦寢疾於床。生感南柯之浮虛，悟人世之倏忽，遂棲心道門，絕棄酒色。後三年，歲在丁丑，亦終於家。時年四十七，將符宿契[86]之限矣。

---

81 繁茂翳薈：茂盛的草木遮掩住了。

82 掩映振殼：遮掩住陳舊的龜殼。

83 虺：一種兩尺多長、土色無文的毒蛇。

84 披閱窮跡：分析觀察，極力追尋。

85 擁織：纏生在一起。

86 宿契：先前的約定。

公佐貞元十八年秋八月，自吳之洛，暫泊淮浦，偶覿❽❼淳于生貌，詢訪遺跡，翻覆❽❽再三，事皆摭實❽❾，輒編錄成傳，以資好事。雖稽神語怪，事涉非經❾⓿，而竊位著生❾❶，冀將為戒。後之君子，幸以南柯為偶然，無以名位驕於天壤間云。

前華州參軍李肇贊曰：

貴極祿位，權傾國都，達人視此，蟻聚何殊。

自言摭實，仍然難以取信於人。

❽❼覿：見。音ㄉㄧˊ。
❽❽翻覆：反覆。翻，同翻。
❽❾摭實：取得了實證。
❾⓿非經：不合常理。
❾❶竊位著生：沒有才能而佔住要位以維持生活。

譯文

東平人淳于棼，是吳楚地方的游俠。喜歡喝酒，常使性子，不拘小節，積蓄了大量財產，養了許多豪客。曾經以武藝任職淮南軍副將，因為鬧酒冒犯長官，被斥責革職，落魄無業，放浪不拘，只管喝酒。他家住在廣陵郡東邊十里。住宅南邊有一棵大老槐樹，枝幹又高又密，覆蔭有好幾畝。淳于生每天跟一群豪客，在樹下大喝酒。

貞元七年九月，因為大醉昏厥。當時在座的兩位朋友，就扶淳于生回家，讓他躺在廳堂東邊的走廊下。兩位朋友對淳于生說：「您睡睡吧！我們去餵馬、洗腳，等您好了再走。」淳于生解開頭巾去睡，昏昏沉沉，好像做夢。看見兩個穿著紫衣的使者，向淳于生跪拜說：「槐安國王派遣小臣送信邀請。」淳于生不知不覺下了床，整理衣服，隨著兩位使臣到門口，看見青油小車，套著四匹馬；左右跟隨的有七八個人，扶著淳于生上車，走出大門，往老槐樹洞而去。使臣就把車子趕進洞裏。淳于生心裏覺得很奇怪，不敢問什麼。忽然看見山河、風俗和氣候、草木、道路，與人間大為不同。向前走幾十里，看見外城、城牆、垛口，車輛人物在路上不斷地來往。淳于生身邊趕車的人，喝道很嚴，行人也爭相躲到兩旁。

進了大城，紅門高樓，樓上有金字匾，題著「大槐安國」四個字。看門的人趕快來拜見侍候。不久，有一個騎馬的傳呼說：「大王因為駙馬從遠處來，教暫且在東華館休息。」就在前面引導。忽然看見一座門大開，淳于生下車進去。彩色的欄杆，雕刻的柱子，院裏列種著美麗的林木，珍貴的果樹；桌子、舖蓋、簾子、帳子、菜餚，陳設在庭上。淳于生心裏很高興。又有人喊著：「右丞相就要來了。」淳于生下臺階敬候。有一個穿紫衣裳、拿著象牙笏板的向前來，賓主行禮盡了。右丞相說：「寡君不自量敝國邊遠荒僻，奉迎先生，願結姻親。」淳于生回答說：「以我卑微拙劣的身份，哪敢有這樣的期望！」

右丞相就請淳于生一起到另一個地方；走了大約一百步，進入紅門。矛、戟、斧、鉞，排列在兩旁；幾百個軍官，在路邊敬禮。淳于生有個多年的酒友叫周弁的也在裏面。淳于生心裏很高興，卻不敢向前問候。右丞相又領淳于生走上大殿，護衛很嚴肅，好像皇帝的地方。看見一個又高大又莊嚴的人，坐在正面，穿著白綢衣服，戴著簪紅花的帽子。淳于生渾身發抖，不敢抬頭看。左右侍者命令淳于生跪拜。王說：「前次接到令尊的指示，不嫌棄小國，同意把我的次女瑤芳嫁給你。」淳于生只是趴著，不敢說話。王說：「暫且到賓館裏，再舉行儀式。」一會兒，右丞相又陪著淳于生一起回賓館。淳于生想著，以為父親在邊境帶兵，因為陷入敵手，不曉得生死如何，或許是父親跟北蕃來往，才會有這件事。心裏很迷惑，不知道是什麼原因。

這天晚上，羊、雁、錢幣、布帛，威容儀度，歌妓音樂，菜餚燈燭，以及車騎禮物等應用的東西，全都準備好了。有一大群的婦女，有的叫華陽姑，有的叫青溪姑，有的叫上仙子，有的叫下仙子，像這類的有好幾個，都是侍從幾十人，戴著翠鳳帽，穿著金霞披肩，五綵碧綠的金花首飾，光彩眩眼。嬉遊尋樂，在淳于生賓館裏來來往往，爭著和新郎玩笑。風韻儀態妖媚美麗，言詞巧妙香豔，使得淳于生不能回答。又有一個女子，對淳于生說：「上一回的上巳日，我跟著靈芝夫人經過禪智寺，在天竺院看石延跳婆羅門舞。我跟女客們坐在北邊窗口的石榻上，那時您還是個少年，也下馬來看。只有您硬要來親近，說話玩笑，我跟瓊英妹子結了紅巾，掛在竹枝上，您怎麼不記得了呢？還有七月十六日，我在孝感寺伺候上真子，聽契玄法師講《觀音經》。我在講座下，獻上金鳳釵兩隻，上真子獻上犀角盒子一個。那時您也在聽講，在師父那裏討著鳳釵盒子看，再三讚賞，驚奇了好久。回頭向我們說：『這人和東西，都不是世間所有的。』又問我名字，又問我住在哪裏，我沒有回答。心裏戀戀不捨，一直望著不肯離開。難道您不記得了嗎？」淳于生說：「我藏在心裏，哪有一天忘記！」女客們說：「想不到今天與您結成親戚。」

又有三個人，帽子衣帶很體面，上前向淳于生拜說：「奉命擔任駙馬的儐相。」裏邊一個與淳于生認識。淳于生指著問：「您不是馮翊田子華嗎？」田回答說：「是。」淳于生向前，拉著他的手，敘舊了好一會。淳于生說：「您怎麼在這裏？」子華說：「我到處漫遊，後來獲得右丞相武成侯段公的賞識，因此在這裏棲身。」淳于生又問：「周弁在這裏，您知道嗎？」子華說：「周生是尊貴的人！任職司隸，權勢很大。我好幾次蒙受他的照顧。」談笑很高興。不久傳來聲音說：「駙馬可以進去了。」三個人拿著佩劍冕服，給他換上。子華說：「想不到今天能夠參加大典，不要忘記我呀！」又有幾十個仙女，奏起奇異的音樂，宛轉清亮，曲調淒涼悲哀，不是人間所能聽到的。拿著蠟燭在前面引導的，有幾十個。兩旁都是金翠步障，碧綠透明，連著好幾里。淳于生端坐在車裏，心中恍恍惚惚，很不安心。田子華幾次說笑話給他解悶。剛才的那些婦女姑姊，分別乘坐鳳翼車，也在中間來來往往。到了一個門，稱作修儀宮。仙女姑姊們也紛紛在旁邊，教淳于生下車拜見，作揖禮讓或升或降，完全與人間一樣。撤開障幕，移去紗扇，看到一個女子，說是金枝公主，大約十四五歲，態度莊嚴得好像神仙。洞房的儀禮，也很明顯。

淳于生從此與王家的情義愈來愈融洽，榮耀愈來愈盛。進出的車子、穿的衣服，遊玩宴會，賓客佣人，只比王低一等。王命令淳于生與群官預備禁衛軍，到國都西邊的靈龜山去打獵。山岳高峻秀麗，水澤又寬又長，樹林豐潤茂盛，飛禽走獸，各種各樣都有。所有的人收穫很多，到晚上才回來。

有一天，淳于生向王啟奏說：「先前臣結婚那天，大王說奉家父的命令。家父原在邊境協助統兵，打仗失利，陷沒在胡人手裏，已經十七八年沒有通書信了。王既然知道他在哪裏，臣請求前往拜見。」王立刻說：「親家翁職守北邊，書信常常來往。你只需寫信去告知，不用親自去。」就命令他的妻子準備餽贈的禮物，派專人送去。過了幾天得到回信。淳于生察看信裏的內容，都與父親的生平事蹟相合。信裏說著想念教誨的話，情意詳細婉轉，就像從前一樣；又問淳于生親戚的存亡情形，鄉里的盛衰變化；又說路途遙遠阻隔，風煙都吹不到。詞意悲苦，言語哀傷。也不讓淳于生去見面，說：「到了丁丑年，就會跟你相見。」淳于生捧著信悲傷嗚咽，心裏難過得很。

一天，公主對淳于生說：「您難道不想做官嗎？」淳于生說：「我放蕩不羈，不懂得政治。」公主說：「您儘管去做，我會幫助您。」公主就向王報告。過了幾天，王對淳于生說：「南柯郡政治辦得不好，太守免職，想借重你的才能，希望你屈就。就跟小女一起去。」淳于生恭敬地接受命令。王就命令官吏預備太守的行李。發給金玉、錦繡、箱奩、男女佣人、車馬，陳列在大街上，送別公主起行。淳于生年少時四處游俠，從來不敢有什麼大願望，能到這個地位，心裏很高興。就上表說：「臣是將門子弟，向來沒有什麼才學，勉強地擔當重任，一定會敗壞國家大事。十分擔心不能勝任，貽誤公事。現在想要廣求賢人明哲，來襄贊我照顧不到的地方。以臣的淺見，潁川人司隸周弁，忠誠守信，剛毅正直，守法不偏，有輔佐的才能；馮翊田子華處士，清廉謹慎，通達應變，瞭解政治教化的根本。兩位與臣有十年的交情，十分清楚他們的才能長處，可以託付政事。擬請派任周弁當南柯郡司憲，田子華當司農。或許可以使臣的政績有所表現，政事不致紊亂。」王一併依照他的表奏派遣。

這個晚上，王與夫人在國都南邊餞別。王對淳于生說：「南柯是本國的大郡，土地肥沃收成豐富，人口眾多而複雜，沒有好的施政不能治理。何況有周、田兩位的輔助，卿應該多多勉勵，來滿足國家的期望！」夫人訓戒公主說：「淳于郎性情剛強，喜歡喝酒，加上年紀又輕；做媳婦的道理，最重要的是柔順；你能好好侍候他，我就不擔心了。南柯雖然地方不遠，早晚還是不能相見；今天的離別，怎麼不教人掉淚呢！」淳于生與公主雙雙磕頭拜別，往南出發。坐著車，帶著護衛，說說笑笑很高興。

幾天後到了郡城，郡裏的官吏、和尚、道士、父老、樂隊、車輛、衛隊、鑾車，爭著來歡迎。人多氣盛，聲音雜亂，鐘鼓鳴奏，吵吵鬧鬧，連綿不絕十幾里。看那城牆、垛口、臺榭、樓觀，充滿著喜氣。走進大城門，門也有個大匾，題著金字，是「南柯郡城」。只見紅窗棨門，嚴整而深邃。淳于生下車到任，觀察風俗，改善民生疾苦，政事交給周、田辦理，郡裏治理得很好。自從擔任郡守二十年，移風易俗的教令普遍推行，百姓們歌頌他，替他立功德碑，蓋了祝生祠。王也很器重他，賜給他封地、爵位，安排了宰相銜。周、田都在施政方面成名，屢次升遷高位。他生了五男二女。男的以門蔭任官職，女的也聘給王族。榮耀顯赫，極一時之盛，當時沒有人比得上。

這年，有一個檀蘿國，來侵略南柯郡。王命令淳于生選將練兵去抵抗。於是上表請派周弁帶領軍隊三萬，到瑤臺城抵抗敵人。周弁剛勇，犯了輕敵的毛病，軍隊大敗。周弁單人獨馬、丟盔棄甲，偷偷逃走，夜裏進城。敵人搶了輜重鎧甲回去。淳于生就把周弁囚禁起來，自己也連帶請罪。王將他們都寬免了。

這一個月，司憲周弁背上長了癰瘡，去世。公主生病，過了十天也去世了。淳于生就請辭郡守職務，護送靈柩回到國都；王准許他。就由司農田子華代理南柯太守的職務。淳于生十分哀痛，運送靈車起行，一路上還是威儀森嚴；男的女的大聲號哭，人民官吏設案祭奠，攀著車轅、攔著道路表示依戀的，多得數不清；終於到了國都。王與夫人穿著白衣在郊外哭，等候靈車到來。賜給公主的謚號是「順儀公主」。預備儀仗隊、羽毛華蓋、鼓吹，把公主葬在國都東邊十里的盤龍岡。這一個月，故司憲的兒子榮信，也護送周弁的靈車回到國都。

淳于生長久鎮守外藩，與都城人士結好，貴門豪族，沒有不相處融洽的。自從辭掉郡守回到國都，出入很隨便，交遊賓客隨從，威福越來越大。王的心裏難免猜疑害怕。當時有人上表說：「天象現出譴責的徵象，國家將有大災難。都城遷徙，宗廟崩壞。禍端起於他族，事情從內部發生。」當時的議論，認為是淳于生奢侈越份，應了天象。於是取消了淳于生的侍衛，禁止他的交遊與隨從，讓他住在家裏。淳于生自以為當了多年的郡守，沒有不良的政績，卻為了流言而歧視怨憤他，顯得鬱鬱不樂。王也知道了，就命令淳于生說：「結親二十多年，不幸小女夭折，不能與你白頭到老，真是令人萬分的傷痛！」夫人留下外孫自己養育。又對淳于生說：「卿離開家已經很久了，可以暫時回到家鄉，見一見親族。外孫們留在這裏，不必掛念。三年以後，當派人迎接卿。」淳于生說：「這就是家了，還要再回到哪裏呢？」王笑一笑說：「卿本在人間，家不在這裏。」淳于生忽然覺得好像在昏昏睡夢裏，迷迷糊糊了很久，才醒悟以前經歷的事，就流著眼淚，請求回鄉。王命令左右送淳于生，淳于生拜了兩拜就走了。又看見從前的那兩個穿紫衣使者跟著他。到了大門外，看看所坐的車子很差，左右親近隨從僕人，一個也沒有，心裏很感慨、意外。淳于生上了車，大約走了幾里，又出大城。很像是往年東來的路，山川原野，還是跟從前一樣。送行的兩位使者，一點威儀也沒有，淳于生更加的不愉快。淳于生問使者說：「廣陵郡什麼時候可以到？」兩位使者自在唱歌，不理會他。許久才回答說：「一會兒就到。」

不久從一個洞裏出來，看到故鄉的街道，和從前一樣沒有改變，心裏暗暗悲傷，不知不覺流下淚來。兩位使者引領淳于生下車，走進門，上臺階，看見自己躺在廳堂東邊的走廊下。淳于生很害怕，不敢走近。兩位使者大喊淳于生的姓名幾聲，淳于生就醒悟過來；看見家裏的僕人在院子裏掃地，兩位客人坐在床上洗腳，太陽還沒沉入西牆，酒杯裏還有喝剩的酒，在東窗下發出清光。夢裏才一會兒，卻好像過了一輩子。

淳于生感慨嘆息，就把兩位客人叫來，告訴他們經過。兩位客人大吃一驚，就跟淳于生出外，找到槐樹下的洞穴。淳于生指著說：「這就是夢裏進去的地方。」兩位客人以為是狐狸樹妖在作怪。於是命令僕人扛著斧頭，砍斷臃腫的樹幹，折斷分歧生長的樹枝，探尋洞穴的根源。旁邊約一丈寬，有一個大穴，空洞洞的很明亮，擺得下一張床。根部上面堆著土壤，作成城郭臺殿的樣子。有螞蟻幾石，聚集藏在裏面。中間有個小臺，顏色像是紅的。兩隻大螞蟻待在上面，白翅膀，紅腦袋，長約三寸。左右有幾十隻大螞蟻保護牠，其他螞蟻不敢走近，這應該是牠們的國王。就是槐安國的都城了。又找到一個洞：直向南方的枝幹，大約四丈遠，曲曲折折地從四面到正中間，也有土城小樓，許多螞蟻在裏面，這就是淳于生管領的南柯郡！又有一個洞穴：向西去兩丈，廣大而空洞，凹凸高低，奇形怪狀。中間有一個腐爛的龜殼，像斗那麼大，被雨水浸潤，小草叢生，茂盛陰翳，掩蔽了舊殼，這就是淳于生打獵的靈龜山哪！又探尋一個洞：向東去一丈多，老樹根彎彎曲曲，像龍蛇的形狀。中間有個小土堆，高一尺多，就是埋葬淳于生妻子的盤龍岡墳墓。回想以前的事，心裏有無限的感慨。查看尋見的遺跡，都符合夢境。他不願意兩位客人毀壞它，立刻要他們照舊掩埋。

這天晚上，忽然起了暴風雨。第二天早晨再看那些洞穴，一群螞蟻都不見了，不知道到哪裏去。所以先前說的「國家將有大災難，都城遷徙」，這就是它的應驗了。又想起與檀蘿國爭戰的事，再請兩位客人到外面去找遺跡。住宅東邊一里，有一條古老乾涸的溪澗，旁邊有一棵大檀樹，藤蘿糾纏生長，上面看不見太陽。旁邊有個小洞，也有螞蟻聚集藏在裏面。檀蘿國，不就是這個嗎？唉！像螞蟻這樣的靈怪，還無法完全理解，何況是躲在山中、藏在樹林裏大的生物所作的變化呢？

當時淳于生的酒友周弁、田子華，都住在六合縣，沒有與淳于生來往十多天了，淳于生立刻派遣家僮趕快去問候。周生已經急病去世，田子華也臥病在床。淳于生感到南柯的虛幻，覺悟人世的快速短暫，就誠心皈依道門，戒絕酒色。過了三年，是丁丑歲，也死在家裏，享年四十七，正符合從前約定的期限。

我在貞元十八年秋八月，從吳郡到洛陽，暫時停在淮浦，偶然見到淳于棼的樣貌，詢問遺跡，一再反覆地研究，事情都是實在的，就編錄成傳記，提供給好事的人閱讀。雖然是談論神奇鬼怪，事情也不合常理，但是希望給佔據高位的人作個警戒。以後的君子，要將南柯的事視為偶然，不要以名位在天地間驕傲凌人。

前華州參軍李肇作贊說：「官位俸祿極為尊貴，權力壓倒京城。明達的人看來，與螞蟻群有什麼不同。」

妖異記．盧汾

《太平廣記》卷四百七十四

夏陽盧汾，字士濟。幼而好學，晝夜不倦。後魏莊帝永安二年七月二十日，將赴洛，友人宴於齋中。夜闌月出之後，忽聞廳前槐樹空中，有語笑之音，並絲竹之韻。數友人咸聞，訝之。俄見女子衣青黑衣，出槐中，謂汾曰：「此地非郎君所詣，奈何相造也？」汾曰：「吾適宴罷。友人聞此音樂之韻，故來請見。」女子笑曰：「郎君真姓盧耳？」乃入穴中。俄有微風動林，汾嘆訝之，有如昏昧。及舉目，見宮宇豁開，門戶迴然。有一女子衣青衣，出戶謂汾曰：「娘子命郎君及諸郎相見。」汾以三友俱入，見數十人各年二十餘，立於大屋之中，其額號曰「審雨堂」。

汾與三友歷階而上，與紫衣婦人相見。謂汾曰：「適會同諸宮女，歌宴之次，不敢拒，因此請見。」紫衣者乃命汾等就宴。後有衣白者、青黃者，皆年二十餘。自堂東西閣出，約七、八人，悉妖豔絕世。相揖之後，歡宴未深，極有美情。忽聞大風至，審雨堂梁傾折，一時奔散。汾與三友俱走，乃醒。既見庭中古槐，風折大枝，連根而墮。因把火照所折之處，一大蟻穴，三、四螻蛄，一、二蚯蚓，俱死於穴中。汾謂三友曰：「異哉！物皆有靈，況吾徒適與同宴，不知何緣而入？」於是及曉，因伐此樹，更無他異。

析評

這一篇小說的結構，在淳于棼入夢前，是一個小小的序曲。從淳于棼入夢到娶「金枝公主」為妻是第二段落，婚後到前往南柯郡是第三段落，治理南柯郡開始到兵敗、公主亡歿、護喪歸國是第四段落，歸國後引起猜忌而返鄉、夢醒是第五段落，夢醒後的種種印證到淳于棼過世是第六段落。

這一篇小說一直與〈枕中記〉齊名。不過，嚴格來說，二者在許多地方的表現，有相當的歧異。〈枕中記〉是從《幽明錄》加以發揮、衍繹而來，而〈南柯太守傳〉則是出自《妖異記》的故事改編而成。《幽明錄》與《妖異記》，都是六朝的志怪書，可是〈枕中記〉所敘述的夢境，是以人世為主，甚至有學者認為是影射當時的宰相楊炎；而〈南柯太守傳〉中的淳于棼卻進入了螞蟻國，展開了一段驚奇之旅。按照前人的說法，兩篇故事顯得一正一邪。

比較有趣的是：〈枕中記〉的作者沈既濟，雖然寫的是夢，但其實在現實世界是另有所本，而且根據後人的考證，還是影射當時的宰相；李公佐的〈南柯太守傳〉寫的則是一個華麗浪漫的夢境，卻刻意在淳于棼夢醒之後，與現實世界的事情覈實，又特別強調「事皆摭實」，這樣的寫法乃是唐代傳奇作者慣用的手法——總是強調故事的來源可靠，絕非虛構。後人對於〈枕中記〉有「良史才」的稱譽，而〈南柯太守傳〉則遭致「文妖」的批評，這樣的論斷，代表了傳統的觀點較為僵化，畢竟〈南柯太守傳〉在夢境與現實的虛實交錯，以及夢境的鋪排，乃至主題的發展、淳于棼性格的描述，都比〈枕中記〉相對應的內容來得豐富生動許多。

以人物來看，淳于棼是個游俠、當過裨將，所以在後來的發展裡，他的表現基本上都還十分吻合這個形象。尤其是作者對於他的性格形塑，在夢中與現實世界一致：現實中，淳于棼「使酒忤帥，斥逐落魄，縱誕飲酒為事」，一旦遇到挫折，整個人變得無法應付、解決自己造成的困境；而在夢境之中，出任南柯太守是公主的建議與安排。淳于棼的說法是「我放蕩不習政事」，反而是公主鼓勵他：「卿但為之，余當奉贊。」於是公主向國王稟告，才促成了這一件事。後來與檀蘿國的戰爭，兵敗，主將周弁、公主相繼過世，淳于棼歸國，整個人的行事風格，與現實世界完全一樣。故事起始，說他：「游俠之士。嗜酒使氣，不守細行。累巨產，養豪客。」而在兵敗、妻歿、歸國之後，竟然全無警醒：「生久鎮外藩，結好中國，貴門豪族，靡不是洽。自罷郡還國，出入無恆，交遊賓從，威福日盛。」這樣的高調行事，當然引起國王的猜忌，決定送他返鄉。

故事中巧妙地結合「現實」與夢境的事件對比，使得全篇故事籠罩在虛實、真幻交錯的氛圍。在現實中，淳于棼父親失聯十七八年，夢中透過國王的協助，淳于棼收到父親來信，「生驗書本意，皆父平生之跡。書中憶念教誨，情意委曲」，還加上一句「歲在丁丑，當與女相見」，果然淳于棼就死在丁丑年。又例如現實中的酒友周弁、田子華，在夢中相逢，成為他治理南柯郡的重要幫手；兵敗之後，周弁病故，等到淳于棼夢醒，派人探問周弁，周弁竟然「暴疾已逝」。而最為明顯的對照則是夢中的大槐安國，與現實中的蟻穴完全符合。這種現實與夢境的對應，恐怕對於淳于棼心裡的衝擊更大，這或許也是淳于棼在三年後就過世的原因。

在情節的鋪敘方面，〈枕中記〉裡盧生從出將入相到兩次被貶，最後壽終正寢，內容上比較簡略，而且少有對話，大部份都是第三人稱的敘述。而〈南柯太守傳〉裡，出現的人物，至少還有：淳于棼的父親、好友、公主、國王、王后、「群仙姑姊」等，而彼此的對話更是一再使用。在細節上，例如結婚典禮、南柯郡、蟻穴……等等，也都花費許多文詞加以描述。在這些地方，是可以看出李公佐刻意經營的工夫，也難免有點張揚太過的缺點。

舉其中的一個例子來說，同樣提到二人的政績，〈枕中記〉裡，對盧生的事蹟，共有三段較重要的敘述：一是鑿河八十里，以濟不通，邦人利之，刻石紀德。二是大破戎虜，斬首七千級，開地九百里，築三大城以遮要害，邊人立石以頌之。歸朝冊勳，恩禮極盛。三是與蕭嵩、裴光庭同執大政十餘年，嘉謨密令，一日三接，獻替啟沃，號為賢相。而在〈南柯太守傳〉裡，淳于棼的功蹟，其實只有治理南柯郡而已，但是作者卻依次敘述：一，淳于夫人建議淳于棼從政；二，國王任命淳于棼擔任南柯太守；三，就任前的準備，並上表謝恩。四，國王對淳于棼及王后對公主的期勉。五，到郡時官員、居民的熱烈歡迎，及南柯大治。六，軍事失敗，公主死，淳于棼黯然扶喪歸國。其中文字內容的繁與簡，很可以看出來作者在創作上的意念有所不同。

這兩個故事有一個共通點，〈枕中記〉的盧生，從青瓷枕旁側的竅孔進入夢境，而〈南柯太守傳〉的淳于棼，則是從大槐樹的孔洞入夢，這讓人想起陶淵明筆下的桃花源，武陵漁夫也是「山有小口，髣髴若有光，便舍船，從口入。」更別說〈愛麗絲夢遊仙境〉中的主角，是從兔子洞進入而展開她的奇幻之旅。這種巧合，似乎與「孔洞」的原始象徵有關。

最後，這兩篇故事設定的主題，雖然都是看透世俗名利，但表現的手法仍有些許歧異。最主要的差異在於〈枕中記〉比較從時間的概念著手，所以「蒸黍未熟」的短暫，對照「出將入相」的一生經歷，時間的長短對比就顯得十分深刻。〈南柯太守傳〉則從「螞蟻國」的小，突顯「人世間」的大，甚至說是「貴極祿位」在通達之人的眼裡，與「蟻聚」沒有兩樣。大與小、槐安國與人世形成了懸殊的對比。

問題與討論

一、請為本篇六個段落的內容，各自書寫一個七字的標題。

二、淳于棼的個性如何？你對這樣的個性有何看法？

三、對於後人評價本篇是「文妖」，你的看法如何？

四、從淳于棼兵敗到被送回鄉，你最不認同淳于棼作為的是哪一項？

五、故事中多次使用現實與虛幻對照，你可以舉出其中一例加以說明嗎？

六、本篇與〈枕中記〉都有「人生如夢」的感慨，但在主題表現，卻有時、空概念的不同，你可以試著說明嗎？

幻夢類單元分析表

班級：

姓名：

學號：

互評人：

學號：

一、在二篇小說中，主角的體悟似乎不盡相同，請加以說明。

自評等第

互評分析

二、在二篇小說中，主角的性格有何不同？與夢中的際遇有何關聯？

自評等第

互評分析

三、在小說中，主角的理想都是在「夢」中實現，請說說你對「夢」的看法。

自評等第

互評分析

四、小說中做夢的地點，一是旅店，一是廡下，為什麼？

自評等第

互評分析

單元五：志異類

離魂記

陳玄祐

導讀

〈離魂記〉的故事，十分浪漫感人。

一對為情所苦的戀人，女孩子選擇靈魂離開軀體的方式，跟著男孩子私奔。後來因為思念父母，回家省親，才揭開這一個離奇故事的答案。故事的情節很簡單，但卻頗堪玩味。

本篇是後世許多描寫靈魂出竅一類故事的始祖，在構思上，堪稱一絕。而「倩女離魂」這個詞語，更成為浪漫故事的代名詞之一。

課文與注釋

天授❶三年，清河張鎰，因官家於衡州。性簡靜，寡知友。無子，有女二人。其長早亡；幼女倩娘，端妍絕倫❷。鎰外甥太原王宙，幼聰悟，美容範。鎰常器重，每曰：「他時當以倩娘妻之。」

此為戲言，不可當真。

❶天授：唐武則天的年號（西元六九〇——六九一年）。

❷端妍絕倫：端莊美麗，沒有人比得上。

二人有情

由此見其匆促之情

孝心感人

後各長成。宙與倩娘常私感想於寤寐，家人莫知其狀。後有賓寮之選者求之，鎰許焉。女聞而鬱抑，宙亦深恚恨❸。託以當調，請赴京，止之不可，遂厚遣之。宙陰恨悲慟，決別上船。日暮，至山郭數里。夜方半，宙不寐，忽聞岸上有一人行聲甚速，須臾至船。問之，乃倩娘徒行跣足❹而至。宙驚喜發狂，執手問其從來。泣曰：「君厚意如此，寢夢相感。今將奪我此志，又知君深情不易，思將殺身奉報，是以亡命來奔。」宙非意所望，欣躍特甚。遂匿倩娘於船，連夜遁去。倍道兼行❺，數月至蜀。

凡五年，生兩子，與鎰絕信。其妻常思父母，涕泣言曰：「吾曩日❻不能相負，棄大義而來奔君。向今❼五年，恩慈間阻。覆載之下❽，胡顏獨存也？」宙哀之，曰：「將歸，無苦。」遂俱歸衡州。既至，宙獨身先至鎰家，首謝其事。鎰曰：「倩娘病在閨中數年，何其詭說❾也！」宙曰：「見在舟中！」鎰大驚，促使人驗之。果見倩

❸恚恨：惱恨。
❹跣足：赤腳。跣，音ㄒㄧㄢˇ。
❺倍道兼行：比平常加倍地趕路。
❻曩日：昔日，從前。
❼向今：到現在。
❽覆載之下：生存於天地之間。覆載，天覆地載，即天地之間。
❾何其詭說：為什麼這樣胡說？

娘在船中，顏色怡暢，訊使者曰：「大人安否？」家人異之，疾走報鎰。室中女聞喜而起，飾妝更衣，笑而不語，出與相迎，翕然⑩而合為一體，其衣裳皆重。其家以事不正，秘之。惟親戚間有潛知之者。

後四十年間，夫妻皆喪。二男並孝廉擢第⑪，至丞、尉。玄祐少常聞此說，而多異同，或謂其虛。大歷末，遇萊蕪縣令張仲規，因備述其本末。鎰則仲規堂叔祖，而說極備悉，故記之。

---

⑩翕然：很快地。

⑪孝廉擢第：以孝廉的資格，考取明經或進士。漢代有郡國薦舉孝廉的辦法，這裏的孝廉是泛指州郡薦舉考試的人。

譯文

唐武后天授三年，清河人張鎰，因為到衡州做官，就在那裏住家。他的個性簡易好靜，少有知心朋友。膝下無子，只有兩個女兒。長女自幼夭折，幼女倩娘，長得端莊美麗，沒有人比得上。張鎰的外甥太原人王宙，自幼聰明，容貌儀表十分出色。鎰常常器重他，往往對他說：「以後應當會把倩娘許配你為妻。」

後來，王宙與倩娘各自長大成人，兩人私下常在睡夢裏想念對方，家人卻不知道這種情形。不久，張鎰的幕僚裏有一位將赴吏部選官的人前來求親，張鎰應允了。倩娘知道後，終日鬱悶難伸，王宙的心中也大為怨恨。於是託詞說應該調任官職，要到京城去，張鎰挽留不住，便送了很多的財禮。王宙私下裏暗自悲恨痛哭，就離別上船。黃昏時分，船行到距離山城數里之遠的地方。半夜時候，王宙在船上睡不著，忽然聽到岸上有人走得很快的聲音，不多久，便到了船邊。王宙起身詢問，乃是倩娘赤著腳徒步到了。王宙萬分驚喜地都快發狂了，握住倩娘的手，問她從哪兒來。倩娘流著淚說道：「您的情意如此深厚，即使在夢中都還時常見面。現在父親強迫我嫁給別人，我知道您的深情不會改變，所以想以一死來報答您，因此逃亡來追隨您。」王宙喜出望外，特別的高興。於是將倩娘藏在船艙中，連夜逃走，比平常加倍地趕路，幾個月後到了四川。

過了五年，生下兩個孩子，一直沒有跟張鎰通信。倩娘常常想念父母，哭著對丈夫說：「當年，我為了不敢辜負您的深情，拋棄了雙親，和您私奔，到現在已經五年了。和父母遠隔，還有什麼臉獨自活在天地間呢？」王宙可憐她，便說：「就回去吧，不要再難過了。」於是一起回到衡州。到了之後，王宙單身先到張府，叩頭謝罪當年的事。張鎰說：「倩娘臥病在床好幾年了，你在胡說些什麼呢？」王宙說：「倩娘現在還在船上呢！」張鎰大吃一驚，趕忙派人前去察驗，果然看見倩娘在船上，神色愉快舒暢，還詢問前來的人說：「父親安好嗎？」家人感到奇怪，急忙趕回去報告張鎰。原來在閨中的倩娘聽到了消息，高興地起身，打扮換衣服，含笑不說話，出到廳堂相迎，很快就合為一體，衣裳也都重疊為一了。張家的人因為這件事有點不正，所以秘不告人，只有親戚之間，偶爾有人私底下知道這件事。

四十年後，王宙、倩娘相繼逝世。兩個孩子先後以孝廉身份考試及第，官做到縣丞、縣尉。我年少的時候常常聽到這件傳聞，卻有一些不同，有的人說是假的。大曆末年，我遇到了萊蕪縣令張仲規，完整地告訴我事情的本末。張鎰乃是仲規的堂叔祖，仲規的說法十分詳細，因此我特別記了下來。

參考文獻

幽明錄・龐阿

南朝宋　劉義慶

鉅鹿有龐阿者，美容儀。同郡石氏有女，曾內睹阿，心悅之。未幾，阿見此女來詣阿，阿妻極妒，聞之，使婢縛之，送還石家，中路遂化為煙氣而滅。

婢乃直詣石家，說此事。石氏之父大驚，曰：「我女都不出門，豈可毀謗如此？」阿婦自是常加意伺察之。居一夜，方值女在齋中，乃自拘執以詣石氏。石氏父見之，愕眙曰：「我適從內來，見女與母共作，何得在此？」即令婢僕於內喚女出，向所縛者，奄然滅焉。

父疑有異，故遣其母詰之。女曰：「昔年龐阿來廳中，曾竊視之。自爾仿佛即夢詣阿，及入戶，即為妻所縛。」石曰：「天下遂有如此奇事！」夫精神所感，靈神為之冥著，滅者，蓋其魂神也。

既而女誓心不嫁。經年，阿妻忽得邪病，醫藥無徵，阿乃授幣石氏女為妻。

析評

本篇情節的設想十分新奇，不過卻是根據成書於南北朝的《幽明錄・龐阿》的故事加以改寫而成。改寫的故事要能「後出轉精」，通常要有所創新，並且加強作品的深度、強度，甚至是改正舊作不合理的地方。而經過本篇作者的改寫，原作的一些問題的確都消失了，也讓這個故事有了更深刻的義涵。

首先是原作中女主角的形象，石女只是見了龐阿一面，而且似乎是喜愛龐阿的「美容儀」，竟然就靈魂出竅，而且直接跑到龐阿家裡，才會產生兩次被龐阿的妻子發現、細綁送回石家的情形。嚴格來說，這樣的感情基礎極為薄弱，恐怕連龐阿都會覺得奇怪吧？相較於倩娘與王宙，不但兩人從小就是青梅竹馬，還有倩娘的父親張鎰對王宙的承諾：「他時當以倩娘妻之。」更何況兩人長大之後，「常私感想於寤寐」，意思是不管睡著或醒著，都會互相想念對方，這般的情意深厚，絕對不是石女與龐阿之間可以相提並論的。

再如情節的改寫方面，《幽明錄》的故事裡，還有一位龐阿的妻子。說她善妒，幾次細綁石氏送回，最後落到得了「邪病」的下場，一副必須她死才能換得石氏的幸福的態勢，也未免太不近人情了。而在〈離魂記〉裡，王宙與倩娘婚姻的阻礙，變成倩娘的父親將倩娘另行許配給他人。最後在兩人私奔、回家省親後，圓滿落幕。嚴格來說，二人同心，打破幽明殊途的禁梏，是本篇故事的主旨。相較之下，又比原作略勝一籌。

在角色的安排上，王宙的形象顯得較為薄弱，反而不如倩娘勇敢堅強、深情孝順來得強烈許多。特別是在張鎰答應了「賓寮之選」的提親，王宙只是「深恚恨」，竟然沒有任何的據理力爭，而是「託以當調」，企圖離開這個傷心地。從「託以當調」來看，王宙已有官職，又有張鎰說過的「他時當以倩娘妻之」，不知道為什麼就是沒有提出要求？反而是在倩娘半夜私奔，王宙才勇氣橫生，竟不計後果帶著倩娘到了蜀地，一待就是五年。

再來看看倩娘：倩娘固然為了愛情，而勇於追求幸福，但十分難能可貴的是，她同時並沒有忘記父母的養育之恩。所以在兩人私奔五年，生了兩個孩子之後，哭著向王宙說，當年為了不辜負王宙的感情，不得以背棄了父母與他私奔。如今，與父母斷絕音信，讓她感覺沒有臉活著。於是王宙帶著倩娘回家省親，二個倩娘才合而為一。從這一段，一方面可以看出倩娘的孝心與善良，一方面也為故事的結尾，作了最好的安排，顯得十分高明。

這一篇是屬於志異類的小說，加上〈柳毅傳〉、〈無雙傳〉這兩篇，它們的故事內容，雖然都有一點點「愛情」故事的元素，但是這種志異類的故事，與愛情類的故事還是有些不同。首先，志異類會有一些超現實的內容，例如軀體離開靈魂，或是進入龍宮（非人間）的世界，又或是茅山靈藥讓人詐死的情節。對照〈李娃傳〉、〈鶯鶯傳〉、〈霍小玉傳〉，就不會有這些超現實的內容。另外，志異類出現的女性與俠義類的小說相似，對於女性的外貌，都沒有特別的描寫，所以包含倩娘、龍女、無雙的長相，幾乎都是一語帶過。像是倩娘「端妍絕倫」，龍女「殊色」、「自然蛾眉」，無雙「端麗聰慧」、「資質明艷，若神仙中人」，相較於李娃、鶯鶯、霍小玉的美貌，作者在用字遣辭上，則是下了不少工夫。

另外一個有趣的巧合是，三篇愛情的故事中，男女主角之間的感情，比較顯而易見。至於這三篇志異類的故事當中，王宙的懦弱，造成不敢表達自己對倩娘的情感；柳毅耽心瓜田李下，對龍女的愛意更是刻意隱藏，龍女也是在最後才說明自己的感情；王仙客固然對無雙一往情深，無雙長大之後是否也一樣喜歡仙客，卻沒有明說。整體而論，他們彼此之間的情愛，是有一些的隱晦不明。這樣的巧合，應該也是這三篇小說不宜歸類愛情小說的考量因素。

問題與討論

一、本篇故事與龐阿比較，兩人婚姻的阻礙有什麼不同。

二、王宙在倩娘許配給別人時的反應如何？

三、對於倩娘離魂，你覺得與王宙私奔的是本人還是靈魂體？為什麼？

四、愛情類與志異類在女主角的長相描寫方面，有什麼不同？你可以將兩類的女主角各找一人，簡單的加以比較嗎？

五、本書三篇志異類小說，在男女主角感情的描寫上有什麼共通點？

六、請你將本篇故事分成若干段落，並且為各段落加上七個字的標題。

柳毅傳

李朝威

導讀

本篇故事敘述落第書生柳毅，偶然遇見龍女，感於龍女的不幸，而答應為龍女送信，使得龍女脫離困阨。後幾經波折，終於與龍女結為夫妻，二人同修，成為神仙美眷。

由於故事中出現龍王，使得本篇小說有些神怪色彩。而柳毅重義、守信的性格，與龍女的多情，則是讓本篇的內容，沾上幾分愛情的主題。不過，這種奇幻的主題，難免有些誇飾太過的地方。作者在描寫龍宮的部份，就有這樣的問題。

課文與注釋

儀鳳中，有儒生柳毅者，應舉下第❶，將還湘濱。念鄉人有客於涇陽者，遂往告別。至六七里，鳥起馬驚，疾逸道左；又六七里，乃止。見有婦人，牧羊於道畔。毅怪視之，乃殊色❷也。然而蛾臉❸不舒，巾袖無光，凝聽翔立❹，若有所伺。

馬驚疾逸，或許即為龍女所致。

❶下第：落榜。
❷殊色：絕色，非常美麗。
❸蛾臉：眉目之間。蛾，蛾眉。臉，通「瞼」。眉下目上的地方。
❹翔立：棲止而立。

毅詰之曰：「子何苦而自辱如是？」婦始楚❺而謝，終泣而對曰：「賤妾不幸，今日見辱問於長者。然而恨貫肌骨，亦何能愧避，幸一聞焉。妾，洞庭龍君小女也。父母配嫁涇川次子，而夫婿樂逸，為婢僕所惑，日以厭薄❻。既而將訴於舅姑❼，舅姑愛其子，不能御。迨訴頻切，又得罪舅姑。舅姑毀黜❽以至此。」言訖，歔欷流涕，悲不自勝。又曰：「洞庭於茲，相遠不知其幾多也？長天茫茫，信耗❾莫通。心目斷盡，無所知哀。聞君將還吳，密通洞庭。或以尺書❿，寄託侍者，未卜⓫將以為可乎？」

毅曰：「吾義夫也。聞子之說，氣血俱動，恨無毛羽，不能奮飛。是何可否之謂乎！然而洞庭，深水也。吾行塵間，寧可致意邪？唯恐道途顯晦⓬，不相通達，致負

愁怨動人

❺楚：悲哀。
❻厭薄：厭惡刻薄對待。
❼舅姑：公婆。
❽毀黜：糟蹋。
❾信耗：信息。
❿尺書：信件。
⓫未卜：不知道。
⓬道途顯晦：意思是幽明路隔，人世與仙境是兩個不同的環境。

雨工之說，但增奇異，與情節無關，略顯多餘。勿相避之語，為後文作一伏筆。

誠託，又乖懇願⑬。子有何術，可導我邪？」女悲泣且謝，曰：「負載⑭珍重，不復言矣。脫⑮獲回耗，雖死必謝。君不許，何敢言；既許而問，則洞庭之與京邑，不足為異也。」

毅請聞之。女曰：「洞庭之陰，有大橘樹焉，鄉人之謂『社橘』。君當解去玆帶，束以他物，然後叩樹三發，當有應者。因而隨之，無有礙矣。幸君子書敘之外，悉以心誠之話倚託，千萬無渝⑯！」毅曰：「敬聞命矣。」女遂於襦間解書，再拜以進，東望愁泣，若不自勝。毅深為之戚。乃置書囊中，因復問曰：「吾不知子之牧羊，何所用哉？神祇豈宰殺乎？」女曰：「非羊也，雨工也。」「何為雨工？」曰：「雷霆之類也。」毅顧視之，則皆矯顧怒步⑰，飲齕⑱甚異；而大小毛角，則無別羊焉。毅又曰：「吾為使者，他日歸洞庭，幸勿相避。」女曰：「寧止不避，當如親戚耳。」語

⑬乖懇願：違背我的誠意。
⑭負載：接受我的委託。
⑮脫：假使。
⑯渝：改變。
⑰矯顧怒步：昂著頭，走得很神氣。
⑱齕：咬嚼。音ㄏㄜˊ。

竟，引別東去。不數十步，回望女與羊，俱亡所見矣。

其夕，至邑而別其友。月餘，到鄉。還家，乃訪於洞庭。洞庭之陰，果有社橘。遂易帶⑲向樹，三擊而止。俄有武夫出於波間，再拜請曰：「貴客將自何所至也？」毅不告其實，曰：「走謁大王耳。」武夫揭水指路，引毅以進。謂毅曰：「當閉目，數息⑳可達矣。」毅如其言，遂至其宮。始見臺閣相向，門戶千萬，奇草珍木，無所不有。夫乃止毅，停於大室之隅，曰：「客當居此以伺焉。」毅曰：「此何所也？」夫曰：「此靈虛殿也。」

諦視㉑之，則人間珍寶，畢盡於此：柱以白璧，砌以青玉，床以珊瑚，簾以水精，雕琉璃於翠楣，飾琥珀於虹棟㉒。奇秀深杳，不可殫言。然而王久不至。毅謂夫曰：「洞庭君安在哉？」曰：「吾君方幸玄珠閣，與太陽道士講火經，少選㉓當畢。」毅

⑲易帶：解帶，脫帶。
⑳數息：呼吸幾次，比喻很快的時間。
㉑諦視：仔細地看。
㉒虹棟：色彩如虹的屋樑。
㉓少選：一會兒，須臾。

曰：「何謂火經？」夫曰：「吾君，龍也。龍以水為神，舉一滴可包陵谷。道士，乃人也。人以火為神聖，發一燈可燎阿房㉔。然而靈用不同，玄化㉕各異。太陽道士精於人理，吾君邀以聽焉。」

語畢而宮門辟。景從雲合㉖，而見一人，披紫衣，執青玉。夫躍曰：「此吾君也！」乃至前以告之。君望毅而問曰：「豈非人間之人乎？」毅對曰：「然。」毅遂設拜，君亦拜，命坐於靈虛之下。謂毅曰：「水府幽深，寡人暗昧㉗，夫子不遠千里，將有為乎？」毅曰：「毅，大王之鄉人也。長於楚，游學於秦。昨下第，閒驅涇水之涘㉘，見大王愛女牧羊於野，風鬟雨鬢㉙，所不忍視。毅因詰之。謂毅曰：『為夫婿所薄，舅姑不念，以至於此。』悲泗淋漓，誠怛㉚人心。遂託書於毅。毅許之，今以至此。」

㉔阿房：阿房宮。秦始皇所造，後為項羽放火燒毀。

㉕玄化：神奇變化。

㉖景從雲合：形容臣僚眾多簇擁而來。景，影也。龍從雲，所以說是「雲合」。

㉗暗昧：糊塗、不明白。

㉘涘：水邊。

㉙風鬟雨鬢：形容龍女拋頭露面，遭受風吹雨打。

㉚怛：傷痛。

千里送信，的確可敬。龍王感恩，情理所當然。

由洞庭龍君引出錢塘龍君

聲勢驚人

因取書進之。洞庭君覽畢，以袖掩面而泣曰：「老父之罪，不能鑒聽，坐貽聾瞽㉛，使閨窗孺弱，遠罹構害。公，乃陌上人也，而能急之。幸被齒髮㉜，何敢負德！」詞畢，又哀咤㉝良久。左右皆流涕。

時有宦人密侍君者，君以書授之，令達宮中。須臾，宮中皆慟哭。君驚，謂左右曰：「疾告宮中，無使有聲，恐錢塘所知。」毅曰：「錢塘，何人也？」曰：「寡人之愛弟。昔為錢塘長，今則致政矣。」毅曰：「何故不使知？」曰：「以其勇過人耳。昔堯遭洪水九年者，乃此子一怒也。近與天將失意，塞㉞其五山。上帝以寡人有薄德於古今，遂寬其同氣㉟之罪。然猶縻繫㊱於此，故錢塘之人，日日候焉。」

語未畢，而大聲忽發，天拆地裂，宮殿擺簸，雲煙沸涌。俄有赤龍長千餘尺，電

㉛坐貽聾瞽：因而造成像是聾子、瞎子一般。

㉜幸被齒髮：幸好具有人類的善心。被齒髮，指人類，因人類有齒有髮。

㉝哀咤：悲嘆。咤，音ㄓㄚˋ。

㉞塞：窒塞，發水淹沒。

㉟同氣：同胞兄弟。

㊱縻繫：拘禁。

與前段之描述，形成極端對比。

目血舌，朱鱗火鬣37，項掣38金鎖，鎖牽玉柱，千雷萬霆，激繞其身，霰39雪雨雹，一時皆下。乃擘40青天而飛去。毅恐蹶41仆地。君親起持之曰：「無懼。固無害。」毅良久稍安，乃獲自定。因告辭曰：「願得生歸，以避復來。」君曰：「必不如此。其去則然，其來則不然。幸為少盡繾綣42。」因命酌互舉，以款人事。

俄而祥風慶雲，融融怡怡43，幢節玲瓏44，簫韶45以隨。紅妝千萬，笑語熙熙46，中有一人，自然蛾眉，明璫滿身，綃縠參差47。迫而視之，乃前寄辭者。然若喜若悲，零淚如絲。須臾，紅煙蔽其左，紫氣舒其右，香氣環旋，入於宮中。君笑謂毅曰：「涇

37 火鬣：火紅的背鰭。鬣，同鬛，音ㄌㄧㄝˋ。
38 掣：牽扯著。
39 霰：雪珠，音ㄒㄧㄢˋ。
40 擘：分開。
41 蹶：跌倒。
42 少盡繾綣：稍為盡點心意。
43 融融怡怡：形容一片和樂的氣氛。
44 幢節玲瓏：幢節，旗幟旌節，指儀仗。玲瓏，細巧精緻。
45 簫韶：本是帝舜時的音樂，這裏泛指音樂、樂隊。
46 熙熙：十分和悅的樣子。
47 綃縠參差：綢衣因行動而飄拂的樣子。綃，生絲織成的綢子。縠，縐紗。

水之囚人至矣。」君乃辭歸宮中。須臾，又聞怨苦，久而不已。

有頃，君復出，與毅飲食。又有一人，披紫裳，執青玉，貌聳神溢㊽，立於君左。君謂毅曰：「此錢塘也。」毅起，趨拜之。錢塘亦盡禮相接，謂毅曰：「女姪不幸，為頑童所辱。賴明君子信義昭彰，致達遠冤；不然者，是為涇陵之土矣。饗㊾德懷恩，詞不悉心。」毅撝退㊿辭謝，俯仰唯唯。然後回告兄曰：「向者辰發靈虛，巳至涇陽，午戰於彼，未還於此。中間馳至九天，以告上帝。帝知其冤，而宥其失，前所譴責，因而獲免。然而剛腸激發，不遑辭候，驚擾宮中，復忤[51]賓客。愧惕慚懼，不知所失。」因退而再拜。君曰：「所殺幾何？」曰：「六十萬。」「傷稼乎？」曰：「八百里。」「無情郎安在？」曰：「食之矣。」君憮然曰：「頑童之為是心也，誠不可忍。然汝亦太草草[52]。賴上帝顯聖，諒其至冤。不然者，吾何辭焉。從此已去，勿復如是。」錢塘復再拜。

錢塘龍君變成溫文儒雅，與先前出現時，判若兩人。

三個短句，實際上卻是驚心動魄的三件事。

㊽貌聳神溢：容貌出眾，精神奕奕。
㊾饗：受。
㊿撝退：謙退。撝，音ㄏㄨㄟ。
[51]忤：冒犯。
[52]草草：粗暴。

破陣、還宮，十分切合情境。

歌以明志，賓主酬對，暢言胸懷。

是夕，遂宿毅於凝光殿。明日，又宴毅於凝碧宮。會友戚，張廣樂，具以醪醴53，羅以甘潔54。初，笳角55鼙鼓，旌旗劍戟，舞萬夫於其右。中有一夫前曰：「此錢塘破陣樂。」旌鉟傑氣，顧驟悍栗56，坐客視之，毛髮皆豎。復有金石絲竹57，羅綺珠翠，舞千女於其左。中有一女前進曰：「此貴主還宮樂。」清音宛轉，如訴如慕58，坐客聽之，不覺淚下。

二舞既畢，龍君大悅，錫以紈綺59，頒於舞人。然後密席貫坐60，縱酒極娛。酒酣，洞庭君乃擊席而歌曰：「大天蒼蒼兮，大地茫茫。人各有志兮，何可思量？狐神鼠聖兮，薄社依牆61。雷霆一發兮，其孰敢當！荷貞人62兮信義長，令骨肉兮還故鄉。

53 醪醴：美酒。

54 羅以甘潔：排列、布滿了美味潔淨的食物。

55 笳角：笳，胡笳，胡人吹奏的一種木管樂器。角，古軍中一種形同竹筒的吹器。

56 旌鉟傑氣二句：旌旗劍戟之舞，激昂豪邁；武士們顧盼馳驟的動作，使人看了心驚膽戰。

57 金石絲竹：鐘磬、琴瑟、簫笛等樂器。

58 清音宛轉二句：幽雅的樂聲，抑揚頓挫，聽起來好像在低聲訴說，又像是在怨慕號泣。

59 紈綺：綾綢。

60 密席貫坐：緊緊地一個接著一個坐。

61 狐神鼠聖兮二句：狐狸依著城牆，老鼠依著祭社做巢穴。比喻壞人有所倚恃而猖獗，不便加以制裁。

62 荷貞人：依靠著正人君子。

齊言慚愧兮何時忘！」洞庭君歌罷，錢塘君再拜而歌曰：「上天配合兮，生死有途。此不當婦兮，彼不當夫。腹心辛苦兮，涇水之隅。風霜滿鬢兮，雨雪羅襦。賴明公兮引素書，令骨肉兮家如初。永言珍重兮無時無。」錢塘君歌闋63，洞庭君俱起，奉觴於毅。毅踧踖64而受爵，飲訖，復以二觴奉二君。乃歌曰：「碧雲悠悠兮，涇水東流。傷美人兮，雨泣花愁。尺書遠達兮，以解君憂。哀冤果雪兮，還處其休65。荷和雅兮感甘羞66。山家67寂寞兮難久留，欲將辭去兮悲綢繆68。」歌罷，皆呼萬歲。洞庭君因出碧玉箱，貯以開水犀69；錢塘君復出紅珀盤，貯以照夜璣70：皆起進毅。毅辭謝而受。然後宮中之人，咸以綃綵珠璧，投於毅側，重疊煥赫71，須臾埋沒前後。毅笑

---

63 歌闋：歌唱完畢。

64 踧踖：恭敬而又不安的樣子。音ㄘㄨˋ ㄐㄧˊ。

65 休：美好。

66 荷和雅兮感甘羞：承蒙和樂雅致的招待，感謝你們美味的食物。甘羞，美食。

67 山家：謙稱自己家裏。

68 綢繆：情意纏綿。

69 開水犀：可以分開水的犀牛角。

70 照夜璣：夜明珠。

71 煥赫：光彩奪目的樣子。

因酒、作色、踞謂，又與前大不同。

柳毅之言，義正辭嚴，十分可敬。

語四顧，愧揖不暇。洎酒闌歡極，毅辭起，復宿於凝光殿。

翌日，又宴毅於清光閣。錢塘因酒，作色，踞[72]謂毅曰：「不聞猛石可裂不可卷，義士可殺不可羞邪？愚有衷曲[73]，欲一陳於公。如可，則俱在雲霄；如不可，則皆夷糞壤[74]。足下以為何如哉？」毅曰：「請聞之。」錢塘曰：「涇陽之妻，則洞庭君之愛女也。淑性茂質[75]，為九姻所重。不幸見辱於匪人。今則絕矣。將欲求託高義[76]，世為親戚。使受恩者知其所歸，懷愛者知其所付，豈不為君子始終之道者？」毅肅然而作，欻然而笑曰：「誠不知錢塘君孱困[77]如是！毅始聞跨九州，懷五岳，泄其憤怒；復見斷金鏁，掣玉柱，赴其急難：毅以為剛決明直，無如君者。蓋犯之者不避其死，感之者不愛其生，此真丈夫之志。奈何簫管方洽，親賓正和，不顧其道，以威加人？豈僕之素望哉！若遇公於洪波之中，玄山之間，鼓以鱗鬚，被以雲雨，將迫毅以死，

[72] 踞：箕踞，通常代表很隨便的模樣。
[73] 衷曲：心事。
[74] 夷糞壤：陷到糞土裏。
[75] 淑性茂質：和善的本性，美好的品德。
[76] 求託高義：請求託付給高尚有義氣的人，指將龍女嫁給柳毅。
[77] 孱困：卑鄙惡劣。

知過能改，低頭認罪，真大丈夫也。

再為後文作一伏筆

毅則以禽獸視之，亦何恨哉！今體被衣冠，坐談禮義，盡五常之志性，負百行之微旨78，雖人世賢傑，有不如者，況江河靈類乎？而欲以蠢然之軀，悍然之性，乘酒假氣，將迫於人，豈近直哉！且毅之質，不足以藏王一甲之間79，然而敢以不伏之心，勝王不道之氣。惟王籌之！」

錢塘乃逡巡致謝曰：「寡人生長宮房，不聞正論。向者詞述疏狂，妄突高明。退自循顧，戾不容責。幸君子不為此乖間80可也。」其夕，復歡宴，其樂如舊。毅與錢塘，遂為知心友。

明日，毅辭歸。洞庭君夫人別宴毅於潛景殿。男女僕妾等，悉出預會。夫人泣謂毅曰：「骨肉受君子深恩，恨不得展愧戴81，遂至睽別。」使前涇陽女當席拜毅以致謝。夫人又曰：「此別豈有復相遇之日乎？」毅其始雖不諾錢塘之請，然當此席，殊有嘆恨之色。宴罷，辭別，滿宮悽然。贈遺珍寶，怪不可述。毅於是復循途出江岸，見從者十餘人，擔囊以隨，至其家而辭去。

78 負百行之微旨：秉賦各種美德的精妙道理。負，秉賦，擁有。

79 不足以藏王一甲之間：比喻龍王巨大，而自己十分渺小。

80 乖間：隔離疏遠。

81 展愧戴：表示慚愧、愛戴的心情。

毅因適廣陵寶肆，鬻其所得；百未發一，財已盈兆。故淮右富族，咸以為莫如。遂娶於張氏，亡。又娶韓氏，數月，韓氏又亡。徙家金陵。常以鰥曠多感，或謀新匹[82]。有媒氏告之曰：「有盧氏女，范陽人也。父名曰浩，嘗為清流宰。晚歲好道，獨遊雲泉[83]，今則不知所在矣。母曰鄭氏。前年適清河張氏，不幸而張夫早亡。母憐其少，惜其慧美，欲擇德以配焉。不識何如？」

毅乃卜日[84]就禮。既而男女二姓，俱為豪族，法用禮物，盡其豐盛。金陵之士，莫不健仰[85]。

居月餘，毅因晚入戶，視其妻，深覺類於龍女，而逸豔豐厚，則又過之。因與話昔事。妻謂毅曰：「人世豈有如是之理乎？」經歲餘，有一子。毅益重之。既產，逾月，乃穠飾換服，召毅於簾室之間，笑謂毅曰：「君不憶余之於昔也？」毅曰：「夙非姻好，何以為憶？」妻曰：「余即洞庭君之女也。涇川之冤，君使得白，銜君之恩，誓心求報。洎錢塘季父論親不從，遂至睽違，天各一方，不能相問。父母欲配嫁於濯

[82] 匹：配偶。
[83] 雲泉：白雲清泉，指世外勝景。
[84] 卜日：挑選一個好日子。古人往往卜卦問吉凶，所以說是卜日。
[85] 健仰：非常羨慕。

回應前文

至此方知柳毅之有情有義

錦小兒[86]某。遂閉戶剪髮，以明無意。雖為君子棄絕，分無見期；而當初之心，死不自替[87]。他日父母憐其志，復欲馳白於君子。值君子累娶，當娶於張，已而又娶於韓。迨張、韓繼卒，君卜居於茲，故余之父母乃喜余得遂報君之意。今日獲奉君子，咸善終世，死無恨矣！」因嗚咽，泣涕交下。

對毅曰：「始不言者，知君無重色之心；今乃言者，知君有愛子之意。婦人匪薄[88]，不足以確厚永心[89]，故因君愛子，以託相生。未知君意如何？愁懼兼心，不能自解。君附書之日，笑謂妾曰：『他日歸洞庭，慎無相避。』誠不知當此之際，君豈有意於今日之事乎？其後季父請於君，君固不許。君乃誠將不可邪，抑忿然邪？君其話之！」

毅曰：「似有命者。僕始見君於長涇之隅，枉抑[90]憔悴，誠有不平之志。然自約其心者，達君之冤，餘無及也。以言慎勿相避者，偶然耳，豈有意哉。洎錢塘逼迫之際，唯理有不可直，乃激人之怒耳。夫始以義行為之志，寧有殺其婿而納其妻者邪？

[86] 濯錦小兒：濯錦江龍王的兒子。
[87] 替：換，改變。
[88] 匪薄：當即菲薄之意，身份微賤。
[89] 確厚永心：確切地加強你永遠愛我的心。
[90] 枉抑：冤屈。

薛嘏之事，實為畫蛇添足之舉。

一不可也。某素以操貞為志尚，寧有屈於己而伏於心者乎？二不可也。且以率肆胸臆，酧酢紛綸91，唯直是圖，不遑避害。然而將別之日，見君有依然之容，心甚恨之。終以人事扼束，無由報謝。吁！今日，君，盧氏也，又家於人間，則吾始心未為惑矣。從此以往，永奉歡好，心無纖慮也。」

妻因深感嬌泣，良久不已。有頃，謂毅曰：「勿以他類，遂為無心，固當知報耳。夫龍壽萬歲，今與君同之。水陸無往不適。君不以為妄也？」毅嘉之曰：「吾不知國容乃復為神仙之餌92。」乃相與覲洞庭。既至，而賓主盛禮，不可具紀。後居南海，僅四十年，其邸第、輿馬、珍鮮、服玩，雖侯伯之室，無以加也。毅之族咸遂濡澤93。以其春秋積序94，容狀不衰，南海之人，靡不驚異。洎開元中，上方屬意於神仙之事，精索道術。毅不得安，遂相與歸洞庭。凡十餘歲，莫知其跡。

至開元末，毅之表弟薛嘏為京畿令，謫官東南。經洞庭，晴晝長望，俄見碧山出於遠波。舟人皆側立，曰：「此本無山，恐水怪耳。」指顧之際，山與舟相逼，乃有

91 酧酢紛綸：酒宴時，相互敬酒，一團混亂。酧，同酬。

92 國容乃復為神仙之餌：娶了美麗的妻子，竟然導致得道成仙的機會。國容，國色，美麗的女子，指龍女。餌，本義為以利誘人，引申為導致。

93 濡澤：沾受恩澤。

94 積序：累積計算。

彩船自山馳來，迎問於嘏。其中有一人呼之曰：「柳公來候耳。」嘏省然[95]記之，乃促至山下，攝衣疾上。山有宮闕如人世，見毅立於宮室之中，前列絲竹，後羅珠翠，物玩之盛，殊倍人間。毅詞理益玄，容顏益少。

初迎嘏於砌[96]，持嘏手曰：「別來瞬息，而髮毛已黄。」嘏笑曰：「兄為神仙，弟為枯骨，命也。」毅因出藥五十丸遺嘏，曰：「此藥一丸，可增一歲耳。歲滿復來，無久居人世以自苦也。」歡宴畢，嘏乃辭行。自是已後，遂絕影響。嘏常以是事告於人世。殆四紀，嘏亦不知所在。

隴西李朝威敘而嘆曰：五蟲之長[97]，必以靈著，別斯見矣。人，裸[98]也，移信鱗蟲[99]。洞庭含納大直，錢塘迅疾磊落，宜有承焉。嘏詠而不載，獨可鄰其境。愚義之，為斯文。

---

[95]省然：忽然想起來的樣子。

[96]砌：階梯。

[97]五蟲之長：五蟲為倮蟲（人類）、羽蟲（鳥類）、毛蟲（獸類）、鱗蟲（魚類）、介蟲（龜類），五蟲之長則分別為聖人、鳳、麟、龍、龜。

[98]裸：同倮。赤身露體為裸。人身上沒有羽毛鱗甲，所以古時列為倮蟲。

[99]移信鱗蟲：將人講求信義的美德，用在鱗蟲身上，指柳毅為龍女送信之事。

譯文

高宗儀鳳年間，有一個儒生柳毅，到京城考試，不幸落第。準備回湖南時，想到有個同鄉朋友在涇陽縣作客，於是打算去向朋友告別。進入涇陽縣六七里以後，突然遇到一大群鳥兒飛起，馬受了驚嚇，很快地飛跑起來。又跑了六七里才停下來。柳毅看到有個少婦，在路旁放羊。他感到很奇怪，仔細看了一下，是位美麗的女子。但是在她美麗的容顏上，卻帶著愁容，身上的衣服也很破舊，站在那裏出神地聽著，像是在等待什麼人。

柳毅問少婦說：「妳有什麼苦惱，使得自己委屈到這種地步呢？」少婦最初哀傷地推說沒有，後來忍不住哭泣起來，回答說：「這是我的不幸啊！今天屈辱您來詢問。但是我的恨意貫穿肌骨，又怎麼能為了羞愧而逃避？請您聽我說吧！我本來是洞庭湖龍君最小的女兒，由父母許配嫁給了涇川龍君的第二個兒子。而丈夫喜歡遊蕩，又被婢女迷惑，一天一天地討厭薄待我；後來我向公婆訴苦，但公婆溺愛自己的兒子，管不動。等到我哭訴得頻繁急切後，連他們也得罪了，公婆就糟蹋我到這個地步。」說完，傷心氣咽流下眼淚，悲傷到受不了的模樣。又說：「洞庭湖離這裏，相距不知有多遠？天地茫茫，無法通信。我的心、眼都望斷耗盡了，沒有人知道我的悲哀。聽說您就要回到吳地，離洞庭湖很近，想要託付您替我帶封信回去，不知道可不可以？」

柳毅說：「我是個講義氣的人，聽到妳的遭遇，憤怒得氣血都震動了，只恨沒有翅膀，不能夠立刻飛去，這還有什麼可以不可以呢？可是洞庭湖是深水，我是個凡人，怎麼能夠傳達妳的意思呢？就怕仙凡兩界不能相通，而辜負了妳的託付，又違背了自己的誠意。妳有什麼方法，可以引導我？」少婦流淚道謝說：「承蒙您接受委託，請多多珍重，我不再多說了。如果能獲得回信，即使死了也一定報答您。如果您不答應，我哪敢說；既然您答應了而問我，那麼進入洞庭湖與進入京師，就沒有什麼不同了。」

柳毅請教她。少婦說：「在洞庭湖南岸，有一棵大橘樹，當地的人稱為『社橘』，您可以解下衣帶，用其他的東西綁著，然後敲樹三下，就會有人回答，您只要跟著他，一切阻礙都沒有了。希望您除了書信的內容，以及敘說我的情形之外，全部都用誠心的話說出來，千萬不要改變！」柳毅說：「我記住了！」少婦於是從短襖內拿出一封信，拜了再拜交給柳毅，向著東方望去，悲傷哭泣起來，好像再也無法承受。柳毅深深被她感動，就把信放在囊中，接著又問說：「我不知道妳牧羊作什麼用？神仙難道也要宰殺牛羊吃嗎？」少婦說：「這不是羊，是雨工。」柳毅問：「什麼是雨工？」少婦說：「就是下雨時的雷電。」柳毅仔細地看，牠們都昂著頭，很神氣的走動，吃草的樣子很奇怪，但是形體大小、毛色、雙角，卻與普通的羊一樣。柳毅又說：「我為妳傳達信息，希望日後妳回洞庭湖時，不要躲避我。」少婦說：「我不只不躲避，一定把您當作親戚。」說完，帶著羊群，告辭向東走去。柳毅上馬走了幾十步後回頭看，那少婦和羊群都不見了。

這天晚上，柳毅到涇陽告別朋友，過了一個多月，回到家鄉。回家一趟後，就到洞庭湖畔尋訪。在洞庭湖的南岸，果然有一棵大社橘。柳毅就解下衣帶，對著樹敲了三下。不久，有一個武士從洞庭湖水中走出來，對著柳毅再拜問說：「貴客是從什麼地方到來呢？」柳毅不告訴他實情，只說：「我想去謁見大王。」武士就分開水，指著一條路，引導柳毅走進去，說：「請閉上眼睛，一會兒就可以到達。」柳毅照著他的話，很快就到了龍宮。看到宮殿樓閣相對，有千萬個門戶，奇異的花草、珍貴的樹木，幾乎什麼都有。武士帶著柳毅，留在一個大房間的角落，說：「客人請在這裏等候。」柳毅問說：「這是什麼地方？」武士回答說：「這裏是靈虛殿。」

柳毅仔細察看四周，發覺人間的珍奇寶貝，全部都在這裏：柱子是白玉，階梯是青玉，坐床用珊瑚，簾子用水晶，翠綠色的門楣，鑲嵌著琉璃，彩虹般的屋梁，裝飾著琥珀。種種珍奇秀麗，深不可知，簡直說不完。可是龍王久久沒有出來，柳毅問武士說：「洞庭龍君在哪裏呢？」武士說：「龍君剛到玄珠閣去，與太陽道士講論『火經』，待會應該就講完了。」柳毅問：「什麼是『火經』？」武士說：「我的君主是龍，龍是以水最為神聖，只要一滴水，就可以淹沒山陵河谷；道士是人，人則是以火最為神聖，只要一盞燈火，就可以燒掉阿房宮。兩者的靈用不同，神奇變化也各有歧異；太陽道士精通人理，龍君特地邀他來講論。」

話剛說完，宮殿大門打開了，眾多臣僚簇擁之中，只見一個人披著紫色衣服，手拿一塊青玉版。武士跳起來說：「這就是我的君上了。」就上前稟告龍君。龍君看看柳毅，問說：「這難道不是人世間的人嗎？」柳毅回答說：「是的。」立刻下拜行禮，龍君也下拜答禮，就讓他坐在靈虛殿下。龍君對柳毅說：「水底洞府幽暗深遠，寡人又昏昧無能，先生不遠千里而來，大概是有什麼指教吧？」柳毅說：「我是大王的同鄉，生長在湖南；不久前到京師遊學，不幸落榜，隨興走到涇水邊上時，看見大王心愛的女兒，正在荒野牧羊，拋頭露面，形容憔悴，令人不忍心看到。我問她為什麼如此淪落，她告訴我說：『被丈夫欺負，公婆又不體恤，以至於到這個地步。』她痛哭流涕，實在是令人傷感。她託我帶信給您，我答應了，今天才會到這裏來。」就拿出信交給洞庭龍君。龍君看完之後，用袖子遮著臉，哭泣說：「這是我的罪過啊！不能夠鑒別他人的好壞，造成我像聾子、瞎子一樣，使得家中的弱女子，嫁得遠遠的受人欺負。先生只是一個陌生人，卻能急人之難，我們總算是人，哪裏敢虧欠你的恩德呢！」說完，又哀傷感嘆了好久，身邊的侍從也都流下眼淚。

這時有個宦官侍候著龍君，龍君把信交給他，叫他送到內宮；不久，內宮裏傳出一片痛哭聲。龍君大吃一驚，告訴侍從說：「快去內宮告訴她們，不要出聲，恐怕錢塘君會知道！」柳毅問說：「錢塘君是什麼人？」龍君說：「他是我的弟弟，從前是錢塘江龍君，現在已經退休了。」柳毅又問：「為什麼不讓他知道？」龍君說：「因為他勇猛過人。從前唐堯時遭受九年的大洪水，就是他生氣造成的。最近又與天將衝突，淹沒了對方的五座山。上帝因為我過去有一點小貢獻，才寬恕我這個同胞兄弟的罪過。可是還暫時拘禁在這裏，因此錢塘江的人，天天等著他回去。」

話還沒說完，突然有巨大的聲音傳出來，好像天崩地裂，連宮殿都搖擺簸動，濃濃的雲煙滾滾冒出。不久有一條火紅的龍，長有一千多尺，目光如閃電，長舌如血，鱗片赤紅，長鬚如火，頸子上套著黃金鎖，鎖鍊牽在一根玉柱上；在牠四周圍，圍繞著千雷萬雹；牠一擺動，霰雪雨雹全部一起打下來。就這樣劈開青天，飛身而去。柳毅嚇得跌倒在地，龍君親自扶起他說：「不用怕！沒有什麼關係！」柳毅過了好久，才稍微安心些，接著也寧定下來了，就告辭說：「希望還能活著回去，以免碰到他再來。」龍君說：「一定不會的，他去是這樣子，回來時就不會這樣子了。請不要走，讓我略盡主人的情意。」於是命僕人安排酒宴，相互舉杯勸酒，來款待客人。

不久宮裏一片和風祥雲，氣氛無比和樂怡人，有一輛玲瓏可愛的小車子來了，還有美妙的簫聲伴隨，旁邊有著成千上萬的女侍，談笑十分和悅。車上坐著一個人，天生美貌，全身滿是珠玉飾物，絲綢綃羅飄拂。靠近著看，正是先前託帶信息的少婦。她又像高興，又像悲傷，眼淚像絲線流個不停。才一會兒，紅煙在左邊掩映著，紫氣在右邊舒捲著，一片香氣繚繞中，車子進入了內宮。洞庭龍君笑著告訴柳毅說：「涇水那個可憐的囚犯來了。」龍君便告辭回到內宮。過了不久，又聽到哀怨痛苦的哭聲，很久都沒有停止。

好一會兒，洞庭龍君又出來，與柳毅一起吃飯喝酒。又有一個人，披著紫衣，拿著青玉版，容貌出眾，精神奕奕，出來站在洞庭龍君的左邊。龍君告訴柳毅說：「這就是錢塘君。」柳毅趕緊起身，下拜行禮，錢塘君盡心地回了禮，告訴柳毅說：「我的姪女不幸，被涇水的頑童侮辱欺負，全靠先生的信義昭彰，大老遠送達這個冤情，讓我們知道，否則就要成為涇水的泥土了。蒙受您的大恩德，放在心裏，言語還無法完整表達內心的感激。」柳毅謙虛的推辭他的誇獎，打躬作揖地連聲稱是。錢塘君回告洞庭龍君說：「剛才辰時從靈虛殿出發，巳時到了涇陽，午時在那裏大戰了一場，未時就回來了。中間還飛馳上九天，去稟告上帝。上帝知道姪女的冤屈，因此寬恕了我的過失，連上次的責罰，也一起赦免了。只是性情激烈，一時氣憤，來不及先向您告辭，驚擾了宮中，又冒犯了客人，非常慚愧恐懼，不知道犯了多大的過失！」於是退下去再拜謝罪。洞庭龍君說：「你殺了多少人？」錢塘君說：「六十萬。」又問：「有損害到莊稼嗎？」回答說：「有八百里。」又問：「那個無情人在哪裏？」回答說：「已經吃掉了。」龍君感慨地說：「那個頑童的行為，的確令人難以忍受，但是你也太過粗暴了。幸好仰賴著上帝的聖明，相信你姪女莫大的冤屈，否則，我怎麼辯白呢？從今以後，不可以再這樣子。」錢塘君聽了又下拜謝罪。

這天晚上，就招待柳毅住在凝光殿。第二天，又在凝碧殿設宴款待柳毅，召請了親友，演奏各種音樂助興，採用上等的美酒，菜餚也是最好吃、最潔淨的。一開始，吹起笳角，打起鼙鼓，只見旌旗蔽天，劍戟森森，有上萬的武士在殿右列陣齊舞，中間有一個武士上前大聲說：「這是『錢塘破陣樂』！」旌旗劍戟之舞，形勢激昂豪邁，武士們顧盼馳驟的行動，使人心驚膽戰；座中賓客看了，全身毛髮直豎。接著響起鐘磬管絃的樂音，只見羅衣綺裳，珠光翠黛，有成千個美女在殿左跳舞，中間有一個女子上前說：「這是『貴主還宮樂』！」清揚的樂聲，宛轉悠揚，好像在低聲訴說，又好像在怨慕。座中賓客聽了，不知不覺流下眼淚。

兩組舞跳完後，龍君非常高興，賞賜了許多綾羅綢緞，給這些跳舞的武士、美女。然後大家湊近席位比肩而坐，盡情喝酒，非常快樂。喝得七八分醉時，洞庭龍君拍著席位，唱起歌來：「天色蒼蒼，大地茫茫。每個人各有志向，怎麼想得到呢？狐狸依著城牆，老鼠仗著祭社。一旦雷電發作，又有誰敢抵擋！承蒙正人君子的信義，才能讓親生骨肉回到故鄉。共同說著慚愧的話，不管何時都不會忘記。」洞庭君唱完，錢塘君再拜，也唱起歌來：「是上天的安排，讓生死各有不同的路途。這個女子沒有受到媳婦應有的對待，那個男子更是沒有作丈夫的樣子。讓心愛的女兒受苦，在涇水的角落。滿臉的風霜，一身的雨雪。依賴英明的您送來書信，讓骨肉相聚，一家人像從前一樣。永遠祝禱您千萬珍重，時時刻刻都如此。」錢塘君唱完後，洞庭君跟著站起來，同時舉起酒杯，向柳毅敬酒，柳毅恭敬而不安的接受敬酒。喝完後，他也舉起酒杯敬二人，跟唱一首歌應和：「青天白雲悠悠長長，涇水不斷向東流。感傷著美人眼淚如雨下，花容帶愁。遠送一封書信，來解除妳的憂愁。哀愁與冤屈果然洗雪了，回家過著團聚快樂的日子。承蒙殷勤的招待，感謝美好的食物。家人寂寞難以久留，想到將要辭別，心裏悲傷而情意纏綿。」唱完以後，兩旁的人高呼萬歲。洞庭龍君就拿出一個碧玉箱子，裏面放著一隻分水犀角；錢塘君也拿出一個紅色琥珀盤，放著一顆夜明珠；都送給柳毅。柳毅稍微推辭了一下才接受。內宮的人，各自拿出絹綵、珍珠、璧玉，一一放在柳毅身旁，一片光彩耀目，不多久，堆滿了前前後後。柳毅一面笑著道謝，一面作揖行禮都來不及。等到酒喝得差不多、歡樂也已到了極限，柳毅起身告辭，又在凝光殿住了一夜。

第二天，洞庭龍君又在清光閣宴請柳毅。錢塘君藉著酒意，板起臉來，蹲坐著對柳毅說：「不是聽說過：堅硬的石頭寧可裂開也不願被轉動，義烈的士人寧可被殺也不願意受侮辱嗎？我心中有幾句話，想要告訴先生。如果你答應，大家就宛如在天上；如果不答應，那麼大家都要陷在糞土了。先生認為怎麼樣呢？」柳毅說：「我願意聽聽看。」錢塘君說：「涇陽龍子的妻子，是洞庭君的愛女，具有和善的性情，美好的品德，一向受到親戚們的看重。卻不幸受到匪人的侮辱，現在總算是斷絕了。想要託付給先生，世世代代成為親戚，讓受恩的人知道有所依歸，愛護她的人知道有個託付，這難道不是君子貫徹始終的道理嗎？」柳毅聽了，態度嚴肅的站起來，突然大笑著說：「真不知道錢塘君是這樣子卑劣！我起初聽說龍君能夠淹九州、浸五嶽，來宣洩憤怒；又見到龍君拔斷金鎖，掣起玉柱，趕去救人的災難：我以為論起剛正決斷、明快正直，沒有人能比得上龍君。因為對於觸犯自己的人，不怕死也要報復抵抗；對於使自己感動的人，不愛惜生命也要去回報。這才是大丈夫的心志。為什麼卻在音樂正融洽，親人賓客正和樂時，卻不顧禮義，用威力脅迫人？這哪裏是我一向的期望！若是在高山大水中遇到龍君，龍君張鱗舞鬚，大降雷雨，想要置我於死地，我就以禽獸來看待你，也沒有什麼遺憾。可是現在龍君穿衣戴帽，坐著談論禮義大道，能夠克盡五常的品性，擁有百行的精妙之處，即使是人世間的賢士豪傑，還有不如你的地方，更何況是江河中的魚靈呢？而現在卻仗著巨大身軀，兇悍的性情，趁著酒意，借著氣勢，準備脅迫他人，哪裏合乎正直呢？況且我這樣的軀體，不夠塞滿龍君的一片鱗甲，可是敢用我這不服的心志，抵抗龍君無道的氣勢。希望你考慮考慮！」

錢塘君立刻不安的向柳毅謝罪說：「寡人生長在宮室中，從未聽過方正的言論。剛才說得太狂妄了，胡亂地冒犯先生。我私自檢討，這種狠戾不值一責。希望先生不會為了這個而見怪疏遠。」這天晚上，又是歡樂的款宴，也與昨天一樣快樂，柳毅和錢塘君，就結成了知心朋友。

第二天，柳毅告辭回家。洞庭龍君夫人另外在潛景殿設宴款待柳毅，內宮的男女婢僕都出來參加。龍君夫人哭泣著對柳毅說：「我的女兒受到先生的大恩，很遺憾還不能完全表達慚愧、愛戴的感激心情，竟然就要離別了。」就叫先前的涇陽女，在席上向柳毅下拜道謝，又說：「這一次離別，還有再相見的日子嗎？」柳毅原先雖然不答應錢塘君的請求，但是在這席上，卻有特別嘆惜的神色。宴會結束，柳毅辭別，宮內的人都很傷心，送給他的珍奇寶物，奇特到講也講不完。於是柳毅又循著原路來到岸上，看到有十幾個僕人，挑著擔子跟隨著，一直到柳毅的家，放下東西，才告辭走了。

柳毅就到廣陵郡的珠寶店，賣掉他所得的寶物，結果百分還沒有賣到一分，得到的錢財已經超過百萬。原來淮西的富豪大族，都自認為比不上。於是柳毅娶了張氏，不久，張氏死了。又娶了韓氏，過了幾個月，韓氏也死了。柳毅就搬到金陵去。他常常因為沒有妻子而感傷，就想再娶一個。有一個媒人告訴他說：「有一個姓盧的少女，是河北范陽人，父親名叫盧浩，曾經作過清流縣長，晚年喜愛道術，獨自到山中去修行，現在不知道到哪裏去了。她的母親姓鄭。她在前年嫁給了清河姓張的人，不幸姓張的丈夫早死。她的母親可憐她還年少，愛惜她的聰慧美貌，想要挑選一個品德好的人嫁給他，不知先生的意思怎麼樣？」

柳毅於是選了一個好日子，舉行婚禮。由於男女雙方都是富豪，婚禮上用的聘禮、嫁妝、各種器物，都是極盡豐盛。全金陵的人，沒有不非常羨慕的。

過了一個多月，有一天晚上，柳毅回到臥房，看見妻子的形貌，覺得很類似洞庭龍君的女兒，而在美豔和豐滿方面，卻又勝過龍女。柳毅就對盧氏談起從前的事情。盧氏對柳毅說：「人世間哪有這樣的道理呢？」又過了一年多，生下一個兒子。柳毅更加敬愛她。生產後，過了滿月，盧氏打扮濃豔，換上華服，把柳毅找到內室裏來，笑著問他說：「郎君不記得從前的我了？」柳毅說：「向來不是親戚，也不是好友，怎麼會記得從前的妳？」盧氏說：「我就是洞庭龍君的女兒！我在涇水的冤屈，靠著郎君才能洗刷，念念不忘郎君的大恩，發誓一定要報答您。等到叔父錢塘君向您提親，您沒有答應，才會彼此分離，各在一方，不能互通音訊。父母親想要把我嫁給濯錦江龍王的小兒子，我便關在房裏，剪去頭髮，來表明我拒絕的心意。雖然被君子遺棄拒絕，以為再也沒有相見的日子，而當初的心願，卻是至死不變。後來父母可憐我的心意，又想來向您說明。碰巧您接連娶妻，先娶了張氏，不久又娶了韓氏。等到張氏、韓氏相繼去世，您遷居在這兒，所以我的父母才很高興，我終於可以報答您的大恩。現在能夠侍候您，一輩子都好好地在一起，死也沒有遺憾了！」說完之後，跟著嗚咽起來，眼淚不斷地流了下來。

又對柳毅說：「最初不明說，是知道郎君沒有好色的心理。現在才告訴您，是知道郎君有珍愛兒子的意思。我知道婦人微賤，不能夠堅實鞏固您永遠的愛心，所以藉著您的愛子，來託付我的終身。不知道郎君的心意怎麼樣，心中又愁又怕，不能夠自行消解。當初郎君替我帶信時，笑著對我說：『以後回到洞庭湖，希望妳不要躲避我。』真不知道在那個時候，郎君難道就已經對今日的締結婚姻有意思嗎？後來我的叔父向您提親，郎君堅決不答應，郎君是真的不答應呢？還是因為生氣而拒絕呢？請郎君說說吧！」

柳毅說：「這像是命中註定。我最初在涇水岸邊見到妳時，妳冤屈莫白，形容憔悴，我的確有著憤憤不平的意思，但是我壓抑愛慕的心意，只有傳達妳的冤屈，其他的念頭就放下了。我說請妳不要躲避我，只是偶然脫口而出的，哪裏有什麼意思？等到錢塘君逼迫我的時候，只是道理上說不過去，才激起我生氣罷了！我一開始只是存心做一件義行，哪有殺了別人的夫婿，而接受他的妻子呢？這是我不答應的第一個原因。我平時以堅持正道為抱負，哪有因為別人的逼迫，就使自己心志動搖呢？這是我不答應的第二個原因。而且當著酒宴應酬紛亂的時候，自己直率地發表意見，只知道依照正理，卻不管會不會給自己帶來禍害。但是到了將要分手的那一天，看到妳有依依不捨的樣子，心裏非常遺憾。最後還是因為煩雜的人事束縛著，沒有辦法酬謝妳。唉！現在妳是盧姓，又住在人間，那麼我當初的心意，並沒有改變，從今以後，我們永遠歡好，心裏再也沒有一絲一毫的掛慮了。」

龍女聽了深受感動，不禁嬌泣起來，過了好久，還無法停止。好一會兒，才又告訴柳毅說：「請不要因為我不是人類，就認為我是無心的，我當然知道要報答的。龍類歲數可達萬年，現在與郎君共同享受。水裏陸地都可以隨便遨遊，郎君不會認為我是亂說的吧？」柳毅讚許她說：「沒想到娶了美麗的妻子，也是我成仙得道的機會。」兩人就一起到洞庭湖，拜見龍君及夫人，免不了又是一場盛況，無法一一記下。後來他們住在南海，才四十年，他們的住宅、車馬、珍寶、服飾，即使是王侯公卿，也趕不上。而柳毅的親族也都受到他的照顧。一年一年過去了，他們的容貌一點都沒有衰老，南海地區的人，沒有不感到驚異的。到了開元年間，玄宗皇帝很注意神仙長生的事情，到處尋訪精通道術的人，柳毅感到不安穩，就和龍女回到洞庭湖。過了十幾年，都沒有人看到他們。

開元末年，柳毅的表弟薛嘏擔任京畿令，被貶官到東南。路經洞庭湖，正是天氣晴朗、可以遠望的好天氣，不久看到一座青山從遠處的水波裏冒出來，船夫們都斜身站著，害怕的說：「這裏本來沒有山，恐怕是水怪來了！」正指著看著時，山與船相逼近了，就有一條彩船，從山那裏飛駛過來，迎接問候薛嘏。中間有一個人叫著說：「柳先生來問候！」薛嘏頓時想起來，立刻催促著船靠到山下，撩起衣裳快步上山，看到山上有宮闕，一如人間，又見到柳毅站在宮中，前面有管絃齊奏，後面侍立著插戴珠翠首飾的侍女們，寶物玩好盛多，勝過人間好幾倍。柳毅說的話，內容更加玄妙，容貌更加年輕了。

柳毅在階梯上迎接薛嘏，握著他的手說：「分別才不久，你的毛髮都白了。」薛嘏笑著說：「表兄是神仙，表弟是枯骨，這是命啊！」柳毅就拿出藥丸五十粒送給他，說：「這種藥一粒可以增加一年的壽命，等到你吃完了再來，不要久住人間，受苦受難。」高高興興地飲宴完畢，薛嘏就告辭走了。從此以後，再沒有消息了。薛嘏常常拿這件事告訴別人。過了大概五十年，薛嘏也消失不見了。

隴西的李朝威記載這件事而感嘆著說：五蟲之長，一定有他的靈性，從他們的不同，就可以看出來了。人是裸蟲之長，卻能將人類的信義，移轉到鱗蟲之長的身上。洞庭龍君有正直的涵養，錢塘龍君行動敏捷、胸懷坦蕩，應該正是擁有良好的稟性。薛嘏談著柳毅成仙的事情，卻沒有記載下來，只有他自己可以約略達到成仙的境界。我感到這是一件有意義的事，就特別寫了這篇文章。

析評

本篇的內容頗為繁複曲折，如果比照戲劇的劇情發展，或許可以分成：第一幕柳毅下第遇龍女，第二幕柳毅送信見龍王，第三幕龍女回宮展歡顏，第四幕柳毅拒婚離龍宮，第五幕柳毅三娶終如願，第六幕夫妻同心共成仙。再以具體內容來看：第一幕是柳毅巧遇龍女，並且答應龍女代為送信。第二幕是柳毅送達信息，到了龍宮。第三幕是錢塘龍君救回龍女，洞庭龍君等人重謝柳毅。第四幕是錢塘龍君為龍女求婚，而柳毅嚴正拒絕。柳毅辭歸，心中雖有不捨，仍不得不離開。第五幕敘述柳毅一舉成為富豪，但兩次娶妻皆病故，後娶寡婦盧氏，實際上卻是龍女。第六幕，龍女生下兒子，妻以子貴，終於有了勇氣，夫妻交心，坦誠說明過往真情，夫妻同修成仙。

故事一開始，就很有引人入勝的安排：一位落第的青年，遇到一位美麗卻婚姻不幸福的少婦，兩人在某種程度上「同是天涯淪落人」，加上少婦「蛾臉不舒，巾袖無光」，真是我見猶憐。也難怪少婦一談到自己的身世，以及遭逢夫家家暴的困境之後，立刻激起柳毅的仁義之心，答應少婦送信到洞庭龍宮。比較有趣的是，柳毅的馬受驚急馳跑向左邊的道路，而在歷史上，項羽兵敗陰陵，向老農問路，老農騙他去走左邊的路，結果項羽的兵馬就迷陷在沼澤裡，被劉邦的大軍追上，使得項羽最後的突圍失敗，而在烏江自刎。同樣是「往左」，幸與不幸卻是大不相同。其次，少婦在路旁「凝聽翔立，若有所伺」，還有事先了解柳毅的「聞君將還吳」，從這兩個地方來看，柳毅的「馬驚，疾逸」或許是出自少婦的小小魔法招致而來。

在人物的塑造上，柳毅的性格還算鮮明。從遇到龍女的義憤填膺，到千里送信，再到嚴峻拒絕龍女的婚事（尤其是由錢塘龍君提出的要求），表現的正是一個「義」字。在他回答錢塘龍君的話裡，直接陳述了他的想法與堅持，很值得一般人學習效法：一是龍君為了龍女受虐大怒時，表現出真丈夫的氣概，可是卻在大家和樂融融的時候，以威加人，未免前後不一。二，假使在洪波中、玄山間，受到龍君加害，死亦不足惜，但會將龍君視為禽獸，無所悔恨。可是今日龍君明明是體被衣冠、坐談禮義的模樣，為何卻藉酒使氣，逼迫婚事，哪有正直可言？」三，我雖然只是凡夫俗子，卻「敢以不伏之心，勝王不道之氣」。這一番話說得義正詞嚴，使得錢塘龍君大為佩服，不但當場賠罪，而且最後與柳毅結為莫逆之交。而這也是柳毅的性格塑造得很成功的表現。

小說中，對於不同的人物，會有不同的說話口吻，或者是在不同情境之下，會有不同的說話語氣。舉例來說，洞庭龍君與錢塘龍君，說話的口吻就不一樣；錢塘龍君在報告如何救了龍女，以及與柳毅酒後的對談，前後的口吻不同；而龍女向柳毅求救，與嫁給柳毅、生子之後的告白，也不一樣。作者在這方面的經營，倒是很用心，也很成功。另外，還有一個值得注意的小地方，在於洞庭龍君、錢塘龍君、柳毅三人在宴會中的歌唱。洞庭龍君唱的內容提到「荷貞人兮信義長，令骨肉兮還故鄉」，與錢塘龍君唱的「賴明公兮引素書，令骨肉兮家如初」，都表達了對於柳毅仗義相助的感謝。而柳毅唱的則有「傷美人兮，雨泣花愁。尺書遠達兮，以解君憂。」三人以歌言志，歌的內容各自切合三人的身份，表現得十分得體。

在主題方面，柳毅英勇救人，拒絕逼婚，值得崇敬。龍女或者是感念柳毅之恩，或者確實是愛上柳毅，而堅決不再嫁給別人，最後終於如願以償，與柳毅結為神仙美眷。兩人各有堅持，雖然路途坎坷，還是讓事情有了圓滿的結局，也比較符合市井小民的願望吧！有的學者從龍女所嫁非人，才會遭致不幸，進而批評過去父母之命、媒妁之言的婚姻制度。平實而論，不同的時代，有不同的社會制度，我們似乎不必再以現在的眼光，去批判或者否定過去的制度。過去女性因為種種的限制，只能居於弱勢，在家相夫教子；而現今時代不同，女性擔負、扮演的角色益加吃重，往往必須身兼數職，又是職業婦女，又是家庭主婦，辛苦的程度比起傳統的婦女，反而是有過之而不及。

真正值得我們關心的是，婦女在婚姻上一旦所遇非人時，我們的社會是否能夠提供足夠的救援（助）？是否會有現代的柳毅出現？

問題與討論

一、柳毅遇到龍女的過程，你可以用二百字的白話文字，加以說明清楚嗎？
二、從哪些地方隱約可以看出，柳毅是被龍女招來？
三、柳毅要進入龍宮的步驟有哪些？
四、錢塘龍君在回答洞庭龍君營救龍女的情形時，使用了哪三個短句？這三個短句具有什麼意義？
五、柳毅在在龍宮辭別時，為什麼殊有「嘆恨之色」？
六、柳毅對龍女說明拒婚的原因，比較對錢塘龍君所說，有什麼地方不同？

無雙傳

薛調

導讀

本篇敘述王仙客深愛自己的表妹無雙，後無雙淪為宮婢，但仙客卻憑著鍥而不舍的精神及毅力，終於與無雙有了完美的結局。

小說中，加入了茅山道士靈藥的玄虛之說，使得小說本身蒙上一層神秘色彩。另外，為了達成一己之願，前後犧牲多人的性命。這兩點使得小說裏所強調的情愛，多少顯得有些不盡完美。

課文與注釋

王仙客者，建中中朝臣劉震之甥也。初，仙客父亡，與母同歸外氏❶。震有女曰無雙，小仙客數歲，皆幼稚，戲弄相狎。震之妻常戲呼仙客為王郎子。如是者凡數歲，而震奉孀姊及撫仙客尤至。一日，王氏姊疾，且重，召震約曰：「我一子，念之可知也。恨不見其婚宦。無雙端麗聰慧，我深念之。異日❷無令歸他族。我以仙客為託。

❶外氏：舅舅家。
❷異日：將來。

劉震推托，其心意可見。

只有仙客發狂

爾誠許我，瞑目無所恨也。」震曰：「姊宜安靜自頤養❸，無以他事自撓。」其姊竟不痊。

仙客護喪，歸葬襄、鄧。服闋❹，思念：「身世孤子❺如此，宜求婚娶，以廣後嗣。無雙長成矣。我舅氏豈以位尊官顯，而廢舊約耶？」於是飾裝抵京師。時震為尚書租庸使，門館赫奕，冠蓋❻填塞。仙客既覲，置於學舍，弟子為伍。舅甥之分，依然如故，但寂然不聞選取之議。又於窗隙間窺見無雙，姿質明豔，若神仙中人。仙客發狂，唯恐姻親之事不諧也。遂鬻囊橐❼，得錢數百萬。舅氏舅母左右給使❽，達於廝養，皆厚遺之。又因復設酒饌，中門之內皆得入之矣。諸表同處，悉敬事之。遇舅母生日，市新奇以獻，雕鏤犀玉，以為首飾。舅母大喜。又旬日，仙客遣老嫗，以求

❸頤養：調養。
❹服闋：服喪完畢。
❺孤子：孤獨。
❻冠蓋：冠服、車蓋，官員的代稱。
❼囊橐：本為裝財物的袋子，這裏是指財物。
❽給使：僕人。一般指身旁供使喚的人。

親之事聞於舅母。舅母曰：「是我所願也。即當議其事。」又數夕，有青衣告仙客曰：「娘子適以親情事言於阿郎，阿郎云：『向前❾亦未許之。』模樣云云，恐是參差❿也。」仙客聞之，心氣俱喪，達旦不寐，恐舅氏之見棄也。然奉事不敢懈怠。

一日，震趨朝，至日初出，忽然走馬入宅，汗流氣促，唯言：「鏁卻大門，鏁卻大門！」一家惶駭，不測其由。良久，乃言：「涇、原兵士反，姚令言⓫領兵入含元殿，天子出苑北門，百官奔赴行在⓬。我以妻女為念，略歸部署。」疾召仙客：「與我勾當⓭家事。我嫁與爾無雙。」仙客聞命，驚喜拜謝。乃裝金銀羅錦二十馱⓮。謂仙客曰：「汝易衣服，押領此物出開遠門，覓一深隙店安下。我與汝舅母及無雙出啟夏門，遶城續至。」仙客依所教。至日落，城外店中待久不至。城門自午後扃鎖，南

❾向前：先前。
❿恐是參差：恐怕事情有問題。
⓫姚令言：當時的涇原節度使。
⓬行在：古時皇帝外出的住所。
⓭勾當：料理。
⓮馱：使用牲口載運財物的單位名稱，如一馱二馱。

捨輜騎，則是財物盡棄。

望目斷。遂乘驄⑮，秉燭遶城至啟夏門。門亦鎖。守門者不一，持白棓⑯，或立，或坐。仙客下馬，徐問曰：「城中有何事如此？」又問：「今日有何人出此？」門者曰：「朱太尉⑰已作天子。午後有一人重戴⑱，領婦人四五輩，欲出此門。街中人皆識，云是租庸使劉尚書。門司不敢放出。近夜，追騎至，一時驅向北去矣。」仙客失聲慟哭，卻歸店。三更向盡，城門忽開，見火炬如晝。兵士皆持兵挺刃，傳呼斬斫使出城，搜城外朝官。仙客捨輜騎⑲驚走，歸襄陽，村居三年。

後知剋復，京師重整，海內無事，乃入京，訪舅氏消息。至新昌南街，立馬彷徨之際，忽有一人馬前拜，熟視之，乃舊使蒼頭⑳塞鴻也。——鴻本王家生，其舅常使得力，遂留之。——握手垂涕。仙客謂鴻曰：「阿舅、舅母安否？」鴻云：「並在興

⑮驄：同騘，毛色青白夾雜的馬。
⑯棓：同棒。
⑰朱太尉：朱泚。
⑱重戴：唐代通行的一種帽子，黑色羅帛所製，方而垂簷，紫裏，用兩根紫色絲帶為帽纓，垂在下巴下面打結。因為是在巾上加帽，所以稱作重戴。
⑲輜騎：輜重坐騎，即行李與車馬。
⑳蒼頭：古代僕役以青巾作裝飾，所以稱僕役為蒼頭。

塞鴻之忠心，令人感動。

移情作用，卻未免有些突兀。

化宅。」仙客喜極云：「我便過街去。」鴻曰：「某已得從良㉑，客戶有一小宅子，販繒為業。今日已夜，郎君且就客戶一宿。來早同去未晚。」遂引至所居，飲饌甚備。至昏黑，乃聞報曰：「尚書受偽命官，與夫人皆處極刑。無雙已入掖庭㉒矣。」仙客哀冤號絕，感動鄰里。謂鴻曰：「四海至廣，舉目無親戚，未知託身之所。」又問曰：「舊家人誰在？」鴻曰：「唯無雙所使婢採蘋者，今在金吾將軍王遂中宅。」仙客曰：「無雙固無見期，得見採蘋，死亦足矣。」由是乃刺謁㉓，以從姪禮見遂中，具道本末，願納厚價以贖採蘋。遂中深見相知，感其事而許之。仙客稅屋，與鴻、蘋居。

塞鴻每言：「郎君年漸長，合求官職。悒悒㉔不樂，何以遣時？」仙客感其言，以情懇告遂中。遂中薦見仙客於京兆尹李齊運。齊運以仙客前銜，為富平縣尹，知長樂驛。

累月，忽報有中使押領內家㉕三十人往園陵，以備灑掃，宿長樂驛，氈車子十乘

㉑從良：取得良民資格。
㉒入掖庭：淪為宮婢。
㉓刺謁：持名片請見。
㉔悒悒：悶悶不樂。
㉕內家：宮女。

下訖。仙客謂塞鴻曰：「我聞宮嬪選在掖庭，多是衣冠子女㉖。我恐無雙在焉。汝為我一窺，可乎？」鴻曰：「宮嬪數千，豈便及無雙？」仙客曰：「汝但去，人事亦未可定。」

因令塞鴻假為驛吏，烹茗於簾外。仍給錢三千，約曰：「堅守茗具，無暫捨去。忽有所睹，即疾報來。」塞鴻唯唯而去。宮人悉在簾下，不可得見之，但夜語喧嘩而已。至夜深，群動皆息。塞鴻滌器構火㉗，不敢輒寐。忽聞簾下語曰：「塞鴻，塞鴻，汝爭㉘得知我在此耶？郎健否？」言訖，嗚咽。塞鴻曰：「郎君見知此驛。今日疑娘子在此，令塞鴻問候。」又曰：「我不久語。明日我去後，汝於東北舍閣子中紫褥下，取書送郎君。」言訖，便去。忽聞簾下極鬧，云：「內家中惡。」中使索湯藥甚急，乃無雙也。塞鴻疾告仙客。

仙客驚曰：「我何得一見？」塞鴻曰：「今方修渭橋。郎君可假作理橋官，車子過橋時，近車子立。無雙若認得，必開簾子，當得瞥見耳。」仙客如其言。至第三車

此語頗不合理，無雙如何得知塞鴻與仙客同住？或者只是無心之問？

㉖衣冠子女：出身官僚家庭的子女。
㉗構火：點燈。
㉘爭：怎麼。唐人「爭」字用法，與後世「怎」字意思相同。

無功不受祿，此足可為戒。

殺人之後，神色自若，未免太過殘酷。

子，果開簾子，窺見，真無雙也。仙客悲感怨慕，不勝其情。塞鴻於閤子中褥下得書送仙客。花牋五幅，皆無雙真跡，詞理哀切，敘述周盡。仙客覽之，茹恨㉙涕下。自此永訣矣。其書後云：「常見敕使㉚說，富平縣古押衙人間有心人。今能求之否？」仙客遂申府，請解驛務，歸本官。遂尋訪古押衙，則居於村墅。仙客造謁，見古生。生所願，必力致之，繒綵寶玉之贈，不可勝紀。一年未開口。秩滿，閒居於縣。

古生忽來，謂仙客曰：「洪一武夫，年且老，何所用？郎君於某竭分。察郎君之意，將有求於老夫。老夫乃一片有心人也。感郎君之深恩，願粉身以答效。」仙客泣拜，以實告古生。古生仰天，以手拍腦數四，曰：「此事大不易。然與郎君試求，不可朝夕便望。」仙客拜曰：「但生前得見，豈敢以遲晚為限耶。」半歲無消息。一日，扣門，乃古生送書。書云：「茅山使者回。且來此。」仙客奔馬去。見古生，生乃無一言。又啟㉛使者。復云：「殺卻也。且吃茶。」夜深，謂仙客曰：「宅中有女家人識無雙否？」仙客以採蘋對。仙客立取而至。古生端相，且笑且喜云：「借留三五日。郎君且歸。」

㉙茹恨：含恨。
㉚敕使：唐代稱宦官為敕使。
㉛啟：詢問。

後累日，忽傳說曰：「有高品過，處置園陵宮人。」仙客心甚異之。令塞鴻探所殺者，乃無雙也。仙客號哭，乃嘆曰：「本望古生。今死矣！為之奈何？」流涕歔欷，不能自已。

是夕更深，聞叩門甚急。及開門，乃古生也。領一筦子㉜入，謂仙客曰：「此無雙也。今死矣。心頭微暖，後日當活，微灌湯藥，切須靜密。」言訖，仙客抱入閤子中，獨守之。

至明，遍體有暖氣。見仙客，哭一聲遂絕。救療至夜，方愈。古生又曰：「暫借塞鴻於舍後掘一坑。」坑稍深，抽刀斷塞鴻頭於坑中。仙客驚怕。古生曰：「郎君莫怕。今日報郎君恩足矣。比聞茅山道士有藥術。其藥服之者立死，三日卻活。某使人專求，得一丸。昨令採蘋假作中使，以無雙逆黨，賜此藥令自盡。至陵下，託以親故，百縑贖其尸。凡道路郵傳㉝，皆厚賂矣，必免漏泄。茅山使者及舁筦人，在野外處置訖。老夫為郎君，亦自刎。君不得更居此。門外有擔子㉞一十人、馬五匹、絹二百匹。

塞鴻何罪，必須為此犧牲？

㉜筦子：竹轎、山轎。

㉝郵傳：傳遞文書的驛站。

㉞擔子：肩輿、轎子。

五更，挈無雙便發，變姓名浪跡以避禍。」言訖，舉刀。仙客救之，頭已落矣。遂并尸蓋覆訖。未明發，歷四蜀下峽㉟，寓居於渚宮。悄不聞京兆之耗，乃挈家歸襄、鄧別業㊱，與無雙偕老矣。男女成群。

噫！人生之契闊㊲會合多矣，罕有若斯之比。常謂古今所無。無雙遭亂世籍沒，而仙客之志，死而不奪。卒遇古生之奇法取之，冤死者十餘人。艱難走竄後，得歸故鄉，為夫婦五十年，何其異哉！

王、劉二人，豈能心安？

㉟歷四蜀下峽：經過蜀地而出三峽。
㊱別業：住宅之外的林園。
㊲契闊：分別。

譯文

王仙客是德宗建中年間大臣劉震的外甥。起初，仙客的父親死後，就與母親回到舅舅家撫養。劉震有個女兒叫做無雙，比王仙客小幾歲。兩個人都還小，會在一起遊玩嬉戲。劉震的妻子常常戲稱仙客小姑爺。像這樣子過了好幾年，而劉震對待這個守寡的姊姊以及撫育仙客尤其周到。有一天，仙客的母親生了病，病情將重，就找劉震來說：「我只有這一個孩子，喜歡他是可想而知的。遺憾的是看不到他娶妻做官。無雙端莊美麗、聰明有智慧，我很喜歡她。將來不要嫁給別人。我把仙客託付你了。你真能答應我，我死了也就沒有遺憾了。」劉震說：「姊姊應該安靜休養，不要為了其他的事自尋煩惱。」仙客的母親終究死了。

仙客護送母親的靈柩，回故鄉襄、鄧安葬，守喪期滿，想道：「身世如此孤獨，應該娶個妻子，繁衍後代。

無雙已經長大了。我舅舅難道會因為位尊官大，而背棄以前的約定嗎？」於是整理行裝，到了京都長安。劉震這時是尚書租庸使，門庭顯赫壯大，來來往往的官員，塞滿了整條街。仙客覲見了舅舅以後，就安置在書房裏，和一般門生、後輩在一起，舅舅與外甥之間的情份依舊，但是卻始終沒有說到婚事的話題。仙客曾在窗縫中看見無雙，姿質明豔動人，像是天上的仙女一樣。仙客頓時發狂，只怕婚事不成功。於是賣掉帶來的財產，得到幾百萬錢。舅舅、舅媽左右使喚的僕人，一直到小廝，都厚厚的巴結他們。又設置酒席，幾乎中門以內的所有僕人，都宴請到了。一些表兄弟，也都恭敬事奉。碰到舅媽的生日，更買了新奇的禮物獻上，精雕細琢的犀角美玉，作為首飾。舅媽十分高興。又過了十天，仙客派遣一個老婦人，向舅媽提起親事，舅媽說：「這是我的希望啊！我立刻就會商議這件事。」又過了幾天，有個婢女告訴仙客說：「夫人剛才對老爺提起婚事，老爺說：『以前也沒許諾過。』看那個樣子，恐怕是有問題了。」仙客聽了，心神志氣都頹喪了，一整晚睡不著，怕舅舅真的不肯答應。但依舊事奉，不敢懈怠。

有一天，劉震上朝，到了太陽才剛出來時，突然就騎著馬跑回家，汗流浹背，氣喘不休，只是大叫著：「把大門鎖起來！把大門鎖起來！」全家都嚇壞了，不知道發生了什麼事。過了許久，才說：「涇原的兵士造反，姚令言帶著兵，攻進含元殿，皇帝從苑北門逃走了，百官都跟著趕到皇帝的所在。我因為念著妻子女兒，趕回來略為處置。」趕忙找來仙客，對他說：「你為我料理家事，我把無雙嫁給你。」仙客聽了，又驚又喜，連忙拜謝。（劉震）於是趕緊裝置金銀財寶、絹羅織錦，共二十輛小車，對仙客說：「你換了衣服，押著這些物品從開遠門走，找一間隱僻的客店住下。我和你舅媽以及無雙從啟夏門出去，繞過城後，接著就到。」仙客就依照舅舅的吩咐去做。一直到天黑，在城外的旅店裏等了很久，卻沒有人到來。城門從午後就被關上了，他往南邊望了很久，不見蹤跡，於是騎著馬，拿著燭火，繞到啟夏門。結果城門也鎖起來了。看門的人很多，拿著白棍子，有的站著，有的坐著。仙客下馬，緩緩的問說：「城中有什麼事，戒備這樣森嚴？」又問：「今天有什麼人從這裏出去？」把守城門的人說：「朱太尉已經做了皇帝。午後有一個人戴著重戴帽，率著四五個婦人，想要從這個門出去。街上的人都認識，說是租庸使劉尚書。看門的主管不敢放他們出去。到了晚上，追兵趕到，一下子趕到北面去了。」仙客痛哭流涕，回到客店。到了快過三更時，城門忽然打開，火炬照得如同白天一樣，兵士都拿著武器，大聲傳呼斬斫使要出城，搜捕逃出城外的官員。仙客大吃一驚，丟棄了所有的金銀財寶，連夜逃走。回到老家襄陽，在鄉村裏住了三年。

後來聽說京師克復了，重新整頓，天下太平。他就到長安，去探聽舅舅劉震的消息。到了新昌南街，正在馬上徬徨無助時，忽然有一個人在馬前作揖，仔細一看，原來是王家從前的僕人塞鴻——塞鴻原本是王家的僕人，舅舅因為他是個得力助手，便把他留了下來。——兩人見面後，握著手流淚。仙客問塞鴻說：「舅舅、舅媽還好嗎？」塞鴻說：「都在興化宅。」仙客很高興的說：「我這就過街去看看。」塞鴻說：「我已經從良脫籍了，家中有個小宅子，以賣布為生。今天天色已晚，公子暫且到我那裏住一晚。明天一早再同去不為晚。」於是領他到住處去，飲食招待很周到。天黑以後，聽到消息說：「尚書做了偽官，與夫人都被判了死刑。無雙已被沒入宮中充當宮女了。」仙客哀痛哭泣，感動了鄰里的人。又對塞鴻說：「天下這麼廣大，舉目無親，不知道哪裏才是託身之所？」又問說：「以前的家人還有誰在？」塞鴻說：「只有無雙的婢女採蘋，就住在金吾將軍王遂中的家裏。」仙客說：「無雙是沒有再見的日子了，能夠見到採蘋，死也可以了。」於是遞進名帖，請求謁見，以本家姪子的禮節，拜見王遂中，說明詳情，願意拿高價贖回採蘋。遂中十分知心，對這件事很感動，就答應了。他就租了一間房子，與塞鴻、採蘋住在一起。

塞鴻常常對仙客說：「公子年紀漸漸大了，應該求個一官半職。像這樣悶悶不樂，怎麼過日子呢？」仙客想想也對，把這個情形告訴王遂中，懇求幫忙，王遂中推薦仙客，去見京兆府尹李齊運。李齊運就以仙客先前的官銜，授給他富平縣尹的官職，並負責主持長樂驛。

過了幾個月，忽然接到通報，有宦官押領皇宮內的三十個宮女，要到皇室的陵園，負責打掃工作，這天晚上要住在長樂驛。到了晚上，果然有十輛宮車來到了長樂驛。仙客告訴塞鴻說：「我聽說選入宮裏侍候皇上嬪妃的宮女，大多是犯官被抄沒的女兒。我怕無雙就在這三十人裏面，你替我去窺探一下，可以嗎？」塞鴻說：「皇宮內這樣的宮女好幾千個，哪裏就會碰巧遇到無雙姑娘？」仙客說：「你儘管去，人事也沒有個一定。」

於是就叫塞鴻假扮驛吏，在簾外煮茶，給他三千錢，約束他說：「要堅守在這裏煮茶，不可以有片刻的離開。一旦有了發現，就立刻來報告。」塞鴻唯唯答應去了。這些宮女都在簾內屋子裏，一個也看不到，只聽到她們晚上說話吵鬧的聲音而已。到了夜深時分，裏頭所有的騷動都平息了。塞鴻還在簾外洗著茶具，撥弄炭火，不敢就去睡。忽然聽到簾內有人低聲叫他說：「塞鴻！塞鴻！你怎麼知道我在這裏呢？王郎還好嗎？」說完了，低聲嗚咽。塞鴻說：「公子現在負責管理這個驛站，今天懷疑姑娘會在這裏，就叫塞鴻來問候。」無雙又說：「我不能多說話，明天我離開以後，你到東北邊的閣子裏，在紫色的被褥下面，拿我的信交給王郎吧！」說完，就離開了。不久忽然聽到簾內有人非常吵鬧，說是：「宮女得了暴病。」使者十分緊急的催人煮湯藥，原來是無雙。塞鴻就趕快跑去報告仙客。

仙客大吃一驚，說：「我要怎麼做，才能夠見她一面？」塞鴻說：「現在正在整修渭橋。公子可以假裝是橋官，等宮車要過橋時，靠近車子站立。無雙姑娘如果認得公子，一定會打開車簾子，那麼就可以看見了。」王仙客照著他的話做。到第三輛宮車經過時，果然簾子打開來，真的就看到了無雙。仙客悲傷感嘆怨恨又想念，情緒十分激動。塞鴻在閣子裏紫色的被褥下，得到無雙留下的信，交給仙客。一共是印花信箋五張，都是無雙的筆跡，文字內容哀傷悲切，往事現況都敘述得很詳盡。仙客看了，不禁含恨大哭，心想從此永別，再也無法相見。信的最後說：「常常聽宮內的敕使說，富平縣的古洪將軍，是人世間最有心助人的俠士，現在能不能求他幫忙呢？」仙客就向京兆府呈報，請求解除長樂驛的職務，依照本銜做富平縣尹。於是就去尋找古將軍，古洪這時住在鄉下的一幢小房子；仙客親自去拜訪他，見到了古洪。只要是古洪想要的，一定全力找來送給他，前後贈送的彩綢絲帛、珍寶玉石，多得數不完。過了一年，仙客都沒有開口提出任何要求。等到任期滿了，就閒居在本縣裏。

有一天，古洪突然來到，對仙客說：「我古某只是一個武夫，年紀即將衰老了，還有什麼用呢？公子對我竭盡了你的情意。我猜想公子的意思，是要求我做什麼事吧！老夫一向就是個有心人，感受公子的大恩，願意粉身碎骨來報答。」仙客哭泣下拜，將實情告訴古洪。古洪仰天沉思著，用手拍著腦袋好幾次，才說：「這件事非常不容易，我替公子試一試，不過不可以早晚就想要成功。」仙客拜謝說：「只要活著的時候，還能夠相見就好了，怎麼敢拿太遲太晚，來催促您呢！」過了半年，都沒消息。

有一天，有人敲門，原來是古洪送了一封信來。信上說：「到茅山去的使者回來了，請來一下。」仙客立刻騎著快馬趕去了。見到古洪後，古洪卻一句話也沒說。仙客又問茅山回來的使者在哪？古洪說：「不談這個，公子暫且喝茶用飯。」一直到深夜，古洪問仙客說：「公子家中有沒有認識無雙姑娘的婢女？」仙客回答說，有個採蘋認識。仙客立即派人把採蘋帶來。古洪仔細看了採蘋的長相，一面笑一面高興的說：「我就借用採蘋，留個三五天，公子且先回去吧！」

過了幾天，忽然有人傳說：「昨天有大官經過，處死了一位園陵的宮女。」仙客心裏十分訝異，派塞鴻去探聽被殺的是誰，結果竟然就是無雙。仙客傷心得嚎啕大哭，嘆氣說：「原本期望古洪能有辦法，現在既然死了，還能怎樣呢？」就流著眼淚長吁短嘆起來，無法自止。

這一天晚上，夜已深了，忽然聽到敲門的聲音十分緊急。開門一看，原來是古洪，帶人扛了一個大竹轎進來，對仙客說：「這就是無雙姑娘了，現在看來是死了，但是她心頭還微微有些溫溫的，過幾天就能活過來，只要稍灌一點湯藥就好了，可是一定要安靜隱密。」說完，仙客趕快把無雙抱進閣子裏，自己一個人守護著。

到了天亮，無雙全身都溫暖起來，看見了仙客，哭了一聲又昏死過去。一直救治到晚上，才又好了。古洪又說：「我要暫借塞鴻到屋後，挖一個坑備用。」坑挖得稍有深度時，古洪突然拔刀，把塞鴻的頭砍落到坑裏去。仙客又驚又駭，古洪說：「公子不要害怕，我今天足以回報公子的恩德了。最近聽說茅山道士有一種藥，吃了這種藥的人，立刻就會死去，過了三天，卻會再活過來。我派了一個人，特地去求取，得到一丸。昨晚我叫採蘋化裝成使者，藉口無雙是叛黨，賜她這丸藥叫她自殺。等到她的屍體被運出來以後，又叫人假裝是她的親友，用一百匹絹布贖回屍體。一路上經過的驛站，都已經重重的賄賂過了，一定不會洩露出去的。到茅山求藥的使者，以及抬轎子的人，都在野外殺死滅口了。老夫為了公子，也要自殺。公子不能再住這裏了。現在門外有抬轎子的人十個，馬五匹，還有兩百匹絹帛。等到五更，公子就帶著無雙姑娘動身，從此改變姓名，浪遊天下來避禍！」說完，舉起刀來，仙客急忙搶救，古洪的頭已經落地了。於是就連屍體一起埋葬完畢，天還沒有亮就動身。經過蜀地出了三峽，寄居在渚宮。很久都沒聽到京師的消息了，這才攜帶家眷，回到襄、鄧的別宅，和無雙白頭偕老，兒女成群。

唉！人世間分別、相聚的情形很多，卻很少有像這件事情的。我常說，這是古往今來從沒有看過的。無雙遭逢亂世，而淪落為宮女；至於仙客的決心，到死都不改變。終於能夠遇到古洪，用奇特的方法，取回無雙，為此而冤死的有十多個人。經過一番艱難奔走，四處流竄，才得以回歸故鄉，作了五十年的夫妻，這是何等奇異的事啊！

析評

這一篇故事原來的故事有二千八百字，算是唐人小說中，篇幅較長的作品。這篇小說在情節的鋪陳上，頗為引人入勝，但在人物的塑造方面，卻是一大敗筆。

故事的內容發展，大致可以分為三部份：第一部份敘述王仙客與劉無雙小時的「戲弄相狎」，仙客母親臨終的請婚，到京城發生亂事，王仙客逃回家鄉避難。第二部份描述王仙客在亂事「剋復」之後回到京城，巧遇塞鴻，在塞鴻的協助之下，找到無雙。然後是無雙寫信，告知可以懇求古洪營救。第三部份的內容有古洪出手相助、派人假扮使者救出無雙，古洪將一干人等殺害滅口，仙客無雙二人遁逃偕老。

一般而言，檢驗一篇小說成功與否的方法很多，其中小說裡的人物乃是作品的靈魂所在。缺少了性格鮮明的人物，小說或故事只是一種無病呻吟、風花雪月、沒有生命的作品。在這一篇小說中，王仙客鍥而不捨的精神，固然令人覺得難能可貴，可是無雙的性格，卻很少著墨，我們甚至不知道年幼時的青梅竹馬，長大之後的無雙是否還記得這位童年的玩伴？更不要說是一往情深了！從這個角度來看，王仙客的深情，會不會有些一廂情願的味道？至於後來無雙遇到僕人塞鴻，接著留書給仙客，最後由古洪設下巧計，救出無雙，這種種的經過，最多只能說那是無雙成為宮婢之後，唯一的希望，一般人都會有這樣的反應，同樣顯不出無雙的人格特質。

這篇故事特別的地方在於：配角的性格描寫很成功。像是劉震的角色就是很好的例子。仙客的母親在臨終前，提出讓仙客與無雙結婚的要求，劉震並沒有鬆口答應，反而是告訴仙客的母親：「姊宜安靜自頤養，無以他事自撓。」本來這種臨終前的請託，應該是最難以拒絕，但劉震似乎心有定見，沒有答應，只是委婉勸說注意自己身體健康。合理的猜測是，劉震對於這位外甥並不那麼看重肯定。王仙客在母喪服闋回京時，劉震雖然官位高升「門館赫奕，冠蓋雲集」，但作者清楚說明：「舅甥之分，依然如故」，顯然劉震沒有因為自己的升官，就冷落了仙客。反而是仙客在赴京之前，自己說服自己：「無雙長成矣。我舅氏豈以位尊官顯，而廢舊約耶？」問題是兩人的婚事，劉震從未承諾，哪來的悔約？對照仙客透過舅媽代為提親、劉震的回應是：「向前亦未許之。」劉震的態度前後一致，應該沒有什麼可以質疑之處。劉震後來在政變之際，家產託付仙客，而將無雙留在身邊，也是很有智慧的安排。照一般的常理來看，仙客勢必會為了得到無雙，而努力保護他的家產。只是劉震怎麼也想不到，仙客最後卻是「捨輜騎驚走」。

另一位配角古洪，很明顯使用了《史記》中的聶政作為原型人物，但卻顯得殘忍無情。在《史記．刺客列傳》中，聶政為了回報嚴仲子的請託，單槍匹馬到達韓國刺殺韓相俠累，事成之後，為了怕連累姊姊及嚴仲子，於是「自皮面決眼，自屠出腸，遂以死」，何等悲壯！而且在事前分文未收嚴仲子的禮金。而古洪對於王仙客「繒綵寶玉之贈，不可勝紀」不但全部收受，最不應該的是，事成之後，除了古洪自己自殺之外，還殺了塞鴻以及使者、舁篼人，「冤死者十餘人」，其中最冤枉的就屬塞鴻。整個援救無雙的過程，塞鴻出力最多，怎麼也沒有想到最後是自己挖坑，讓古洪一刀砍斷首級，直接埋入坑裡。更令人齒冷的是，王仙客的反應竟然只是「驚怕」，而沒有絲毫的哀悼。

第三個配角是塞鴻，塞鴻的身份是：「鴻本王家生，其舅常使得力，遂留之。」這說明了塞鴻本是王家的僕役，因為工作表現良好，而讓劉震留為家僕。這應該也是塞鴻一旦與仙客重逢，即使已是自由之身，卻依舊將仙客視為主人，而自甘屈居僕役的原因。而且塞鴻前後幫助仙客做了這些事：包含打探劉震一家的消息，安排託身之所，贖回無雙婢女採蘋，安排仙客任官，窺探尋覓無雙並且傳遞無雙的信息給仙客。但最後竟然是落得自己挖坑，讓古洪砍頭、葬身自己挖的坑洞裡。這難道是一日為奴、終身為奴的宿命嗎？

接著談談王仙客的性格。王仙客比起柳毅，相對功利許多。看他解決問題的方法，都是用錢處理，恐怕就不是一個正派之人。有關仙客買通古洪的部份已如前述，而在故事的前半段，仙客為了達到娶得無雙的心願，全部都是用錢疏通：「左右給使，達於廝養，皆厚遺之。又因復設酒饌，中門之內皆得入之矣。諸表同處，悉敬事之」；在舅母身上，更是「遇舅母生日，市新奇以獻，雕鏤犀玉，以為首飾。舅母大喜」。用錢解決問題並不是不可以，但是遇到困難都想用錢解決，這種價值觀恐怕就有些偏差了。另外一點是，仙客為了逃命，背棄劉震的囑託，「捨輜騎驚走」，也完全說不過去。逃命要緊，這個部份可以理解，但是仙客是將劉震的家產全部拋棄，還是中飽私囊一部份？故事中沒有說明，卻同樣地都不恰當，也會突顯仙客性格上的不夠正直。

在情節方面，小說裡穿插使用了一些手法，例如茅山道士的假死藥，古洪為了保密而殺人，最重要的是偷天換日，假裝使者賜死無雙，這些都是荒誕不經的內容。本來小說當中穿插一些虛幻的情節，未必是缺點。可是為了達成個人的心願，必須害死這麼多人，不但在道德上有些說不過去，連帶地也使得故事的主題有了負面的發展。對照〈柳毅傳〉的內容。在〈柳毅傳〉裡，柳毅拒絕錢塘龍君逼婚之後，又對龍女說明：「始以義行為之志，寧有殺其婿而納其妻者邪？」嚴格來說，涇川次子並非柳毅所殺，可是如果在涇川次子死後，柳毅就娶了龍女，瓜田李下難免惹人爭議，所以柳毅堅拒錢塘龍君的請婚。而本篇小說當中，整個計劃雖然不是王仙客的安排，可是為了完成他的心願，許多不相干的人，卻為此犧牲，於情於義，怎麼也說不過去。「死者十餘人」，影響的是十幾個家庭。用這麼多無辜生命換來的幸福，王、劉二人能安心嗎？

宋朝有一位學者胡應麟曾經說過：「王仙客的故事很奇特卻不合乎人情，大柢上是因為潤飾得太厲害了，或許是『烏有』、『亡是』一類假託的事情也說不定。」從以上的觀點來看，這篇小說固然有引人入勝之處，但整體而言，仍有一些義理方面的問題，值得我們注意。

問題與討論

一、本篇故事可以分成哪些段落？你可以為這些段落各自寫出一個七字的標題嗎？

二、你對劉震有什麼評價？你對他最為贊同或不以為然的事情是什麼？
三、王仙客處理事情的方法或態度，比較不妥當的是哪一部份？
四、聶政與古洪行事風格不太一樣，請你加以比較。
五、塞鴻似乎難脫宿命的擺弄，對於這個部份你有什麼看法？
六、柳毅與王仙客，誰的個性比較正直？為什麼？

志異類單元分析表

班級：　姓名：　學號：　互評人：　學號：

題目	自評等第	互評分析
一、請列出三篇故事中，各自具有關鍵地位的場景，並說明原因。		
二、請列出三篇故事中，具有代表性的配角各一人，進行分析。		
三、在三篇故事中，超自然現象的書寫手法，各自有何功能？這是最好的安排嗎？		
四、請比較三篇故事中，男女主角找尋伴侶的發展結構。		

小說與人生

在現今科技發達、工商業快速進展的年代，似乎每個人都在強調快速、有效、利益、技術，有時人文素養好像漸漸被遺忘了。主要的原因之一，在於一般人認為所謂的人文精神，不過是提升個人修養的營養劑，對於生活上實際發生的問題（像是如何換輪胎），並不能提供足以應變的技能。其實不然，人文的訓練焦點，就是直接深入人類看待、解析日常生活的各種面相，除了替個人準備因應之法，面對每天可能會遇到的情況，更可以積極以明朗的態度，擴展人際關係。這些，不也都是非常重要的「技能」嗎？

可喜的是，也有些人注意到這個問題。因此，以古典、現代、鄉土小說作為媒介，啟發人文思惟，也是一種普遍的做法。可惜的是，多數人對於小說的興趣，仍然停留在對情節的好奇、對劇中人物的嚮往，或是對文化的了解、歷史的解析、文詞的欣賞、品味的提升、興趣的培養等方面，較少觸及批判性的思考、獨立思辨的挑戰，乃至延展到將在故事中所觀察到的、所領會到的，應用在生活上，提升整體生活的質感與美感。

本課程的目的，就是希望以引導的方式，讓大家除了能領略唐人小說在內容與文字上的傳奇性、文化性、豐富性與時代性，更能以各種角度思考、評斷、討論、辯駁故事中的各種情況。就像透過劇中人的種種體驗，反思自身周遭的人、事、物，進而能夠營造一個較為圓融、和諧的生活空間。

事實上，除了利用小說的賞析批判，洗滌改造人生之外，在資訊爆炸的時代，可以引發論證或值得再三思考的材料非常多，舉凡報章雜誌、電視等媒體所傳送各項廣告、新聞的資訊都是可以、也需要再檢驗的，以求得唯一的真實。至於聽音樂會、觀賞畫展等藝文活動時，如果希望能夠細細品味其中深層的內涵，更是需要一貫的賞析知能。在唐人小說系列課程的最後，就以影片欣賞、音樂欣賞的活動方式，引領小說與生活結合的道路吧！

附錄

課程導入

課前活動：認識自己

步驟一：依次回答下列問題。
步驟二：將各題答案依次填入計分表中，計算總得分。
步驟三：依個人得分找尋個人性格傾向說明。

一、問題

1. 我通常喜歡(1)在人群當中　(2)自己一個人
2. 比較傾向於(1)保守　(2)主動
3. 最快樂時是在(1)自己一個人時　(2)和其他人一起時
4. 參加宴會、餐會時，我會(1)和很多人聊天，包括陌生人　(2)只和相識的人聊天
5. 在我的社交圈當中，我通常(1)消息不太靈通　(2)積極了解最近發生了什麼事
6. 我通常可以把事情做得比較好是在(1)獨立規劃完成時　(2)和其他人討論時
7. 和其他人在一起時，我通常(1)坦承開放、勇於試探　(2)保守自我、放不開
8. 認識朋友時，通常(1)是由別人主動　(2)是由我主動
9. 我寧願(1)待在家裏　(2)參加無聊的宴會
10. 和不認識的人聊天會(1)刺激我，使我產生動力　(2)讓我覺得更緊繃
11. 在一群人當中，我通常(1)被動地等待別人的注意或召喚　(2)率先開啟話題
12. 每當獨處時，我通常覺得(1)靜謐平和　(2)孤單不適
13. 在上課時，我較喜歡(1)小組討論，和其他人互動　(2)獨自作業

14. 和人發生口角時，我通常希望⑴靜待時間能解決一切　⑵當下把事情說個明白，速戰速決

15. 對我而言，把複雜的想法訴諸言辭⑴是非常困難的事　⑵是很容易的事

二、計分方式（將各題次的答案分別註記，再將落點於所標記的三個欄中的答案數總和加起來，便是得分。）

	1	2
1		
4		
7		
10		
13		
總分		

	1	2
2		
5		
8		
11		
14		
+		

	1	2
3		
6		
9		
12		
15		
	+	

經過了簡易的檢測，你是否更了解自己了呢？是否更清楚自己的長處，與可以再調整的部份呢？本課程的設計，不僅偏重獨立思辨能力的訓練，也強調社群性討論、合作的機制，相信必定可以讓你在學習過程中，對於自己的優點進行再強化，同時對略顯不足之處，能再進一步激發培訓。

三、得分說明

13分～　：極度外向　　7～8分：中度內向

9～12分：中度外向　　6分～　：極度內向

課前活動：認識彼此

步驟一：由老師分配或同學自行找尋對象，兩人一組，各為甲同學、乙同學（最好是彼此不熟識的兩人為一組）。

步驟二：由甲同學先開始向乙同學提問，並作記錄。完成之後，兩人交換提問、回答的角色。

步驟三：所提問的問題，以五題為限，並限定於是非題與選擇題，不可以有問答題。另外，問題不可以直接與性格特質有關。

步驟四：雙方完成訪談、記錄後，進行個別分析，禁止進一步的交談。所有的同學以個人手邊得到的資料，對訪談的對象進行性格預測。

步驟五：由同學自願或老師邀請同學與大家分享所得，介紹自己所設計的題目、訪談對象的性格特徵，並說明分析的依據。大家可以加入分析、討論之列，檢驗分析模式的合理性與邏輯性。受分析的同學，也可在此時提出附議或申辯。

受訪者	問題一	答案	問題二	答案	問題三	答案	問題四	答案	問題五	答案
結果分析										

單元一：愛情類

賞析示例：人　物

不論是在古典或當代的流行戲劇小說中，我們都可以找到許多熟悉又具有刻板形象的人物。所謂的「典型化人物」，經常具備了一些鮮明的特色：例如傳說故事中，睿智、白髮蒼蒼的老道長，仙風道骨的俊秀修道人，魯莽冒失、貪吃貪喝、渾渾噩噩的醉鬼，住在鄉間、窮困潦倒而好吹噓的落魄讀書人，徐娘半老、風韻猶存的老鴇，矮胖癡肥、貪婪好色的員外等。「典型化人物」的模式在一般商業性的文學作品中，出現的機率特別高。由於讀者對於這一類型的人物多半十分熟悉，作者並不需要作出詳細的描繪。雖然「典型化人物」具有這種獨特的優勢，文學作家卻往往嘗試創造出具有多重面貌的人物形象，一如我們每天所遇到的形形色色的人。

就一般的概念上，所謂的人物，就是居住在故事裏的「人」，可是情況又不盡然如此，有時也會出現一些的例外。在《聊齋誌異》中，許多時候，蟲魚鳥獸、花草樹木，反而是故事中的主角。然而，可以確定的是，這許多「非人類」的人物，其實所要表達的，依舊是人類性格的模型。

如果故事的鋪陳，一如真實生活的情境；那麼讀者通常都會發現，故事中，人物的行為舉止合理，而且具有一貫性，作者也會為人物們的舉止，提供適當的行為動機。也就是說，當故事中的人物突然有出人意表的行為，不符合故事前文的人物塑造時，一定是事出有因。讀者也必然會在故事的某處，找到這個原因。這並不是說，所有的作家都堅持他們筆下的人物，有絕對一致性的舉止；也不是說，好的小說中，人物從不改變，或者不會有所發展。

小說裏的人物，可以區分為「平板型人物」及「圓型人物」兩種。「平板型人物」的塑造，主要在強調人物單一的、明顯的特質描繪。刻畫「平板型人物」的方法之一，是塑造出「典型化人物」。除此之外，小說家也試圖利用單一而獨特的手法，勾勒出「平板型人物」的行徑，來表現他們的性格，例如神經緊張的抽搐、森冷刺骨的目光，或對不死之術的執迷等。相對地，在創造「圓型人物」時，作者會用比較寬廣的視角來描寫，提供較多的細節，來說明人物的特性。讀者對於故事中「圓型人物」的了解，應該和故事中其他人物對他（她）的認知差不多。如果讀者對某一人物的形象、性格，所作的詮釋，和故事中其他人物所認定的不同，就表示這個「圓型人物」的設計，提供了比較複雜、多重的角度，讓讀者可以有更多的批判與討論。

「平板型人物」傾向於一直保持原樣，但是「圓型人物」時常轉變，他（她）會學習、成長或變得邪惡墮落，富含較多元化的特性。這並不是要貶低「平板型人物」的價值。事實上，故事的配角，多半是「平板型人物」。他們在故事當中，往往是從一而終、絲毫不變地扮演著他們的角色。至於為什麼配角都被塑造為「平板型人物」？這是因為如果將配角設計成「圓型人物」，需要佔用相當的時間及空間，而這樣大的鋪陳，可能容易分散讀者的注意力。

一般而言，作者對於小說中人物的塑造，有幾個特定的手法，包括直接對該人物做批判性的敘述，或採取間接的方法，透過角色本身的服裝、外觀、行為舉止，其他角色的想法、意見、對話等，以不具主觀評論的方式，陳述事實。除此之外，人物的姓名，往往也是對人物本身一探究竟的好線索。很多時候，人名的安排，具有旁徵博引的用意，包含時空（地名、歷史）的含意、引用他作的目的、沿襲神話與原型的路線等。

課後活動：星座性格分析

步驟一：小組活動，鄰近四人為一組。

步驟二：小組參考下列的星座性格取向，討論三篇愛情小說中的男女主角。你認為他們各自屬於何種星座？為什麼？

牡羊座（3月21日～4月19日）　精力旺盛、活力充沛的星座。性格與愛情多數「橫衝直撞」，但純真的個性裏沒有殺傷力，所以不用太擔心。優點：做事積極果斷、不拖泥帶水、坦白直率、自信而有活力、爆發力強、勇於接受挑戰、不畏強權，是個正義使者。缺點：自我中心太強、粗心大意、有點自大、急躁衝動而缺乏耐性、行動欠缺考慮、只有三分鐘熱度。

金牛座（4月20日～5月20日）　慢條斯理的星座。凡事總是考慮後再過濾，屬於大器晚成型，情思也比較晚開。但他們有超人的穩定性，一旦下賭注，就有把握贏。優點：耐性十足、一往情深、有藝術天份、腳踏實地、做事有計劃、能堅持到底、性情溫和、生活有規律、擇善固執。缺點：想法頑固、不知變通、太過謹慎、缺乏協調性和幽默感、佔有慾強、做事態度過於嚴肅、行動有些遲緩。

雙子座（5月21日～6月21日）　變化速度快如風的星座。雙重性格，常使得別人和自己頭痛萬分，對於事業與愛情，如果肯多花點心思經營，應該會是很好的。優點：八面玲瓏、充滿生命力，善於交際、足智多謀，反應靈敏、頭腦靈活、適應力強、能隨機應變、風趣幽默。缺點：善變不專心，感情上常是花花公子；三分鐘熱度、做事常不能貫徹始終，有些輕浮，令人捉摸不定、善變、處世缺乏原則。

巨蟹座（6月22日～7月22日）　需要愛與安定。愛猜疑的個性，使他們在人生旅途上處處顯得缺乏安全感。但是帶著母愛光輝，為了所愛倒是心甘情願的付出。優點：有親和力、包容力、念舊、重情義、懂得體貼關懷而具有同情心；特別會照顧人，愛家很有家庭觀念、直覺敏銳。缺點：太過情緒化、提不起放不下、不知適可而止、缺乏理性思考、過度自我保護、經不起打擊、說話拐彎抹角、沉溺往事不太能面對現實、心腸太軟。

獅子座（7月23日～8月22日）　講究氣派華麗的星座。獅子是森林之王，理所當然喜歡呼朋引伴，有些耐不住寂寞。他們有衝勁，雖然粗枝大葉，但為人講義氣，也蠻有人緣。優點：極具領導能力和組織力、行動積極充滿自信、善於表現自己好的一面、坦白公正、熱情如火、誠懇正直。缺點：愛面子、好大喜功、喜歡接受奉承、以自我為中心、容易自我膨脹、能伸不能屈、缺乏耐性、剛愎自用、自以為是。

處女座（8月23日～9月22日）挑剔又追求完美的星座。缺乏信心，常在潛意識裏責怪自己不夠美好；雖然會使心情沉重，但天生的優點就是放得開，不會就此一蹶不振。優點：追求完美、勤奮努力、永不氣餒、事事謹慎小心、天真純情，處事嚴謹不浮躁，冷靜有條理，分析能力強，注重衛生。缺點：杞人憂天窮緊張、太過吹毛求疵、太過實際，缺乏遠見、對別人要求很高、嘮叨瑣碎、太注重細節、自掃門前雪、缺乏接受批評的雅量。

天秤座（9月23日～10月22日）愛美又怕空虛的星座。憑著天生的外交本領，周旋在各色人物之間；但有時也因為太顧慮面面俱到，而搞得自己吃力不討好。優點：公平客觀、浪漫的戀愛高手、能體諒他人、保持溫和的態度，總是表現好的一面給別人看，容易和別人保持和諧的關係。缺點：太重視外表、做事模稜兩可、不能承受壓力，沒有擔當、優柔寡斷、意志不堅易受人影響、鄉愿，怕得罪人、好逸惡勞、喜歡享受、缺乏自省能力。

天蠍座（10月23日～11月21日）他們可以很執著，也可以很破壞；在愛情的國度裏黑白分明，沒有灰色地帶。他們對於自己的目標相當清楚，一旦確立就往前衝。優點：深謀遠慮、直覺敏銳、恩怨分明、善於保守秘密、堅持追求事情的真相、天生的性感魅力、對決定的事有執行力、對人生有潛在的熱情。缺點：太過好強、佔有慾強、善妒，醋勁十足、感情用事，明知故犯、愛恨太強烈、疑心病重、報復心太強、口是心非，城府太深、態度冷漠、令人覺得不好相處。

射手座（11月22日～12月21日）不愛受約束的個性使他們很怕被捆綁，多情的天性也使他們四處尋求獵物；性情天真，常會傷了人也不自覺！優點：幽默風趣、正直坦率、天生樂觀、做事積極、動作迅速、想到就會付出行動、探求心強、經得起打擊、極具創意、喜歡冒險。缺點：粗心大意、心直口快，易傷到別人、不懂人情世故、做事衝動、不切實際、缺乏耐性、虎頭蛇尾、缺乏按部就班的計劃、較沒有家庭觀念。

魔羯座（12月22日～1月19日）給人呆板的印象，但普遍說來都不太耍花樣；不管是在事業或愛情上，他們也都以這份特殊氣質獲勝！優點：刻苦耐勞、有勇往直前克服困難的毅力、意志力強、不易受他人影響、處處謹慎、堅守原則、重視紀律、有家庭觀念。缺點：太過現實、固執、個人利己主義、不能隨機應變、不擅於溝通、不夠樂觀、缺乏浪漫情趣、壓抑自己的情感、缺少對人群的關懷與熱情。

水瓶座（1月20日～2月19日）思想超前、理性自重的星座。不愛受約束、博愛，但他們還是不同於射手座；他們較著重於精神層次的提升，是很好的啟發對象。優點：崇尚自由、創意十足、興趣廣闊、有前瞻性、獨立、有個人風格、對自己的感情忠實、對人非常友愛而富同情心。缺點：太過理想化而缺乏熱情、情趣不足、太相信自己的判斷、思想多變、沒有恆心、不按牌理出牌、對朋友很難推心置腹、喜歡多管閒事。

雙魚座（2月20日～3月20日）　多愁敏感，愛做夢，天生多情，使他們常為情字掙扎，情緒常波動起伏；他們生性柔弱，很喜歡奉獻，也不會隨意傷人。優點：感情豐富、慈悲心懷、善解人意、具有想像力、不自私、懂得包容、溫和有禮、直覺力強、不多疑、浪漫。缺點：不夠實際、幻想太多、沒有足夠的危險意識、太情緒化、多愁善感、意志不堅定、容易受環境影響。

小說	李娃傳		鶯鶯傳		霍小玉傳	
人物	書生	李娃	張生	鶯鶯	李益	霍小玉
星座						
原因						

單元二：歷史類

課前活動：廣告大觀

步驟一：小組活動，鄰近四人為一組。
步驟二：小組討論並列出生活中常見的廣告，說明產品名稱、廣告內容，及所要表達的訴求。
步驟三：將小組的發現與全班分享、討論。
步驟四：你是否發現有些廣告的內容，與所要達到的訴求十分吻合，但也有些廣告在這部份，卻出現落差？

分類	產品名稱	廣告內容	廣告訴求
汽車			
飲料			
美容			
零食			
沐浴			
旅遊			
公益			
其他			

故事的主旨是整個故事的概念或內涵。有些故事的主旨相當明顯，像在成語故事中鷸蚌相爭的故事，結果是漁翁得利。這樣的主旨顯現的寓意是：「看不見真正的敵人，會給敵人製造機會，給自己帶來禍害。」在商業類型的作品中，主旨的設定通常比較顯而易見，例如武俠電影中正義化身的俠客，如何對抗江湖中的惡勢力，在幾經波折險阻後，最終獲得全面的勝利，成為武林盟主，證明了「邪不勝正，光明終會戰勝黑暗」的道理。

但在文學性較為突顯的小說或故事當中，主旨很少如此明顯。主旨所要傳達的，也未必是某種道德或預言；它可能只是情節中的所有事件，累積起來的一種東西。當我們看完一篇短篇的故事或小說時，往往會發現，情節的鋪陳非常簡單，但真要了解其中所表達的思維，可能必須反覆思量。舉例來說，《左傳．晉公子重耳出亡》這一段故事裏，只是記錄、描述重耳在晉國內亂之際，流亡於各國的情形。他一共經歷了狄、衛、齊、曹、宋、楚、秦等七個國家，受到不同的待遇：有些國君十分禮遇，有些國君則極其無禮。在這一段故事裏，除了重耳之外，比較重要的人物依次還出現了蒲城人、季隗、衛文公、五鹿野人、子犯、齊桓公、姜氏、曹共公、僖負羈、僖負羈妻、宋襄公、鄭文公、叔詹、楚子、子玉、秦伯、懷嬴、趙衰等人。固然《左傳》是編年體的史著，作者無法將事情的前因後果寫在一起，但這一段故事，卻很有條理地將重耳的流亡經過寫下來。問題是：作者在這一段文字裏，究竟想要告訴我們什麼？也就是：它的主旨到底是什麼？

嚴格來說，每一小段的內容，各有其主旨，也就是說，重耳在每一個國家所遭受的對待，各有文字背後隱含的寓意在。而在集合這些小段，成為一整個流亡的經歷時，又有一個特別的主旨存在其間。換句話說，在一篇故事當中，作者既不會明白告訴讀者主旨是什麼，甚至還可能出現，一篇作品當中擁有兩個以上的主旨。這些主旨，有的淺顯易懂，有的隱晦不明，既沒有一定的答案，也沒有一定的規矩可循。再以前面的這一篇故事為例，禮遇或肯定重耳的國君，分別是齊桓公、楚子、秦穆公，正好都是大國之君；而對重耳無禮的是衛文公、曹共公、鄭文公，都是小國國君，又正好是國祚不長的國家。其中的曹國，還是在重耳回國、成為晉文公之後，興兵消滅的國家。作者在這個部份，似乎有意暗示大國的泱泱風度，與小國來日無多的徵候。至於全篇的主旨，細心的讀者應該可以看出來，重耳在這長達十九年的流亡生涯裏，是從一個幼稚無知、好逸苟安的「公子」，蛻變成不卑不亢、器度超群的領袖人物。

一部好的作品，就如同一首好的交響樂章，同時具備數個主題。值得注意的是，沒有哪一個主旨分析絕對無異議、絕對正確，要把小說中的主旨一言以蔽之並不容易，許多故事格局之大，可以從許多不同的角度、層次思量反應，也因此讓文學的討論更活絡、豐富、有趣。讀者在剛開始練習分析故事主旨時，可以試著用一個句子，將故事中發生的事件、對話、意象做總結。藉由這個動作，你會發現自己更小心地看故事，並會試著去思考作者在故事中賦予的意義。

晉公子重耳出亡

左傳

晉公子重耳之及於難也，晉人伐諸蒲城。蒲城人欲戰，重耳不可，曰：「保君父之命而享其生祿，於是乎得人；有人而校，罪莫大焉。吾其奔也！」遂奔狄。從者狐偃、趙衰、顛頡、魏武子、司空季子。

狄人伐廧咎如，獲其二女叔隗、季隗，納諸公子。公子取季隗，生伯儵、叔劉；以叔隗妻趙衰，生盾。將適齊，謂季隗曰：「待我二十五年，不來而後嫁。」對曰：「我二十五年矣，又如是而嫁，則就木焉。請待子。」處狄十二年而行。

過衛，衛文公不禮焉。出於五鹿，乞食於野人，野人與之塊。公子怒，欲鞭之。子犯曰：「天賜也。」稽首，受而載之。

及齊，齊桓公妻之，有馬二十乘。公子安之。從者以為不可。將行，謀於桑下。蠶妾在其上，以告姜氏。姜氏殺之，而謂公子曰：「子有四方之志，其聞之者，吾殺之矣！」公子曰：「無之。」姜曰：「行也，懷與安，實敗名！」公子不可。姜與子犯謀，醉而遣之。醒，以戈逐子犯。

及曹，曹共公聞其駢脅，欲觀其裸。浴，薄而觀之。僖負羈之妻曰：「吾觀晉公子之從者，皆足以相國；若以相，夫子必返其國；返其國，必得志於諸侯；得志於諸侯，而誅無禮，曹其首也。子盍蚤自貳焉？」乃饋盤飧，寘璧焉。公子受飧反璧。

及宋，宋襄公贈之以馬二十乘。

及鄭，鄭文公亦不禮焉。叔詹諫曰：「臣聞天之所啟，人弗及也。晉公子有三焉，天其或者將建諸？君其禮焉！男女同姓，其生不蕃，晉公子，姬出也，而至於今，一也；離外之患，而天不靖晉國，殆將啟之，二也；有三士足以上人，而從之，三也。晉、鄭同儕，其過子弟，固將禮焉；況天之所啟乎？」弗聽。

及楚，楚子享之，曰：「公子若返晉國，則何以報不穀？」對曰：「子女玉帛，則君有之；羽毛齒革，則君地生焉；其波及晉國者，君之餘也。其何以報君？」曰：「雖然，何以報我？」對曰：「若以君之靈，得返晉國，晉、楚治兵，遇於中原，其避君三舍；若不獲命，其左執鞭弭，右屬櫜鞬，以與君周旋。」子玉請殺之。楚子曰：「晉公子廣而儉，文而有禮；其從者肅而寬，忠而能力。晉侯無親，外內惡之。吾聞姬姓，唐叔之後，其後衰者也。其將由晉公子乎？天將興之，誰能廢之？違天，必有大咎。」乃送諸秦。

秦伯納女五人，懷嬴與焉。奉匜沃盥，既而揮之。怒曰：「秦、晉匹也，何以卑我？」公子懼，降服而囚。他日，公享之。子犯曰：「吾不如衰之文也，請使衰從。」公子賦〈河水〉，公賦〈六月〉。趙衰曰：「重耳拜賜！」公子降，拜，稽首。公降一級而辭焉。衰曰：「君稱所以佐天子者命重耳，重耳敢不拜！」

單元三：俠義類

課前活動：故事接龍

步驟一：分組活動，每組最多六人。

步驟二：每一組負責一個故事開端，進行組內故事接龍。以故事單記載，小組成員輪流進行故事的延續，每個人必須獨力完成自己的部份，以三句話為限，書寫在小組的故事單上。

步驟三：由各小組上臺報告所完成的故事。

步驟四：全班比較各組故事的結構，尋找其中異同，並討論其原因。

故事接龍起始：

一、這天，王大娘擔著早上剛從園裏採來的菜，步伐蹣跚往城裏走去，心裡頭直打算，這兩擔菜賣了錢後，就可以……

二、忽然，四周起了濃霧，什麼也看不見，接著，一陣清風吹來，讓人頓感心神舒暢。白嘯天才發現自己來到了一處竹林，看見……

三、宴席中，賓客喧騰，恭賀聲不斷，只見整座宅子掛滿了紅色鑲金字布縵。廳堂的總管吆喝大夥兒靜一靜，主角兒要進場了，這時……

四、廟口的大榕樹，說要被砍掉了，村長首先……

五、小妤坐在淡水漁人碼頭發呆，天色昏暗，也見不著夕陽。正覺得無聊，一起身……

六、這是一座歷史悠久的木橋，地方上的耆老經常談到它的故事……

故事單：

賞析示例：神話與原型

每個民族都有自身的神話，反映於傳說、觀念及習俗當中。神話的本質、內涵是集體和共有的東西，它們將一個群體、部落或國家，依著該民族共有的心理與精神活動，在知性上、感性上及行為上，予以深切而緊密的聚合。神話擁有超越時空的動力，使過去的傳統信仰方式與現在的價值觀相連接，並延伸到未來的精神與文化取向。簡單來說，神話可以說是一切人性活動中，不可或缺的根本基礎。而神話之於文學評析，正是要探討文學作品中與人性內在因子的關係，也就是探求那些構成某種文學形式，所透露出來的深刻而普遍的人性反應的神秘行為。

雖然各個民族都有其獨特的神話，由獨特的文化環境孕育而生，但就一般而言神話是普遍的。不僅如此，許多不同的神話中，也有相類似的主題或主旨，在不同的時空反覆重現某些具有共通意義的表徵與內涵，因而能導引出相似的心理反應，發揮相似的文化功能。這種形式的主旨與心象就稱為「原型」。換句話說，原型就是「普遍的象徵」，如乾父與坤母、光、血、上下、輪軸等。

以下就具有普遍關係的原型與其表象形式，做分別舉例表述：

一、原型象徵：

甲、大自然

水：淨化、滌罪、生育、生長、生死輪迴（河、海、瀑布等）。

日：父性、與天有關、創造力、自然律、意識、智慧、精神現象（旭日、落日等）。中國古代社會關於太陽的神話，著墨許多，如《楚辭‧九歌》之太陽神話中所記載的太陽神，顯現古代楚地的人民意念中的太陽神，是青衣白裳，帶著弓箭、駕著馬車的射手。這等形象與西方神話中的太陽神阿波羅，頗有雷同之處。

月：母性、與地有關、靈性、虛幻、超自然力，月的圓缺又與生死有關，以此衍生對月亮的不死與再生的信仰。如中國神話故事中的嫦娥奔月，當中嫦娥就是服用了不死藥後，才奔月的。

風：靈感、概念、靈魂或心靈。

乙、顏色

黑色：渾沌、神秘、死亡、未可知恐懼、邪惡、潛意識。

紅色：血、犧牲、猛烈、混亂、危險。

綠色：生長、希望、永生。

白色：純潔、希望、聖潔、正義。

丙、形狀

圓形：完整、統一、無限之神、原始形態的生命、陰陽的結合，如中國的太極就是以陰陽相交而成的圓形圖像。

丁、女性

善母：誕生、保護、生殖、哺育、繁盛，與休養生息相關。

惡母：女巫、潑婦、巫婆，與毀滅、死亡、危險有關。

伴侶：公主、美人，物質與精神、靈感與智慧皆備的結合。

戊、場景

花園：樂園、誘惑、純真之美、生育。

沙漠：死亡、虛無、絕望，與精神乾枯有關。

二、原型主旨或模式：

甲、創造的原型：這是一切原型主旨中最基本的一種，幾乎所有的神話故事，都是建立在某種超自然現象的神祇，如何創造宇宙、自然與人類的故事。像是中國遠古的盤古開天闢地，以及舊約《聖經》中的神造宇宙等，都是典型的代表。

乙、永生的原型

脫離時間的侷限：回歸至善的狀態，如佛教中的成佛的概念，便是要超脫生死的輪迴。

遵循生命的輪迴：不息死亡與再生的形式，有如季節性的循環，也是獲得一種永生，又如佛教的六道輪迴說。

丙、英雄的原型

追求：主人翁為了某種原因展開旅程，在途中完成艱辛的任務，與黑暗戰鬥（形式上、精神上）、解答謎題、克服障礙（肉體上、心靈上），以便拯救某重要的人，之後獲得報償，娶得美嬌娘或受到豐厚的賞賜。

蛻變：主人翁從無知、天真的性格到轉變為成熟的、社會化的、堅毅負責的過程中，接受一連串試煉。一般來說，中國的古典小說，很多就是在這樣的一種宿命觀念下，經過三個階段而完成，包括原始、歷劫、回歸的過程。例如，《水滸傳》梁山泊的英雄豪傑原本是天上的星宿，到人間歷經劫難後，仍然回歸他們的原始。

救贖：主人翁與民族、國家、全人類福祉相關，必須犧牲自己，補償其民族所犯下的罪惡，讓其他人獲得救贖。

丁、季節的原型

春：黎明期，誕生、甦醒、復活、創造、戰勝黑暗。屬於傳奇故事、狂熱詩歌的原型。

夏：全盛期，成婚、勝利、封神、奉祀。屬於喜劇、牧歌、田園詩的原型。

秋：日落期，死亡、犧牲。屬於悲劇、哀歌的原型。

冬：黑暗期，崩潰階段，黑暗勢力的擴充、災難、恢復渾沌。屬於諷刺詩文的原型。

單元四：幻夢類

課前活動：生活中的禁忌

步驟一：小組活動，鄰近四人為一組。
步驟二：小組討論生活上有哪些禁忌？包括食衣住行育樂、人際等，並說明原因。
步驟三：將小組的發現與全班分享、討論。
步驟四：你是否發現某些特定的事物，具有一些特別的含意呢？

	食	衣	住	行	育	樂	人際	其他
禁忌								
原因								

賞析示例·象徵

《儒林外史》第一回，寫王冕避禍出走，「秦老手提一個小白燈籠，直送出村口，灑淚而別。秦老手拿燈籠，站著看著他走，走得望不著了方才回去。」在這一段故事裏，「一個小白燈籠」，把王冕和秦老依依惜別的場景，點綴得更加真切動人。燈籠的出現，也讓人聯想到出走的時間，以及形勢的迫不得已。又，《儒林外史》第三十三回，寫戲子鮑廷璽與太太來到杜少卿家，祝賀他定了河房。「吃了半夜酒，各自散訖。鮑廷璽自己打著燈籠，照著王太太坐了轎子，也回去了。」一個燈籠，寫出鮑廷璽在王太太面前的恭敬小心，寫出那種喜劇性的夫妻關係。在男尊女卑的社會中，太太坐了轎子，丈夫卻像個僕人似的，用燈籠伺候著太太，一路回去。在這些情境當中，燈籠所透露出來的信息，遠超過它本來只是個照明工具而已。在各種形式的文學作品中，這就是象徵用法。

所謂的象徵，是指某物件或事情所傳達的含意，超過自身形體或表面的意思。例如，燈火可以代表希望、知識、生命；玫瑰花可以代表女性的嬌美、男女間的愛情，也可以比喻為易逝的青春；樹也可以視為一個家族的開枝散葉、興衰成敗；翱翔天際的海鳥，映照著港灣的船隻，似乎也訴說著遊子浪跡天涯的故事。相同的事物所含有的象徵意義，會隨著不同的作品，而有不同的風貌，有些時候，甚至於是大相逕庭，主要還得取決於各個作品，如何運用、籌措這些象徵性的事物。自然界的原料、景觀、現象，常常是取材的來源，而且同一種現象，卻可能包含多重的意念。一般而言，水的代表性象徵，是生命、豐沛、食物等，同時卻也涵蓋反向的意念，像是死亡、洪水、暴雨等。另外，雖然說火常常被使用來比喻毀滅，火的另一層含意，卻是代表淨化、滌罪。總而言之，小說中，任何的物件、事情、景觀、人物、動作、表情等，在象徵技巧的運用上，與故事發展的本體，是緊密不可分的。

再回到原先的「燈籠」，《儒林外史》中，有不少的地方提到燈籠，卻各自有著特別的象徵意義。正所謂同是燈籠，民用則照明，官用則立威，物本無異，人卻為之。《儒林外史》中寫得較多的，是顯示官派的燈籠。在過去那種等級森嚴的社會當中，燈籠往往成為顯現等級、身份、權勢的鮮明標誌。在對於這一類豪門、官派燈籠的描繪中，讀者就可以看到，作者不動聲色的諷刺特點。表面上，雖然作者對人物、事件，不直接做出褒貶。但讀者卻可以從一對對威嚴氣派的大燈籠後面，看到一張張勢利的面孔。這正是文學作品中，使用象徵手法的目的了。也就是以一種很具體、平常、瑣碎、微不足道的物品，來承載龐大、複雜、深沉而抽象的概念。由於這些具有象徵意義的物件，有時是一些不太起眼的東西，因此作者通常會在不同的情境中，反覆使用，讓這些物品能夠發揮它們的功能。

單元五：志異類

賞析示例：唐人小說五大問

第一問：情節。

小說中的衝突點是什麼？情節的發展，是隨著劇中人而開展？或是由偶發事件而串連成的？小說中是否有出現不相關的事件？或是這些事件在初期是不相關的，但是隨著故事發展，又有了作用？情節的鋪陳，是否依照時間的線性順序排列？或者有倒敘、插敘等安排？這對小說本身有何助益？

第二問：人物。

小說中是否有某些特定人物，具有自身個體的獨特性？或他（她）算是某族群的典型人物，包括社會階層、年齡、性別、職業等？小說中的人物是否對同一事件，反應不一？如何透過這些歧異，分析各個人物的深層思維？小說中的文字、場景、行動、意念、服裝、敘事角度，分別以何種方式對人物進行建構？小說中的人物有否改變？為何會有如此前後不一的變化？小說中有何圓型人物？平板型人物？在故事中，各自扮演的功能為何？

第三問：場景。

小說中各個事件所發生的地點為何？時間為何？這些場景有何特徵？這些場景之於情節、人物有何關聯？小說中的場景是否也扮演著特定的角色？如果改變小說中的場景，會少了什麼？或者會造成什麼變化？

第四問：主旨。

小說的名稱是什麼？它是否表達出一些意念？主要的人物在故事中有所改變嗎？這個人物最終有明白或理解些什麼嗎？作者或是小說中的人物，是否泛泛地觀察著生活或人類的本質？在你將主旨寫出來後，是否注意到你的論點能不能貫穿整個故事，而不是只有局部符合你的論點？

第五問：象徵。

小說中是否包含令人覺得好奇的物件、神秘的平板型人物、具有深意的物品、重複出現的名字、歌曲名稱、或一些可能隱藏比本體更具寬廣意義的事物？這些物件如何串連情節、人物？這些物件的安排，是否某種程度遵循神話、原型模式的特徵？在短篇小說中，具象徵意義的物件，有時就是故事主旨所在。如何可以探知這兩者的關聯性？

課程應用

課後活動：電影賞析

步驟一：觀賞老師所指定播放的影片。
步驟二：依序回答下列問題。
步驟三：依老師規定，進行口頭討論，或書面報告。

問題：

一、你認為本片的主旨是什麼？試說明之。
二、請列出五個物件（包括人物、事件），說明其中的象徵含意。
三、請依序列出影片中重要的場景，並說明這些場景的串連，對於人物、情節所代表的意義或功能。
四、請寫出片中令你印象深刻的臺詞五句，並說明令你感動的原因。
五、影片中的人物刻畫技巧，有什麼特色？試舉例說明。
六、就小說編撰技巧來看，你認為本片是否有哪些地方可以再做調整？

課後活動：音樂賞析（韋瓦第「四季」）

步驟一：欣賞由作曲家韋瓦第所製作的協奏曲「四季」的片段。
步驟二：依序回答下列問題。
步驟三：依老師規定，進行口頭討論，或書面報告。

問題：

一、你認為「春」所表達的是什麼？作曲家運用什麼方法，成功表達這個意象？

二、你認為「夏」所表達的是什麼？作曲家運用什麼方法，成功表達這個意象？
三、你認為「秋」所表達的是什麼？作曲家運用什麼方法，成功表達這個意象？
四、你認為「冬」所表達的是什麼？作曲家運用什麼方法，成功表達這個意象？
五、作曲家如何完成「春夏秋冬」的季節循環？
六、你有發現某種樂器在做主題詮釋時的特徵嗎？例如小提琴、豎琴、長笛、絃樂、定音鼓等。

文苑叢書

國學常識精要

邱燮友等／編著

中國歷史源遠流長，歷經五千年的傳承，孕育出博大精深的中國學術。為了使初學者以新觀念、新方法來體驗中國學術的內涵和精華，本書邀請四位教授執筆，從《國學常識》一書摘取精華，撰成此書。從源頭脈絡解析，並條列重點，無須基礎即可閱讀。書中內容涵括經、史、子、集等文學常識，並收錄國學常識題庫，協助讀者統整前人知識之精髓，方便學習與理解，本書不僅是考生的最佳選擇，亦可成為對中國學術有興趣者的橋樑。

莊子及其文學

黃錦鋐／著

本書集作者歷年來研究《莊子》的論文共九篇，將《莊子》一書中的理論與文學內容相互印證，以見《莊子》在文學上的價值與影響，為研究者提供一批評的識見與線索。而對於眾說紛紜的向秀、郭象《莊子》注相關問題，作者也綜合各家研究者的意見作一客觀的評論，並指引出研究《莊子》注的新途徑。此書以宏觀角度重新檢視莊子學，在浩瀚研究典籍中汲取養分，足以作為研究莊子學說思想及文學的最佳參考書籍。

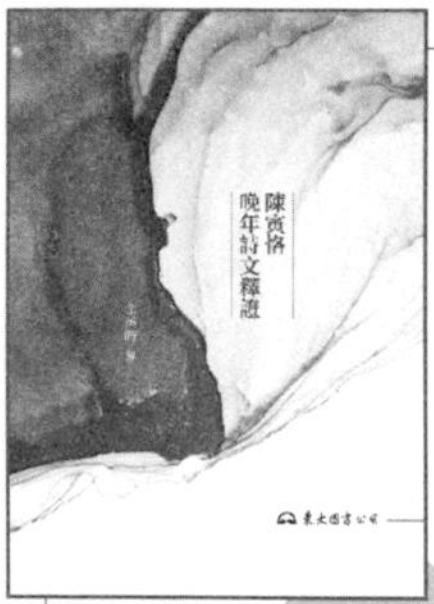

陳寅恪晚年詩文釋證

余英時／著

本書是作者四十年來研究陳寅恪史學觀念和文化精神的總集結。一九四九年後，陳寅恪已成為中國大陸上唯一未滅的文化燈塔，繼續闡發「獨立之精神」和「自由之思想」。多年來本書所激發的爭議不斷擴大，最後演變成所謂的「陳寅恪熱」，引出大批有關其晚年的檔案史料。作者充分利用新史料增寫了〈陳寅恪與儒學實踐〉和〈試述陳寅恪的史學三變〉兩篇長文，更全面地闡明其價值系統和史學思想。

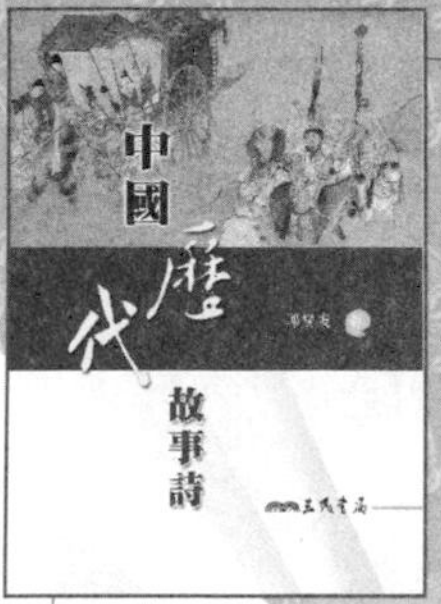

■中國歷代故事詩

邱燮友／著

文化中的璀璨瑰寶——故事詩，是一種以詩歌形式鋪述故事的長篇敘事詩。中國的故事詩，大抵用音樂或樂曲來說故事，因而故事詩多為樂府詩的形式。換言之，將小說的題材，用詩歌的方式來表達，便成為故事詩。每個時代都有動人的故事在發生，這些有血有淚、有情有義的故事，經民間詩人或文人將它們用詩歌、用音樂記錄下來，就如同四季的風，催開不同的花朵，然後在和煦的陽光下，展現其婀娜姿態，令人搖蕩情靈，吟頌不已。

■中國文學概論

尹雪曼／著

為激發讀者對中國文學的興趣，提供更廣闊的文學視野，作者將中國文學有系統地整理表述。全書分五編，首先說明中國文學推演的進程，並將儒家、道家及佛家經典對中國文學創作之影響，進行極深入的探討與分析；其他四編，則涵蓋詩歌、詞、曲、小說等文類，詳盡地論介其特質、形式、內容與發展過程中所產生的變化與流派；此外，精確地評論中國文學各類作品發展之實況，更可使讀者對中國文學發展背景，獲得極深刻而明晰的認識。透過此書，讀者必能從中得到清晰的中國文學觀念，並適切掌握到學術思想發展與演變的樞紐。

■微觀紅樓夢

王關仕／著

本書為王關仕教授繼《紅樓夢研究》後，將十餘年來發表在學報、學術會議、演講和未發表的單篇論文匯為一集，並修訂整理為三大部分：輯一——人物微觀。從小說人物探索史實人物，以證其「真」「假」「有」「無」，並澄清紅學上某些爭辯問題。輯二——事物微觀。從小說中某些事物探索其隱義隱事，並指證書中的差失，及紅學者的誤解。輯三——地點微觀。從小說中人、地、事、物、時序，以證明賈府真實地點是南京。本書從《紅樓夢》中一人、一名等小事切入研究，考證真假，闡明隱義，澄清誤解，觀點多元新穎，也對未來研究紅學者提供了莫大的貢獻。

■詩情與幽境——唐代文人的園林生活

侯迺慧／著

唐代是中國詩歌史上光華四射的時代，以往討論其興盛原因，多將重點集中在科考重詩及帝王喜愛等大環境的催促。但是，在詩歌創作環境中，更直接觸動情思、貼合於個人構思歷程的，該是與文人生活息息相關的居止遊息之地——園林。它不僅是一門獨立藝術，更在唐代文人的生活裡，成為詩文創作的觸源。本書根據唐代文人的自述——詩文，呈現唐代文人吏隱等兼融調和的精神特質，以及對山水藝術相啟發的實踐與貢獻。

■唐詩欣賞與創作入門

許正中／著

唐詩又稱近體詩，不論律詩或絕句，五言或七言，每首詩的字數、句數、聲韻等，都有其特定的格式。瞭解其規則要點，是掌握欣賞與創作的入門之鑰。本書首先略述近體詩之源流，再分章就其聲韻特質與相關要素，如平仄、押韻、格式、對偶等，舉實例加以詳細說明，末章並就近體詩之作法與析賞述其大要。相信對於讀者瞭解唐詩的構成有所幫助，並藉此登堂入室，進一步深入體會唐詩的奧妙，獲得欣賞與創作唐詩之樂。

■詞箋

張夢機／著

本書乃作者對於晚唐五代及兩宋名家經典詞作之賞析。作者從南唐到南宋，精選李煜、晏幾道等十五位詞人最具代表性的作品；在箋詞之前，先介紹詞人生平及其詞風，再選錄代表作若干首，逐一欣賞，同時對詞中格法也多所闡發。本書切入角度甚為廣泛，包含詞牌、用韻、作者風格、意境分析等，並引用歷代相關評論及其他詩詞作品，對於初入門之學生或一般讀者自學、進修甚有幫助；讀者亦可藉由本書，領略經典詞作中的境界之妙。

■ 文學欣賞的新途徑

李辰冬／著

「意識決定一切」，是作者研究文學的終身指標。解釋字句意義只能算瞭解作品，惟有體會作者的寫作時代、環境與意識形態，才能真正去欣賞一部作品。作者融會古今中外文學的各種研究方法，找出嶄新獨特的解讀途徑。本書收錄十八篇論述，包含詩歌、詞、賦、平話小說等作品的欣賞，或對於文學批評、寫作的看法；篇篇嚴謹精確，慧眼獨具，筆法深入淺出，可引導對文學評論有興趣的讀者，從不同角度深入鑽研，更全面地細品文學況味。

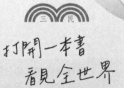

唐人小說
——閑觀傳奇話古今
習作

柯金木 編著

三民書局

單元一：愛情類單元分析表

班級：

姓名：　　　學號：

互評人：　　學號：

一、請將三篇小說的男女主角重新組合，寫出不同結局，並說明為什麼作這樣的安排？

自評等第	

互評分析

二、你認為三篇中的人物，哪一個塑造最成功（即請你分析人物塑造成功的因素何在）？

	自評等第

互評分析

三、小說中，一般十分重視人物性格的完整與前後一致，你能否從我們讀過的篇章中，找出看似矛盾其實卻有合理解釋的人物？

自評等第

互評分析

四、小說中門閥觀念對小說結局影響頗大，你覺得「門當戶對」的觀念，在過去與現在有何不同嗎？

自評等第

互評分析

單元二：歷史類單元分析表

班級：

姓名：　學號：

互評人：　學號：

一、〈長恨傳〉與〈東城老父傳〉的主旨，有哪些同異？

自評等第	
互評分析	

二、〈長恨傳〉中，作者刻意寫下創作的主旨，這種手法與情節的鋪陳、人物的塑造，有何關聯？

自評等第

互評分析

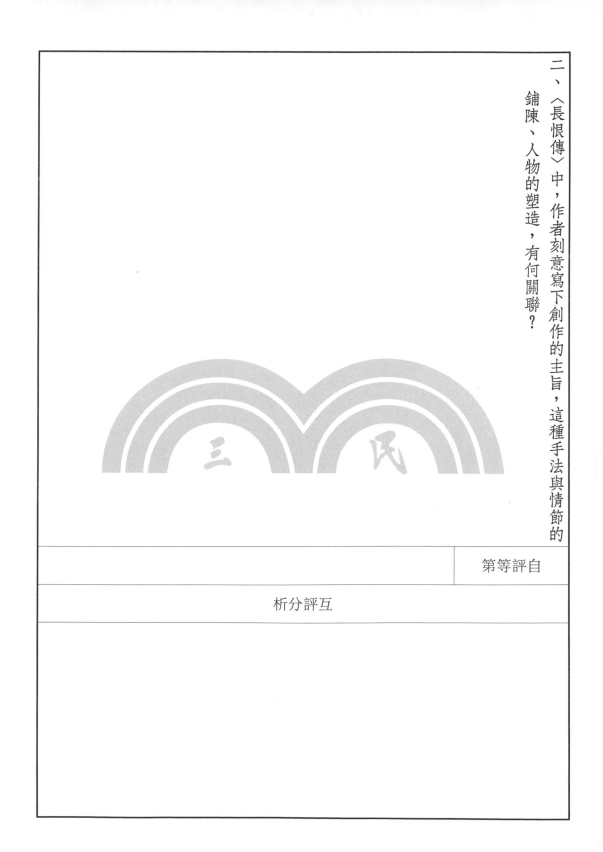

三、作為一位領導人，被賦予的天職之一，是為民表率甚至捨棄私慾，就人性面而言，你覺得這樣的「天職」是否合理？請以〈東城老父傳〉為例，就正反面的意見，加以論辯。

自評等第	

互評分析

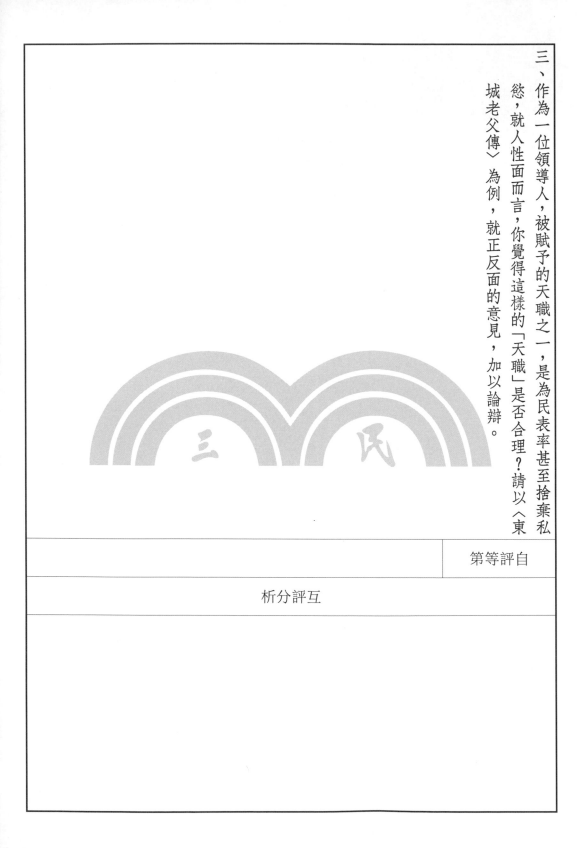

四、陳鴻的兩篇歷史小說中，對於唐玄宗的敘述（描寫），抱持什麼樣的看法？是事件的客觀陳述還是帶有作者批判性的評論？請舉例說明。

自評等第	

互評分析

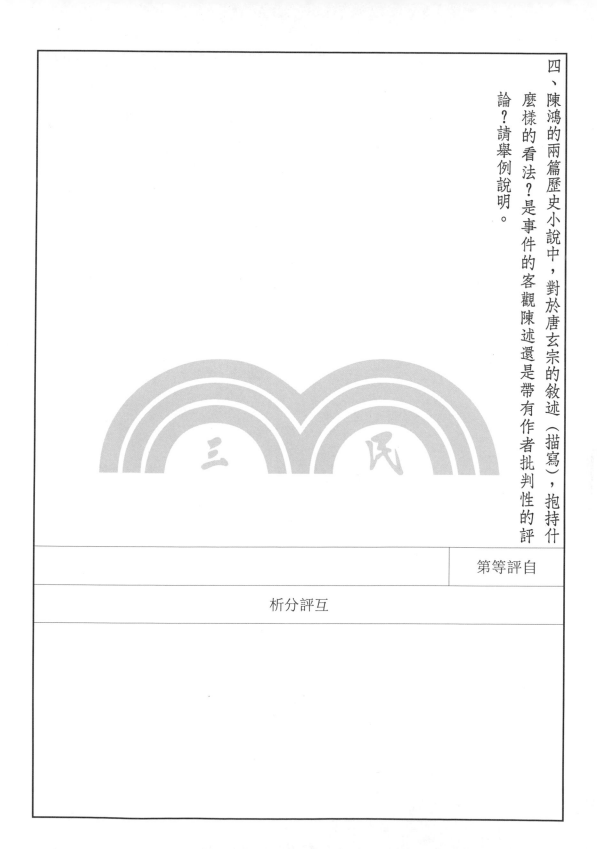

單元三：俠義類單元分析表

班級：

姓名：　　　學號：

互評人：　　學號：

一、請以三篇俠義小說為範圍，說明小說中所展現的「俠義」精神為何？

自評等第	

互評分析

二、韓非子說：「俠以武犯禁」，你覺得在法治社會中，「俠義」精神應該如何轉化？還是根本不應該存在？

自評等第	

互評分析

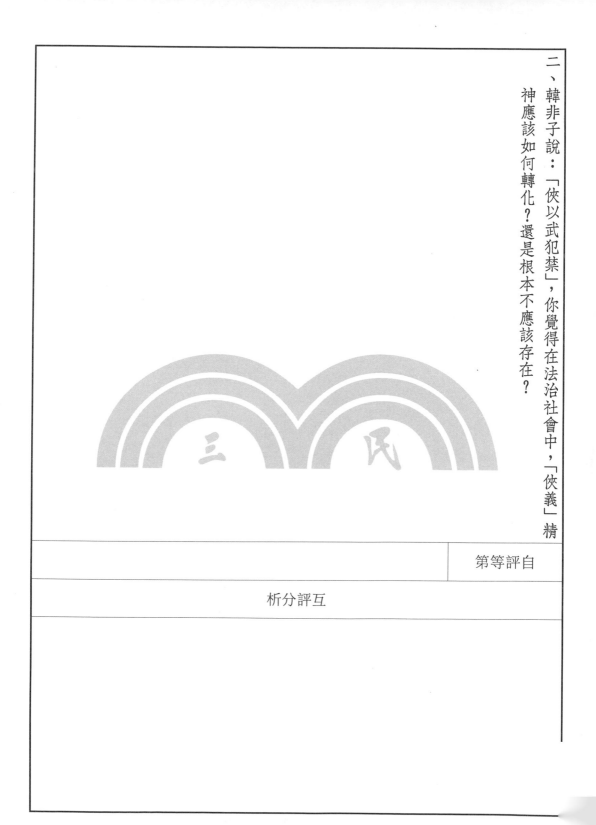

三、你對俠義小說中的「俠女」，與其他類的一般婦女形象，有什麼樣的看法？

	自評等第

互評分析

四、俠義小說當中，往往會出現「快意恩仇」的情節與圓滿的結局，你覺得這樣安排的優缺點各是什麼？

自評等第	

互評分析

單元四：幻夢類單元分析表

班級：

姓名：

學號：

互評人：

學號：

一、在二篇小說中，主角的體悟似乎不盡相同，請加以說明。

自評等第	

互評分析

二、在二篇小說中，主角的性格有何不同？與夢中的際遇有何關聯？

自評等第	
互評分析	

三、在小說中，主角的理想都是在「夢」中實現，請說說你對「夢」的看法。

自評等第	

互評分析

四、小說中做夢的地點，一是旅店，一是廡下，為什麼？

自評等第

互評分析

單元五：志異類單元分析表

班級：

姓名：

學號：

互評人：

學號：

一、請列出三篇故事中，各自具有關鍵地位的場景，並說明原因。

自評等第	

互評分析

二、請列出三篇故事中，具有代表性的配角各一人，進行分析。

自評等第	

互評分析

三、在三篇故事中，超自然現象的書寫手法，各自有何功能？這是最好的安排嗎？

自評等第	

互評分析

四、請比較三篇故事中，男女主角找尋伴侶的發展結構。

自評等第	

互評分析

附錄：課程導入

課前活動：認識彼此

受訪者	問題一	答案	問題二	答案
結果分析				

問題三	答案	問題四	答案	問題五	答案

附錄：單元一

課後活動：星座性格分析

小說人物	李娃傳	
	書生	李娃
星座		
原因		

鶯鶯傳		霍小玉傳	
張生	鶯鶯	李益	霍小玉

附錄：單元二

課前活動：廣告大觀

分類	產品名稱	廣告內容	廣告訴求
汽車			
飲料			
美容			

其他	公益	旅遊	沐浴	零食

附錄：單元三

課前活動：故事接龍

三民

附錄：單元四

課前活動：生活中的禁忌

	食	衣	住
禁忌			
原因			

其他	人際	樂	育	行

班級：_______________

姓名：_______________

學號：_______________